生态·人
未来丛书

默默挺立

张炜 著

南方出版传媒 花城出版社
中国·广州

图书在版编目（CIP）数据

默默挺立 / 张炜著. -- 广州：花城出版社，2021.12
（生态·人·未来丛书 / 何平主编）
ISBN 978-7-5360-9528-1

Ⅰ. ①默… Ⅱ. ①张… Ⅲ. ①散文集－中国－当代 Ⅳ. ①I267

中国版本图书馆CIP数据核字(2021)第248390号

出 版 人：肖延兵
丛书主编：何 平
责任编辑：蔡 安
技术编辑：凌春梅
封面设计：Design

书　　名	默默挺立 MOMO TINGLI
出版发行	花城出版社 （广州市环市东路水荫路11号）
经　　销	全国新华书店
印　　刷	佛山市浩文彩色印刷有限公司 （广东省佛山市南海区狮山科技工业园A区）
开　　本	787毫米×1092毫米 16开
印　　张	16.75　1插页
字　　数	200,000字
版　　次	2021年12月第1版　2021年12月第1次印刷
定　　价	59.80元

如发现印装质量问题，请直接与印刷厂联系调换。
购书热线：020-37604658　37602954
花城出版社网站：http://www.fcph.com.cn

倾听大自然的声音，接受大自然的教诲，在大自然的指导下舒心地生活。

张立平 2021.9.5

退回到自己 …… 098

保护思想的锋刃 …… 112

一个人的特殊岁月 …… 124

辑 三 融 境

犄角：人事与地理 …… 136

松浦居随笔 …… 178

半岛渔村手记 …… 197

我的原野盛宴 …… 231

目录 contents

自画像（代序） …………………………………… 001

辑一　悟　物

西双版纳笔记 …………………………………… 004
万松浦纪事 ……………………………………… 008
夜思 ……………………………………………… 015
融入野地 ………………………………………… 029
绿色遥思 ………………………………………… 056
默默挺立 ………………………………………… 082

辑二　思　心

出发之地 ………………………………………… 088

自画像（代序）

  我觉得中年这条线非常关键，人一到了中年，也就有了许多变化，这变化大得足以让自己惊讶。以前的许多激动，激动中的创作，现在都能让我平静下来了。只是没有多少后悔，一方面是后悔没用，另一方面是我基本上在做那个年龄段的人一直做着的事情。再说，人也的确应该珍视青春。

  匆匆忙忙地走过来，草率而充实。争取中年之后有个大的改变，即做得充实而不草率。

  一个人越来越不喜欢自己，这是很可怕的事情。一切都要慢慢来，慢慢觉悟。

  觉悟会增加勇气，而不是相反。人有了深沉的勇气，才是真勇。

  有时觉得自己像一匹奔跑的马。马太美了，人比马只会自羞。可也果真是一路奔跑下来……

1997年3月12日

辑一 悟物

> 自然界的大小生命一起参与弹拨一只琴,妙不可言。我相信最终还有一种矫正人心的更为深远的力量潜藏其间,那即是向善的力量。让我们感觉它、搜寻它、依靠它,一辈子也不犹疑。
> ——《绿色遥思》

默默挺立

　　从法兰克福乘车到波恩，心情异样地激动。车子在高速公路上飞速行驶，两旁不断出现森林、起伏的草地和麦田。偶尔有一块油菜花嵌在田野上，明亮耀眼。这里看不到一处裸露着的泥土，一切都在尽情地生长。林子里，早熟的各种果子已经泛红，鸟儿在树杈深处呼叫应答。一阵雨水冲刷着马路和林木，使这个世界纤尘不染。我们的车子飞驰着，不断把人带入崭新的境界。

　　从飞机上俯视这片土地，给人印象最深的是绿色占去了绝大部分面积，而一座座城市和村庄只是夹在大片绿色的缝隙里。绿色在这里成为最主要的色调。我从哈尔滨飞往北京，看到的情况恰恰相反。这条飞行路线是较好的绿化地带，但给人的感觉是绿色只算点缀。欧洲这片土地得天独厚，气候湿润，雨水充足，任何种子都可以在最短的时间里鼓胀起来，伸展叶芽，疯狂地生长蔓延。于是山不见石，田不见土，连高大雄奇的建筑也给遮掩起来了。

　　这个国家面积不大，山水有限。但由于一切都被茂盛的植物遮盖了，绿荫婆娑，就让人觉得奥妙无穷，意味深长，也分外含蓄。我们的司机H先生是一位顶呱呱的司机，可他的本来职业是一名记者。H先生沉默寡言，他见我们一路上十分高兴，也就一直微笑着。

　　一路上大家的眼睛一直注意看两旁的树木，贪婪地饱餐田野的秀丽风光。很多树种似曾相识，但又叫不上名字。有一种红叶树红得人心里一动一动，谁见了都要脱口喊一句："哎呀，快看！"黄色的、浅绿的、紫红的，任何色彩镶在深绿色的丛林中，都会让人眼前一亮。H先生满意地微笑着。

我突然看到了一片棕红色的高大树木，像是一种奇异的松树。它们默默挺立在山坡上，一动不动地，别有一种风韵。我伸手指向窗外，说："你们看！这种颜色的树……这么大一片！"大家一齐转脸去看。与此同时，H先生鼻子里哼了一声。我看见H先生的脸色略有阴沉。翻译同志告诉大家，H先生说那是死去的一片松树——它们是被酸雨慢慢淋死的。目前，这个国家的大片土地都面临着酸雨的威胁。你们还可以看到很多这样的树，很多。

我以前看过关于酸雨的报道，印象不深。它没有在头脑中化为形象的东西。而今天，我再也不会忘掉酸雨了。我知道了它有多么可怕。如果酸雨继续出现的话，那么整座大山不是要慢慢光秃吗？酸雨是死亡之水。

车子向前，我们接着又不断地发现一处处死去的松树。它们死去了，但并未倒下，只是树杈僵硬，默默地站立着。这种无言的站立，这种沉默……有一种可怕的东西传递出来。

如果想象一下它们当初仰脸向天迎接雨水的情景，会是很动人的。可酸雨首先使它们失明，然后是残酷地剥蚀。最后的时刻来到了，它们终于没有来得及与人们告别。实际上也无须告别。因为酸雨的创造者不是天空，不是上帝，而是人类自己。

我们到了波恩，又到汉堡，到大大小小的城市，到阿尔卑斯山下……到处都是一片浓绿。可见这个国家在环境保护方面用心良苦，这里到处有劳动的血汗，有长远的眼光，有一切尽心尽力的痕迹。非常重要的是，从这一切可以看出这个民族的宽容，对大自然中其他生命的尊重。鲜花是生活中绝不可少、最为珍贵的。对一个人的敬重，莫过于向他（她）献一束鲜花。那么看吧，花店处处，芬芳四溢，橱窗、街心、山坡、阳台，到处都是用心培植和任其生发的鲜花。一株嫩芽、一棵小草，只要是绿的、有生机的，就会得到保护。一个人走在蓬蓬勃勃的树林和花草之间，会感到安宁和坦然。失去这一切，我想心灵深处一定更容易荒芜。在这儿，在欧洲的这片土地上，就是这样的郁郁葱葱，一片苍翠。

可也就是在这片土地上，我看到了一片片死去的高大树木。它们默默挺立。

它们告诉你绿荫遮蔽之下，还有另一个欧洲。

这儿物质丰富，工业发达，科技先进，很多人生活得又惬意又有条理。可是人与自然的关系是世界上无数法则、无数关系之中最重要的一个，如果这方面出现了严重问题，其他所有方面的条理都显得微不足道了。如果人类文明与地球灾难一块儿发展和扩大，这种文明最终就会将世界引向死亡。也就是说，人们到了再一次调拨生活的罗盘的关键时刻了。你在这调拨中会进一步审视人类迄今为止的一切行为，重新权衡与大千世界密切相关的所有事物。你会认识到，对大自然的绿色生命仅仅是一般的爱还远远不够，仅仅是一般的保护也无济于事。

酸雨在世界的好多角落都降落过。但它只有降落在一片浓绿的土地上，降落在最懂得保护自然的现代人身上，才显出了真正的残酷无情。

我忘不了进入鲁尔区的情景。鲁尔区是联邦德国的工业发达地带，是发生经济奇迹的地方。可是当汽车驶入这里的高速公路，两边的森林从车窗旁飞速闪过时，你会感到一阵阵痛楚。一片又一片焦干的棕红色树木沉默在那儿，挺立着，无声无息。它们高大的身躯笔直伟岸，主干上伸向两侧的枝杈差不多都很对称。绿叶脱光了，成了一具多么完美的死亡标本。注视着鲁尔区的这些标本，任何人都会有一种悲壮的感觉。

核电站的巨型建筑矗立着，一些不知名的工业建筑群像山峦一样隆起。无数大烟囱插向云天；红红绿绿的各种线缆集成一大束，分别向四方蜿蜒。蒸汽喷向天空，很快漫成白云一样。雨水哗哗地浇下，鲁尔区的一切又在淋雨了。谁也不知道这是不是酸雨。雨中，大地一片寂静，连高速公路上的喧嚣也退远了。只有蜻蜓在雨丝中平稳地向前滑翔。

鲁尔区好大，森林的覆盖面也好大。我几次以为已经驶出了鲁尔区，但H先生总是摇头。快穿越鲁尔区吧。

H先生的眼睛注视着前方，从不看路边的景色。我一路上仔细端详着他，觉得他像一个老熟人。其实这是我认识的第一位欧洲朋友。他有一张看一眼就让人信任的面孔，这张面孔透露着坚毅和果决。我在想象着他、他的民族，想象着一个世纪以来东西方的一些重大变故和演化交流。一个民族有一个民族的总体性格，互相无法替代。人与人的隔膜和理解同样都是无限的。我眼中的H先生是质朴的，是把激情深深潜入内心的欧洲人。我相信他不用看也知道鲁尔区有一片又一片棕红色的大树矗立在绿野之中，他会怎么想呢？他正在思索什么呢？他的民族面对这一切，被轻轻拨动的是哪一根神经？起飞了的鲁尔区不会一直这样沉默吧！它也许首先肩负起人的一种庄严，表现出经济巨人的聪慧和气魄，力挽"危"澜，化险为夷。

但愿如此吧。

在遥远的地方，酸雨曾使一片片稼禾成为焦叶，山石上的植被被洗光了，鸟雀飞向远方。我们面临着共同的焦虑，两片美丽的国土都洒上了死亡之水。但这些给人的启示又不会是相同的。每一片土地上抵挡灾难的方式都是不同的，有的有效，有的无效。不管怎么说，大自然已经在逼迫人类做出重要的反应。如果人们站在凄凉的田野上面容痴呆，麻木不仁，那么又将有苦涩的雨滴轻轻地洒上他们的额头。

鲁尔区即将穿越。大地明朗清爽，雨后的风从车窗吹进来。开阔的麦田波浪滚滚，金黄色的油菜花又在熠熠发光。森林闪在背后，大海就在前方，一块一块翡翠似的色块抛闪过去。一层层的林木在山岗上扩展开来，真正是无边无际。可这时，又一片焦死的棕红色大树出现了。

它们身躯高大，笔直笔直，默默挺立在山坡上。

1987年7月

绿色遥思

我觉得作家天生就是一些与大自然保持紧密联系的人，从小到大，一直如此。他们比起其他人来，自由而质朴，敏感得很。这一切我想都是从大自然中汲取和培植而来，所以他能保住一腔柔情和自由的情怀。我读他们写海洋和高原、写城市和战争的作品，都明显地触摸到了那些东西。那是一种常常存在的力量，富有弹性，以柔克刚，无坚不摧。这种力量有时你还真分不清是纤细的还是粗犷的，可以用来做什么更好。我发现一个作家一旦割断了与大自然的这种联结，他也就算完了，想什么办法去补救都没有用。当然有的从事创作的人，并且是很有名的人不讲究这个，我总觉得他本质上还不是一个诗人。

我反对很狭窄地去理解"大自然"这个概念。但当你的感觉与之接通的时刻，首先出现在心扉的总会是广阔的原野丛林，是未加雕饰的群山，是海洋及海岸上一望无际的灌木和野花。绿色永久地安慰着我们，我们也模模糊糊地知道，哪里树木葱茏，哪里就更有希望、就有幸福。连一些动物也会集到那里，在其间藏身和繁衍。任何动物都不能脱离一种自然背景而独立存在，它们与大自然深深地交融谐和。也许是一种不自信，感到自己身单力薄或是什么别的，我那么珍惜关于这一切的经历和感觉，并且一生都愿意加强它，寻找它。回想那夏季夜晚的篝火、与温驯的黄狗在一起迎接露水的情景，还有深夜的谛听，到高高的白杨树上打危险的瞌睡，等等。这一切才和艺术的发条连在一起，并且从那时开始拧紧，拧紧，使我有动力做出关于日月星辰的运动即时间的表述。宇宙间多么渺小的一颗微粒，它在迫不得已地游浮，但总还是感受到了万物有寿，感受到了称作"时光"的东西。

我小时候曾很有幸地生活在人口稀疏的林子里。一片杂生果林，连着无边的荒野，荒野再连着无边的海。苹果长到指甲大就可以偷吃，直吃到发红、成熟；所有的苹果都收走了，我和我的朋友却将一堆果子埋在沙土下，这样一直可以吃到冬天。各种野果自然而然地属于我们，即便涩得拉不动舌头还是喜欢。我饲养过刺猬、野兔和无数的鸟。我觉得最可爱的是拳头大小的野兔。不过它们是养不活的，即使你无微不至地照料也是枉然。所以我后来听到谁说他小时候把一只野兔养大了就觉得是吹牛。一只野兔不值多少钱，但要饲养难度极大，因而他吹嘘的可能是一件了不起的事情。青蛙身上光滑，有斑纹，很精神，很美丽。我们捉来饲养；当它有些疲倦的时候，就把它放掉。刺猬是忠厚的，看不透的，我不知为什么很同情它。因为这些微小的经历，我的生活也受到了微小的影响。比如：我至今不能吃用青蛙做成的"田鸡"菜；一个老实的朋友窗外悬挂了两张刺猬皮，问他，他说吃了两个刺猬——我从此觉得他很不好。人不可貌取。当说到这里的时候，我明白一个人的品性可能是很脆弱的，而形成的原因极其复杂。不过这种脆弱往往和极度的要求平等、要求给予普通生命起码的尊严，特别是要求群起反对强暴以保护弱者的心理素质紧紧相连。缺少的是那种强悍，但更缺少的是被邪恶所利用的可能性。有着那样的心理状态，为人的一生将触犯很多很多东西，这点不存侥幸。

当我沉浸在这些往事里，当我试图以此来维持一份精神生活的同时，我常常感到与窗外大街上新兴的生活反差太大。如今各种欲望都膨胀起来，本来就少得可怜的一点斯文被野性一扫而光。普通人被诱惑，但他们无能为力，像过去一样善良无欺，只是增添了三分焦虑。我看到他们就不想停留，不想待在人群里。我急匆匆地奔向河边，奔向草地和树林。凉凉的风里有草药的香味，一只只鸟儿在树梢上鸣叫。蜻蜓咬在一支芦秆上，它的红色肚腹像指针一样指向我。宁静而遥远的天空就像童年一样的颜色，可是它把童年隔开了。三五个灰蓝色的鸽子落下来，小心地伸开粉扑扑的小脚掌。我可以看到它们光光的纤尘不染的额头，看到那一对不安的红豇豆般的圆眼。我想象它们在我的手掌下，让我轻轻抚摸时所感受到的一阵阵滑润。然而它们始终远远地伫立。那种惊恐和提防一般来说是没有错的。周围一片绿色，散布在空中的花粉的气味钻进鼻孔。我一人独处，倾听着天籁，默默接受着崭新的启示。我没有力量，没有一点力量。然而唯有这里可以让我悄悄地恢复起什么。

我曾经一个人在山区里奔波过。当时我刚满十七岁。那是一段艰难的日子，当然它也教给我很多很多。极度的沮丧和失望，双脚皲裂了还要攀登，难言的痛楚和哀怨，早早来临的仇视。当我今天回忆那些的时候，总要想起几个绚丽迷人的画面，它使我久久回味，再三地咀嚼。记得我急急地顶着烈日翻山，一件背心握在手里，不知不觉钻到了山隙深处。强劲的阳光把石头照得雪亮，所有的山草都像到了最后时刻。山间无声无息，万物都在默默忍受。我一个人踢响了石子，一个人听着孤单的回声。不知脚下的路是否对，口渴难耐。我一直是瞅准最高的那座山往前走，听人说翻过它也就到了。我那时有一阵深切的忧虑和惆怅泛上来，恨不能立刻遇到一个活的伙伴，即便一只猫也好。我的心怦怦跳着。后来我从一个陡陡的砾石坡上滑下来，脚板灼热地落定在一个小山谷里。映入眼帘的是一片清澈透底的亮水，是弯到山根后面去的光滑水流。我来不及仔细端量就扑入水中，先饱饱地喝了一顿，然后在浅水处仰躺下来。这时我才发现，这条水流的基底由砂岩构成，表层是布满气孔的熔岩。这么多气孔，它说明了岩浆喷涌而出的那会儿含有大量的气体。水在熔岩上面滑过，永无尽头地刷洗，有一尾黄色的半透明的小鱼卧在熔岩上，睁着不眠的小眼。细细的石英砂浮到身上，像一些富有灵性的小东西似的，给我以安慰。就是这个酷热的中午，我躺在水里，想了很多事情。我想过了一个个的亲属，他们的不同的处境、与我的关系，以及我所负有的巨大的责任。就是在这一刻我才恍然大悟："我年轻极了，简直就像熔岩上的小鱼一样稚嫩，我还有很多时间可以成长，可以往前赶路。"不久，我登上了那座山。

有一次我夜宿在山间一座孤房子里。那是没有月亮的夜晚，屋内像墨一样黑。半夜里被山风和滚石惊醒，接下来再也睡不着。我想这山里该有多少奇怪的东西，它们必定都乐于在夜间活动，它们包围了我。我以前听过无数鬼怪故事，这时万分后悔耳鼓里装过那些声音。比如人们讲的黑屋子里跳动的小矮人，他从一角走出，跳到人的肚子上，牙牙学语，等等。我一动不动地盯着屋角，两眼发酸，我想人们为什么要在这么荒凉的地方盖一座独屋呢？这是非常奇怪的。天亮了，山里一个人告诉我，独屋上有很多扒坟扒出的砖石木料，它是那些热闹年头盖成的。我大白天就惊慌起来，不敢走进独屋。接下去的一夜我是在野地里挨过的，背靠着一棵杨树。我一点也没有害怕，因为我周围是没有遮拦的坡地和山影，是土壤和一棵棵的树。那一夜我的心飞到了海滩平原上，回到了我童年生活过的丛林中。我思念着儿时的伙伴，发现他们和当时当地的灌木浆果混在一起，无法分割。一切都是一样的甘甜可口，是已经失去的昨天的滋味。当时我流下了泪水。我真想飞回到林子里，去享受一下那里熟悉的夜露。这一夜天有些凉，我的衣服差不多半湿了。这说明野地里水汽充盈，一切都是蛮好的，像海边上一样。待太阳升起的时候，我又可以看到一座连着一座的大山了，苍苍茫茫，云雾缠绕。我因此而自豪。因为我们那一帮人谁也没有见过真正的山。我已经在山里生活了这么多天了，并且能在山野中独处一个夜晚。这作为一个经历，并不比其他经历逊色，因为我至今还记得起来。就是那个夜晚我明白了，宽阔的大地让人安逸，而人们手工搭成的东西才装满了恐惧。

人不能背叛友谊。我相信自己从小跟那片绿野及绿野上聪慧的生灵有了血肉般的联结，我一生都不背叛它们。它们与我为伴，永远也不会欺辱我、歧视我，与我为善。我的同类的强暴和蛮横加在了它们身上，倒使我浑身战栗。在果园居住时我们养了一条深灰色的雌狗，叫小青。我真不愿提起它的名字，大概这是第一次。它和小孩子一样有童年，有顽皮的岁月，有天真无邪的双目。后来，当然它长大一些了，灰色的毛发开始微微变蓝。它有些胖，圆乎乎的鼻子有一股不易察觉的香味散发出来。我们都确凿无疑地知道它是一个"姑娘"，并且随着年龄的增长有了人一样的羞涩和自尊，有了矜持。我从外祖母那里得知了给狗计算年龄的方法，即人的一个月相当于它的一年，那么小青二十岁了。我们干什么都在一块儿，差不多有相同的愉快和不愉快。它像我们一样喜欢吃水果，遇到发酸的青果也闭上一只眼睛，流出口水。它没有衣服，没有鞋子，这在我看来是极不公平的。大约是一个普通的秋天，一个丝毫没有恶兆的挺好的秋天，突然从远处传来了新的不容更变的命令：打狗。所有的狗都要打，备战备荒。战争好像即将来临，一场坚守或者撤离就在眼前，杀掉多余的东西。我当时的感觉就是这样。我完全蒙了，什么也听不清。全家人都为小青胆战心惊，有的提出送到亲戚家，有的出主意藏到丛林深处。当然这些方法都行不通。后来由母亲出面去找人商量，提出小青可否作为例外留下来，因为它在林子里。对方回答不行，没有一点变通的余地。接下去是残忍的等待。我记得清楚，是一天下午，负责打狗的人带了一个旧筐子来了，筐子里装了一根短棍和绳索，一把片子刀。我捂着耳朵跑到了林子深处。

　　那天深夜我才回到家里。到处没有一点儿声音。没有一个人睡，也没有一个人发出响动。天亮了，我想看到一点儿什么痕迹，什么也没有。院子里铺了一层洁净的沙子。

　　二十余年过去了。从那一次我明白了好多，仿佛一瞬间领悟了人世间全部的不平和残暴。从此生活中发生什么我都不会惊讶。他们硬是用暴力终止了一个挺好的生命，不允许它再呼吸。我有理由永远不停地诅咒他们，有理由做出这样的预言：残暴的人管理不好我们的生活，我一生也不会信任那些凶恶冷酷的人。如果我不这样，我就是一个背叛者。

　　说到这里，我想起了人的苦难经历与一个人的信念的关系。不知怎么的，我现在越来越警惕那些言必称苦难的人，特别是具体到自己的苦难的人。一个饱受贫困的折磨和精神摧残的人，不见得就是让人放心的人。因为我发现，一个人有过痛苦的不幸经历是极为重要的，但更为重要的是懂得珍惜这一切。你可能也目睹了这样的情景：有人也许并不缺少艰难的昨天，可是他们在生活中总是自觉不自觉地与一个地方一个时期最黑暗的势力站在一起。他们心灵的指针任何时候也不曾指向弱者，谎言和不负责任的大话一学就会。我将不断地向自己叮嘱这一点，罗列这些现象，以守住心中最神圣的那么一点东西。如果我不能，我也是一个背叛者。

　　我明白恶的引诱是太多太多了。比如，人的一生中会碰到很多宴会，并且大多会愉快地参加。宴会很丰盛，差不多总是吃掉一半剩下一半，差不多总是以荤为主。这就有了两个问题：一是当他坐在桌边，会想到自己的亲属，还有很多认识的和不认识的人，同一时刻正在嚼着简陋的难以下咽的食品吗？那么这张桌子摆这么多东西是合理的吗？或许他会转念又一想：我如果离开这张桌子，那么大多数人是不会离开的，这里那里，今天明天，无数的宴会总要不断地进行下去。而我吃掉自己的一份，起码并没有连同心中的责任一同吞咽下去，它甚至可以化为气力，去为那些贫穷的人争得什么。如果真是这样，那也可怕得很。无数这样的个人心理恰恰造成了客观上极其宽泛的残酷。它的现实是，一方面是对温饱的渴求，另一方面是酒肉的河流。第二个问题是吃荤。谁在美餐的时刻想到动物在流血、一个个生命被屠宰呢？它们活着的时候不是挺可爱的吗？它们在梳理羽毛，它们在眨动眼睛。你可能喜欢它们。然而这一切都被牙齿粉碎了。看来心中的一点怜悯还不足以抵挡口腹之欲。我与大多数人同样的伪善和虚妄，似乎无力超越。我不止一次对人说过我的预测、我的一个至关重要的判断：如果我们的文明发展得还不算太慢的话，如果还来得及，那么人类总有一天会告别餐食动物的历史；也只有到了这一天，人类才会从根本上摆脱似乎是从来不可避免的悲剧。这差不多成了一个标志、一个界限。因为人类不可能用沾满鲜血的双手去摘取宇宙间完美的果子。我对此坚信不疑。

　　要说的太多了。让我们还是回到生机盎然的原野上吧，回到绿色中间。那儿或者沉默，或者喧哗，但总会有一种久远的强大的旋律，这是在其他地方所听不到的。自然界的大小生命一起参与弹拨一只琴，妙不可言。我相信最终还有一种矫正人心的更为深远的力量潜藏其间，那即是向善的力量。让我们感觉它、搜寻它、依靠它，一辈子也不犹疑。

想来想去，我觉得没有更多的东西可以信赖，今天如此，明天大概还是如此。一切都在变化，都在显露真形，都会余下一缕淡弱的尾音，唯有大自然给我永恒的启示。

1988年7月29日 于龙口

融入野地

一

  城市是一片被肆意修饰过的野地,我最终将告别它。我想寻找一个原来,一个真实。这纯稚的想念如同一首热烈的歌谣,在那儿引诱我。市声如潮,淹没了一切,我想浮出来看一眼原野、山峦,看一眼丛林、青纱帐。我寻找了,看到了,挽回的只是没完没了的默想。辽阔的大地,大地边缘是海洋。无数的生命在腾跃、繁衍生长,升起的太阳一次次把它们照亮……当我在某一瞬间睁大了双目时,突然看到了眼前的一切都变得簇新。它令人惊悸,感动,诧异,好像生来第一遭发现了我们的四周遍布奇迹。

  我极想抓住那个"瞬间感受",心头充溢着阵阵狂喜。我在其中领悟:万物都在急剧循环,生生灭灭,长久与暂时都是相对而言的;但在这纷纭无绪中的确有什么永恒的东西。我在捕捉和追逐,而它又绝不可能属于我。这是一个悲剧,又是一个喜剧。暂且抑制了一个城市人的伤感,面向旷野追问一句:为什么会是这样?这些又到底来自何方?已经存在的一切是如此完美,完美得让人不可思议;它又是如此地残缺,残缺得令人痛心疾首。我们面对的不仅是一个熟知的世界,还有一个完全陌生的世界;原来那种悲剧感,或是喜剧感都来自一种无可奈何。

心弦紧绷，强抑下无尽的感慨。生活的浪涌照例扑面而来，让人一拍三摇。做梦都想像一棵树那样抓牢一小片泥土。

我拒绝这种无根无定的生活，我想追求的不过是一个简单、真实和落定。这永远只能停留在愿望里。寻找一个去处成了大问题，安慰自己这颗成年人的心也成了大问题。默默挨蹭，一个人总是先学会承受，再设法拒绝。承受，一直承受，承受你的自尊所无法容许的混浊一团。也就在这无边的踟蹰中，真正的拒绝开始了。

这条长路犹如长夜。在漫漫夜色里，谁在长思不绝？谁在悲天悯人？谁在知心认命？心界之内，喧嚣也难以渗入，它们只在耳畔化为了夜色。无光无色的域内，只需伸手触摸，而不以目视。在这儿，传统的知与见已经失去了原有的意义。神游的脚步磨得夜气发烫，心甘情愿一意追踪。承受、接受、忍受——一个人真的能够忍受吗？有时回答能，有时回答不，最终还是不能。我于是只剩下了最后的拒绝。

二

当我还一时无法表述"野地"这个概念时，我就想到了融入。因为我单凭直觉就知道，只有在真正的野地里，人可以漠视平凡，发现舞蹈的仙鹤。泥土滋生一切：在那儿，人将得到所需的全部，特别是百求不得的那个安慰。野地是万物的生母，她子孙满堂却不会衰老。

她的乳汁汇流成河，涌入海洋，滋润了万千生灵。

我沿了一条小路走去。小路上脚印稀罕，不闻人语，它直通故地。谁没有故地？故地连接了人的血脉，人在故地上长出第一绺根须。可是谁又会一直心系故地？直到今天我才发现，一个人长大了，走向远方，投入闹市，足迹印上大洋彼岸，他还会固执地指认：故地处于大地的中央。他的整个世界都是那一小片土地生长延伸出来的。

我又看到了山峦、平原、一望无边的大海。泥沼的气息如此浓烈，土地的呼吸分明可辨。稼禾、草、丛林；人、小蚁、骏马；主人、同类、寄生者……搅缠共生于一体。我渐渐靠近了一个巨大的身影……

　　故地指向野地的边缘，这儿有一把钥匙。这里是一个入口，一个门。满地藤蔓缠住了手足，丛丛灌木挡住了去路，它们挽留的是一个过客，还是一个归来的生命？我伏下来，倾听，贴紧，感知脉动和体温。此刻我才放松下来，因为我获得了真正的宽容。

　　一个人这时会被深深地感动。他像一棵树一样，在一方泥土上萌生。他的一切最初都来自这里，这里是他一生探究不尽的一个源路。人实际上不过是一棵会移动的树。他的激动、欲望，都是这片泥土给予的。他曾经与四周的丛绿一起成长。多少年过去了，回头再看旧时景物，会发现时间改变了这么多，又似乎一点也没变。绿色与裸土并存，枯树与长藤纠扯。

　　那只熟悉的红点颏与巨大的石碾一块儿找到了，还有荒野芜草中百灵的精致小窝……故地在我看来真是妙迹处处。

　　一个人只要归来就会寻找，只要寻找就会如愿。多么奇怪又多么素朴的一条原理，我一弯腰将它拣了起来。匍匐在泥土上，像一棵欲要扎根的树——这种欲求多次被鹦鹉学舌者给弄脏。我要将其还回原来。我心灵里那个需求正像童年一样热切纯洁。

　　我像个熟练的取景人，眯起双目遥视前方。这样我就眯矇了画面，闪去了很多具体的事物。我看到的不是一棵或一株，而是一派绿色；不是一个老人一个少女，而是密挤的人的世界。所有的声息都洒落在泥土上，混合着一起涌过，如蜂鸣如山崩。

　　我蹲在一棵壮硕的玉米下，长久地看它大刀一样的叶片上面的银色丝络；我特别注意了它如爪如须、紧攥泥土的根。

　　它长得何等旺盛，完美无损，生气逼人。与之相似的无语生命比比皆是，它们一块儿忽略了必将来临的死亡。它们有个精神，秘而不宣。我就这样仰望着一棵近在咫尺的玉米。

　　时至今日，似乎更没有人愿意重视知觉的奥秘。人仿佛除了接受再没有选择。语言和图画携来的信息堆积如山，现代传递技术可以让人蹲在一隅遥视世界。谬误与真理掺拌在一起抛洒，人类像挨了一场陨石雨。它损伤的是人的感知器官。

失去了辨析的基本权力，剩下的只是一种苦熬。一个现代人即便大睁双目，还是拨不开无形的眼障。错觉总是缠住你，最终使你臣服。传统的"知"与"见"给予了我们，也蒙蔽了我们。于是我们要寻找新的知觉方式，警惕自己的视听。我站在大地中央，发现它正在生长躯体，它负载了江河和城市，让各色人种和动植物在腹背生息。令人无限感激的是，它把正中的一块留给了我的故地。我身背行囊，朝行夜宿，有时翻山越岭，有时顺河而行；走不尽的一方土，寸土寸金。有个异国师长说它像邮票一般大。我走近了你、挨上了你吗？一种模模糊糊的幸运飘过心头。

三

大概不仅仅是职业习惯，我总是急于寻觅一种语言。语言对于我从来就有一种神秘的感觉。人生之路上遭逢的万事万物之所以缄口沉默，主要是失去了语言。语言是凭证，是根据，是继续前行的资本。我所追求的语言是能够通行四方、源发于山脉和土壤的某种东西，它活泼如生命，坚硬如顽石，有形无形，有声无声。它就撒落在野地上，潜隐在万物间。河水咕咕流淌，大海日夜喧嚷，鸟鸣人呼——这都是相互隔离的语言；那么通行四方的语言藏在了哪里？

它犹如土中的金子，等待人们历尽辛苦之后才跃出。我的力气耗失了的那天，即便如愿以偿了又有什么意义？我像所有人一样犹豫、沮丧、叹息，不知何方才是目的，既空空荡荡，又心气高远。总之，无语的痛苦难以忍受，它是真实的痛苦。

我的希冀不大，无非就想讨一句话。很可惜，也很残酷，它不发一言。

让人亲近、心头灼热的故地，我扑入你的怀抱就痴话连篇，说了半晌才发觉你仍是默默。真让人尴尬。我知道，无论是秋虫的鸣响，抑或人的欢语，往往都隐下了什么。它们的无声之声才道出真谛，我收拾的是声音底层的回响。

在一个废弃的村落旧址上，我发现了遗落在荒草间的碾盘。它上面满是磨钝了的齿沟。

它曾经被忙生计的人团团围住，它当刻下滔滔话语。还有，茅草也遮不住的破碎瓦砾，该留下被击碎那一刻的尖利吧？我对此坚信不疑，只是我仍然不能将其破译。脚下是一道道地裂，是在草叶间偷窥的小小生灵。太阳欲落，金红的火焰从天边一直烧到脚下。在这引人怀念和追忆的时刻，我感到了凄凉，更感到了蕴含于天地自然中的强大的激情。可是我们仍然相对无语。

刚刚接近故地的那种熟悉和亲切逐渐消失，代之而来的是深深的陌生感，我认识到它们的表层之下，有着我以往完全不曾接近过的东西。多少次站在夕阳西下的郊野，默想观想，像等候一个机会。也就在这时，偶尔回想起流逝的岁月，会勾起一丝酸疼。好在这会儿我已没有了书生那样的忏悔，而是充满了爱心和感激，心甘情愿地等待、等待。我回想了童年——不是那时的故事，而是那时的愉快心情。令人惊讶的是那种愉悦后来再也没有出现。我多少领悟了：那时还来不及掌握太多的俗词儿，因而反倒能够与大自然对话；那愉悦是来自交流和沟通，那时的我还未完全从自然的母体上剥离开来。世俗的词儿看上去有斤有两，在自然万物听来却是一门拙劣的外语。使用这种词儿操作的人就不会有太大希望。解开了这个谜我一阵欣慰，长舒一口气。

田野上有很多劳作的人，他们趴在地上，沾满土末。禾绿遮着铜色躯体，掩成一片。土地与人之间用劳动沟通起来，人在劳动中就忘记了世俗的词儿。那时人与土地以及周围的生命结为一体，看上去，人也化进了朦胧。要倾听他们的语言吗？这会儿真的掺入泥中，长成了绿色的茎叶。这是劳动和交流的一场盛会，我怀着赶赴盛宴的心情投入了劳动。我想将自己融入其间。

人若丢弃了劳动就会陷于蒙昧。

我有个细致难忘的观察：那些劳动者一旦离开了劳动，立刻操起了世俗的词儿。这就没有了交流的工具，与周遭的事物失去了联系，因而毫无力量。语言，不仅仅是表，而是理；它有自己的生命、质地和色彩，它是幻化了的精气。仅以声音为标志的语言已经是徒有其表，魂魄飞走了。我崇拜语言，并将其奉为神圣和神秘之物。

四

生活中无数次证明：忍受是困难的。一个人无论多么达观，最终都难以忍受。逃避，投诚，撞碎自己，都不是忍受。

拒绝也不是忍受。不能忍受是人性中刚毅纯洁的一面，是人之所以可爱的一个原因。偶有忍受也为了最终的拒绝。拒绝的精神和态度应该得到赞许。但是，任何一种选择都是通过一个形式去完成的，而形式可以是多种多样。

一个人如果因爱而痴，形似懵懂，却也恰恰是找到了自己的门径。别人都忙于拒绝时，他却进入了忘我的状态。忘我也是不能忍受的结果。他穿越激烈之路，烧掉了愤懑，这才有了痴情。爱一种职业、一朵花、一个人，爱的是具体的东西；爱一分感觉、一个意愿、一片土地、一种状态，爱的是抽象的东西。只要从头走过来，只要爱得真挚，就会痴迷。迷了心窍，就有了境界。

当我投入一片茫茫原野时，就明白自己背向了某种令我心颤的、滚烫烫的东西。我从具体走向了抽象。站在荒芜间举目四望，一个质问无法回避。我回答仍旧爱着。尽管头发已经蓬乱，衣衫有了破洞，可我自知这会儿已将内心修葺得工整洁美。我在迎送四季的田头壑底徘徊，身上只负了背囊，没有矛戟。我甘愿心疏志废、自我放逐。冷热悲欢一次次织成了网,我更加明白我"不能忍受",扔掉小欣喜,走入故地,在秋野禾下满面欢笑。

但愿截断归途,让我永远待在这里。美与善有时需要独守,需要眼盯盯地看着它生长。

我处于沉静无声的一个世界,享受安谧;我听到挚友在赞颂坚韧,同志在歌唱牺牲,而我却仅仅是不能忍受。故地上的一棵红果树、一株缬草,都让我再三吟味。我不能从它的身边走开,它们深深地吸引了我。

我在它们的淡淡清香中感动不已。它们也许只是简单明了、极其平凡的一树一花,荒野里的生物,可它们活得是何等真实。

我消磨了时光,时光也恩惠了我。风霜洗去了轻薄的热情,只留住了结结实实的冷漠。

站在这辽远开阔的平畴上,再也嗅不到远城炊烟。四处都是去路,既没人挽留,也没人催促。时空在这儿变得旷敞了,人性也自然松弛。我知道所有的热闹都挺耗人,一直到把人耗贫。我爱野地,爱遥远的那一条线。我痴迷得不可救药,像入了玄门;我在忘情时已是口不能语,手不能书;心远手粗,有时提笔忘字。我顺着故地小径走入野地,在荒村陋室里勉强记下野歌。这些歪歪扭扭的墨迹没有装进昨天的人造革皮夹,而是用一块土纺花布包了,背在肩上。土纺花布小包裹了我的痴唱,携上它继续前行。一路上我不断地识字:如果说象形文字源于实物,它们之间要一一对应,那么现在是更多地指认实物的时候了。这是一种可以保持长久的兴趣,也只有在广大的土地上才做得到。琐细迷人的辨识中,时光流逝不停,就这样过起了自己的日子。我满足于这种状态和感觉,以及其间难以言传的欢愉。

这欢愉真像是窃来的一样。

我知道不能忍受的东西终会消失,但我也明白一个人有多么执拗。因此,历史上的智者一旦放逐了自己就乐不思蜀。

一切都平平淡淡地过下来,像太阳一样重复自己。这重复中包含了无尽的内容。

五

在一些质地相当纯正的著作里,我注意到它一再地提请我们注意如下的意思:孤独有多么美。在这儿,孤独这个概念多少有些含混。大概在精神的驻地、在人的内心,它已经无法给弄得更准确了。它大约在指独自一头——当然无论是肉体方面还是精神方面的状态。一个动物,一株树,都可以孤独。孤独是难以归类的结果。它是美的吗?果真如此,人们也就无须惊悚逃离了。它起码不像幻想那么美;如果有一点点,也只是一种苍凉的美。

一个人处于那样的情状只会是被迫的。现代人之所以形单影只,还因为有一个不断生长的"精神"。要截断那种恐惧,就要截断根须。然而这是徒劳的,因为只要活着,它总要生长。伪装平庸也许有趣,但要真的将一个人扔回平庸,必然遭到他的剧烈抵抗。

独自低徊富于诗意,但极少有人注意其中的痛苦。孤独往往是心与心的通道被堵塞。人一生下来就要面对无数隐秘,可是对于每个人而言,这隐秘后来不是减少而是成倍地增加了。它来自各个方面,也来自人本身。于是被嘲弄被困扰的尴尬就始终相伴,于是每个人都在自觉不自觉地挣脱——说不出的恐慌使他们丢失了优雅。

在我眼里,孤独是可怕的,但更可怕的是放弃自尊。怎样既不失去后者又能保住心灵上的润泽?也许真的"鱼与熊掌不可得兼",也许它又是一个等待破解的隐秘。在漫漫的等待中,有什么能替代冥想和自语?我发现心灵可以分解,它的不同的部分甚至能够对话。可是不言而喻,这样做需要一份不同寻常的宁静,使你能够倾听。

正像一籽抛落就要寻下裸土,我凭直感奔向了土地。它产生了一切,也就能回答一切、圆满一切。因为被饥困折磨久了,我远投野地的时间选在了九月——一个五谷丰登的季节。

这时候的田野上满是结果。由于丰收和富足，万千生灵都流露出压抑不住的欢喜，个个与人为善。浓绿的植物，没有衰败的花、黑土和黄沙，无一不是新鲜真切。待在它们中间，被侵犯和伤害的忧虑空前减弱，心头泛起的只是依赖和宠信……

这是一个喃喃自语的世界，一个我所能找到的最为慷慨的世界。这儿对灵魂的打扰最少。在此我终于明白：孤独不仅是失去了沟通的机缘，更为可怕的是频频侵扰下失去了自语的权利。这是最后的权利。

就为了这一点点，我不惜千里跋涉，甚至一度变得"能够忍受"。我安定下来，驻足入驿，这才面对自己的幸运。我简直是大喜过望了。在这里，我弄懂一个切近的事实：对于我们而言，山脉土地，是千万年不曾更移的背景；我们正被一种永恒所衬托。与之相依，尽可以沉入梦呓，黎明时总会被久长悠远的呼鸣给唤醒。

世上究竟哪里可以与此地比拟？这里处于大地的中央。这里与母亲心理上的距离最近。

在这里，你尽可述说昨日的流浪。凄冷的岁月已经过去，一个孩子终于迎来了双亲。你没有哭泣，只是因为你学会了掩泪入心。在怀抱中的感知竟如此敏锐，你只需轻轻一瞥就看透了世俗。长久和短暂、虚无与真实，罗列分明。你发现寻求同类也并非想象中那么艰苦，所有朴实的、安静的、纯真的，都是同类。它们或他们大可不必操着同一种语言，也不一定要以声传情。同类只是大地母亲平等照料的孩子，饮用同样的乳汁，散发着相似的奶腥。

在安怡温和的长夜，野香熏人。追思和畅想赶走了孤单，一腔柔情也有了着落。我变得谦让和理解，试着原谅过去不曾原谅的东西，也追究着根性里的东西。夜的声息繁复无边，我在其间想象；在它的启示之下，我甚至又一次探寻起词语的奥秘。我试过用音节和发声模拟野地上的事物，并同时传递出它的内在神采。如小鸟的"啾啾"，不仅拟声极准，"啾"字竟是让我神往的秋、秋天秋野，口、嘴巴、歌喉——它们组成的。还有田野的气声、回响，深夜里游动的光。这些又该如何模拟出一个词语，并汇入现代人的通解？这不仅是饶有兴趣的实验，它同时也接近了某种意义和目的。我在默默夜色里找准了声义及它们的切口，等于是按住万物突突的脉搏。

一种相依相伴的情感驱逐了心理上的不安。我与野地上的一切共存共生，共同经历和承受。长夜尽头，我不止一次听到了万物在诞生那一刻的痛苦嘶叫。我就这样领受了凄楚和兴奋交织的情感，让它磨砺。

好在这些不仅仅停留于感觉之中。臆想的极限超越之后，就是实实在在的触摸了。

六

因为我在很大程度上摆脱了生命的寂寥，所以我能够走出消极。我的歌声从此不仅为了自慰，而且还用以呼唤。我越来越清楚这是一种记录，不是消遣，不是自娱，甚至也来不及伤感。如若那样，我做的一切都会像朝露一样蒸掉。我所提醒人们注意的只是一些最普通的东西，因为它们之中蕴含的因素使人惊讶，最终将被牢记。我关注的不仅仅是人，而是与人不可分剥的所有事物。我不曾专注于苦难，却无法失去那份敏感。我所提供的，仅仅是关于某种状态的证词。

这大概已经够了。这是必要的。我这儿仅仅遵循了质朴的原则，自然而然地藐视乖巧。

真实伴我左右，此刻无须请求指认。我的声音混同于草响虫鸣，与原野的喧声整齐划一。

这儿不需一位独立于世的歌手，事实上也做不到。我竭尽全力只能仿个真，以获取在它们身侧同唱的资格。

来时两手空空，野地认我为贫穷的兄弟。我们肌肤相摩，日夜相依。我隐于这浑然一片，俗眼无法将我辨认。我们的呼吸汇成了风，气流从禾叶和河谷吹过，又回到我们中间。

这风洗去了我的疲惫和倦怠，裹挟了我们的合唱。谁能从中分析我的嗓音？我化为了自然之声。我生来第一次感受这样的骄傲。

我所投入的世界生机勃勃，这儿有永不停息的蜕变、消亡以及诞生。关于它们的信息都覆于落叶之下，渗进了泥土。

新生之物让第一束阳光照个通亮。这儿瞬息万变，光影交错，我只把心口收紧，让神思一点点溶解。喧哗四起，没有终结的躁动——这就是我的故地。我跟紧了故地的精灵，随它游遍每一道沟坎。我的歌唱时而荡在心底，时而随风飘动。精灵隐隐左右了合唱，或是合唱催生了精灵。我充任了故地的劣等秘书，耳听、口念、手书，痴迷恍惚，不敢稍离半步。

眼看着四肢被青藤绕裹，地衣长上额角。这不是死，而是生。我可以做一棵树了，扎下根须，化为了故地上的一个器官。从此我的吟哦不是一己之事，也非我能左右。一个人消逝了，一株树诞生了。生命仍在，性质却得到了转换。

这样，自我而生的音响韵节就留在了另一个世界。我寻找同类，因为我爱他们，爱纯美的一切，寻求的结果却使我化为一棵树。风雨将不断梳洗我，霜雪就是膏脂。但我却没有了孤独。孤独是另一边的概念，洋溢着另一种气味。从此尽是树的阅历，也是它的经验和感受。

有人或许听懂了树的歌吟，注目枝叶在风中相摩的声响，但树本身却没有如此的期待。一棵棵树就是这样生长的，它的最大愿望大概就是一生抓紧泥土。

七

随着年龄的增长，我越来越注意到艺术的神秘的力量。只有艺术中凝结了大自然那么多的隐秘。所以我认为光荣从来属于那些最激动人心的诗人。人类总是通过艺术的隧道去触摸时间之谜，去印证生命的奥秘。自然中的全部都可通过艺术之手的拨动而进入人的视野。它与人的关系至为独特，人迷于艺术，是因为他迷于人本身、迷于这个世界昭示他的一切。一个健康成长着的人对于艺术无法选择。

但实际上选择是存在的。我认为自己就有过选择。对于艺术可以有多种解释，这是必然的。但我始终认为将艺术置于选择的位置，是一次堕落。

我曾选择过，所以我也有过堕落。补救的方法也许就是紧紧抱定这个选择结果，以求得灵魂的升华。这个世界的物欲愈盛，我愈从容。对于艺术，哪怕给我一个独守的机会也好。

我交织着重重心事：一方面希望所有人的投入，另一方面又怕玷污了圣洁。在我看来它只该继续走向清冷，走到一个极端。留下我来默祷，为了我的守护，和我认准了的那份神圣。当然这是不可能的。

我梦见过在烛光下操劳的银匠，特别记住了他头顶闪烁的那一团白发。深不见底的墨夜，夜的中间是掬得起的一汪烛辉……什么是艺术？什么是劳动？它们共生共长吗？我在那个清晨叮咛自己：永远不要离开劳动——虽然我从未想过，也从未有过离去的念头。

艺术与宗教的品质不尽相同，但二者都需要心怀笃诚。当贪婪和攫取的狂浪拍碎了陆地，你不得不划一叶独舟时，怀中还剩下了什么？无非是一份热烈和忠诚。饥饿和死亡都不能剥夺的东西才是真正珍贵的。多少人歌颂物欲，说它创造了世界。是的，它创造了一个邪恶的世界；它也毁灭了一个世界，那是一个宁静的世界。我渐渐明白：要始终保有富足，积累的速度并不重要，重要的是能够积累。诚实的劳动者和艺术家一块儿发现了历史的哀伤，即：不能够。

人的岁月也极像循环不止的四季，时而斑斓，时而被洗得光光。一切还得从头开始。为了寻觅永久的依托，人们还是找到站立的这片土地。千万年的秘史糅在泥中，生出鲜花和毒菇。这些无法言喻的事物靠什么去洞悉和揭示？哪怕是仅仅获取一个接近的权力，靠什么？仍然是艺术，是它的神秘的力量。

滋生万物的野地接纳了艺术家。野地也能够拒绝，并且做得毅然彻底。强加于它的东西最终就不能立足。泥土像好的艺术家，看上去沉静，实际上怀了满腔热情。艺术家可以像绿色火焰，像青藤，在土地上燃烧。

最后也只能剩下一片灰烬。多么短暂，连这点也像青藤。

不过他总算用这种方式挨紧了热土。

八

我曾询问：一个知识分子的精神源自何方？它的本源？很久以来，一层层纸页将这个本来浅显的问题给覆盖了。当然，我不会否认渍透了心汁的书林也孕育了某种精神。可我还是发现了那种悲天的情怀来自大自然，来自一个广漠的世界。也许在任何一个时世里都有这样的哀叹——我们缺少知识分子。它的标志不仅是学历和行当上的造就，因为最重要的依据是一个灵魂的性质。真正的"知"应该达于"灵"。那些弄科技艺术以期成功者，同时要使自己成长为一个知识分子。

将"知识分子"这个概念俗化有伤人心。于是你看到了逍遥的骗子、昏聩的学人、卖了良心的艺术家。这些人有时并非厌恶劳动，却无一例外地极度害怕贫困。他们注重自己的仪表，却没有内在的严整性，最善于尾随时风。谁看到一个意外？谁找到一个稀罕？在势与利面前一个比一个更乖，像临近了末日。我宁可一生泡在汗尘中，也要远离它们。

我曾经是一个职业写作者，但我一生的最高期望是：成为一个作家。

人需要一个遥远的光点，像渺渺星斗。我走向它，节衣缩食，收心敛性。愿冥冥中的手为我开启智门。比起我的目标，我追赶的修行，我显得多么卑微。苍白无力，琐屑慵懒，经不住内省。就为了精神上的成长，让诚实和朴素、让那份好德行，永远也不要离开我，让勇敢和正义变得愈加具体和清晰。那样，漫长的消磨和无声的侵蚀我也能够陪伴。

在我投入的原野上，在万千生灵之间，劳作使我沉静。我获得了这样的状态：对工作和发现的意义坚信不疑。我亲手书下的只是一片稚拙，可这份作业却与俗眼无缘。我的这些文字是为你、为他和她写成的，我爱你们。我恭呈了。

九

就因为那个瞬间的吸引，我出发了。我的希求简明而又模糊：寻找野地。我首先踏上故地，并在那里迈出了一步。我试图抚摸它的边缘，望穿雾幔；我舍弃所有奔向它，为了融入其间。跋涉、追赶、寻问——野地到底是什么？它在何方？

野地是否也包括了我浑然苍茫的感觉世界？

我无法停止寻求……

1992年8月26日 于龙口

夜 思

让我来告诉你,也请你来告诉我。这是一场互相诉说。这会使我们真的弄懂绝望和希望,弄懂什么是幻觉,什么是奢望,而什么才是结结实实的泥地。

……………

又一次走进了午夜。漫漫长夜,无论醒着还是睡着,我都在倾听自己的呼吸,将围拢来的赶开,又追逐飘逝的……

一

……只有你才能听到我的心音。我有时想,世上的一切都非常简单,它并不玄奥,也不复杂。所有的纠缠、烦琐,长长的过程,都不过为了结出一个果子。

因为它才有四季,才去经受;也因为它,才把人鼓舞得浑身灼热,有打发不完的激动。

凝视着你,不停地叙说,却在自己的语气中轻轻战栗;无声的黑夜中,借温暖的追忆安慰自己,却使一片心情更加冰凉。春天的丁香,初秋的玫瑰,一切美好和温馨都在提醒……我接着想那片平原,平原上一切的生灵，无边的丛林，月光下的海浪。

我今夜特别思念你。

二

我想领你走开，到很远很远的地方去。真的要离开这片平原了，开始跋涉——看到那一溜黛色山影了吧？要向南，一直向南。我会把糙食留给自己，把剩下的一点精粮交给你。旅途太长了，你要接着走。到了那一天，我倒下了，你将继续往前，并且想念着我。这世界上有几个人真正配得上怀念？我因此也该深感欣慰了。

行前只是舍不得孩子。夜里，抚摸着孩子鼓鼓的小手指甲、软软的小巴掌，就得用力忍住什么。

三

我曾盼望有一所小房子，简朴得像土地。我们住在里面，种菜，养殖，读书……彻头彻尾的老路子，也是唯一健康和医治的好路子。我们将同时感知和回避，也借此来一个总结；更更重要的是，我们会看住飞快流逝的生命。

看住它，即看看它是怎样渐渐变得老旧、一点点地抽走——像抽丝一样。我不想让频频的侵犯把它的形迹遮住，而需要一个冷清之地。于是就想到了那样一所小房子。

——难道就此退却吗？退却又是不是背叛？如果是，那么它大概也是所有罪愆中最轻的一种了。

我背向了一片平原。但我将从此守住什么，一刻也不松懈——这样行吗？

这样又失去了"目击"的可能。很久以来我就渴望做个记录者、目击者，因为这是最起码的。可是我被逼到了一个小屋中。其中的悲哀谁说得清。这样一种感觉长时间压抑着我，使我不停地迟疑。风雨敲打在屋顶上，从此将是山地的风雨。我闭上眼睛会梦见妖魔，我在小小庭院中栽下花卉，却要迎接严霜之后的凋零。我在两难的状态中徘徊，已经很久了。眼看着有什么最可宝贵的东西被耗干了，没留一点声息痕迹。

四

你的鼓励我会深深地记住，永远地感谢你。你要跟随我去那个小屋，去种植、迎接一生的冷淡和艰辛。我们甚至讨论了怎样采蘑菇和黄花菜、怎样包装销售的细节，还有栽培养殖的关键技术问题……未来怎么办？我们问这片平原。我们都知道它没有太多的未来。如果说我们的未来还有一座小屋的话，那么这片平原连座小屋也不会留下。一切都会荡然无存。

我们互相注视着。

五

你真实地哺育我、饲喂我。我一生都将牢记我承受的、我享用的、我拥有的。我相信当初有神灵轻轻地推了一下，我们才抬起了眼睛。淳朴得像土上的一株艾草，清香久远。不认得艾草的人永远也不认识原野，觉悟不到土地的存在。

我跟随着你像跟随真理。我的忠诚经受了检验。一个当代人怎样才算经过了洗礼？我不知道，但我算是其中之一。我面对着原野，没有茫然失措。很亲切，很本色，我们相互体贴。你哺育我、饲喂我，你不朽的青春光芒四射。

由于那个不幸的童年和少年时代,我变得沉默寡言。可是你打开了我心的闸门。也由于类似的原因,我不会泣哭。当面对同一个场景,众人号啕之时,我却是木然。但面对你的温厚和无私,我却难以忍住。脸上没有滴落,心中泪如泉涌。你的手挽住了我,我们向前走去,直到溶解在天际。那一片橘红色的云不是被太阳点燃的,而是一个奇怪的预兆。你哺育着我。世上再也没有比你更善良的人了。

你的手挽住我。诅咒和颂赞轻得像一片鸿毛。去哪里?向南,一直向南。

六

有时我也于心不忍,真想说一句:走开吧,走向你自己的来路吧。我不敢再让你陪伴。我深知这有多么危险。这是一种可怕的牺牲,虽然并非不值。我不久就需要一个拐杖,因为不想让人搀扶,只想自己走下去。没有人比我更喜欢玫瑰,可是我只能面向荒芜。这是我的命。

你是新来的,走开吧,离开吧,趁着还有一点食物和水。不要再往前了,不要在乎别的行人,因为他们都心怀一个理由。他们有一种血脉一个经历,拗得像战士,不,比战士还要顽强。

仅仅用战士来比喻这些人是不够的。战士有时是中性的、单薄的。而他们是殉道者加战士,是金属中最硬的合金。你在了解了这一切之后仍然愿意往前,不再犹豫地迈出了一步又一步。可因为我是个兄长,还是要对你说一句:离开吧,离开我吧。

七

人的心中该有一颗种子，它埋下了，在温湿中胀大萌发。它留在了心底，人就会坐卧不安。人与人的命不一样，有人就是被播下了一粒种子。这一种子埋得好深好深，它绝不会风干，也不会腐变发霉。随着它的胀大，将在心里压得沉沉的。

我不知该怎样对待给我播下种子的人和岁月。我只是有了无尽的遥想。那个人远去了，像任何无望而热烈的人一样，走得如此简单，差不多连送行的人也没有。

如今我一眼就可以把大街上的人分辨出来：谁心里有个种子，而谁没有。世界靠没有种子的人去充填，但世界却不会由他们创造。种子长成的那天，他开始有力量，他让它在世上缓缓开放，吐露芬芳；最后是结出果子，赠给一个个张开的口。种子也会在心中变质吗？当然会。那一天才是非常可怕的。

八

我听到有人讥讽和谩骂他自己不幸的父亲，心上立刻一紧。我警惕地看着，觉得陌生而神秘。只是后来想想原因也很简单：那时这样对待父亲是一种时髦。

我却由此而倍加怀念自己的亲人，无论他是有幸还是不幸。当然他只能不幸。我不记得很早时他的模样，也不记得他的声音。因为我们相识已经很晚了。乌黑乌黑的一个晚上他回来了，瘦骨嶙峋。他没有力气，没有声息，刚躺下歇息又被人揪起。他不会做当地的活儿，于是被赶到海上，从此就伏在了长长的网绠上，随着拉网号子移动、移动。

我像被吸到了海边，一天到晚卧在沙滩上看。号子声，叫骂声，海上老大的呵斥，还有挥动棍子的嗖嗖声。海浪为什么不能将一切淹没？那个人，那个与我不能分剥的人，这时正在用力地拽着死沉的网绠，双手流血。

一网一网的鱼上岸了。有一种皮肤粗韧的鱼，有人就剥下皮来，用来蒙鼓。从此我和伙伴们敲起了鱼皮鼓，不停地敲。那又闷又沉的鼓声密集痴狂，撒在了浪尖上。旁边的人又叫又跳地敲，只有我一声不吭。我只敲给一个人听。

九

无论是睡着还是醒着，有一点永远不会改变，就是对那片原野的留恋。我对它寄托了全部热情。我一生的跋涉，只为了它。这也是能够证明能够接近的具体事物。我常常幻想着这世上还有一种力量能够把它复制出来。尽管它今天已不复存在，也因此造成了我深深的忧愤、我的恨。它的昨日如同梦境，一闪而过。

那片原野连接着大海。它的最南端是一溜黛色山影，西部和北部都是茂密的丛林。丛林深处的一些村落甚至以树命名。那都是引人遐想的美丽名字。就因为这样一片原野，我有时竟要奇怪地发出感谢，感谢那些强加给先辈的苦难——没有这些苦难，我今生就无缘结识这样一片原野。它拥抱了我，使我真正领略了什么才是永恒不灭的美。

我喜爱那里所有的季节，包括最寒冷的冬天。那是真实无误的冬天，不像现在，在隆冬季节突然下起了毛毛雨；那里的冬天冰封河渠，甚至是一大片海滩。雪岭一道道像长城一样，都是罕见的大风搅成的。一个人想顺利地踏过雪岭是绝无可能的。冬夜，所有的农家、林场工人、牧者，都不忘准备一把铁锹放在门侧，以防一夜袭来的大雪堵住屋门。

那时的冬天是真正严肃的日子。我们在岁月中不能少了严肃。一年四季的不冷不热是歉收和疾病蔓延的原因之一。正因为有那样的日子，原野上的人才备柴、狩猎，制厚重的棉衣皮帽，还造出矮小温暖的土屋，造出火热烤人的大炕。窗上结满冰花，用嘴呵出一块光亮，望外面的雪枝悬冰、银山银冈、冻得飞跑的雪狐。对春天的怀念何等强烈，这种怀念像火一样炙人。岁月在冷与热、忙碌与消闲的巨大反差中变得多情多趣，也耐过得多。它绝不像今天，一晃就是一年。岁月的消耗把生命磨钝了，磨得庸常麻木了。那时迎接一个春天多么隆重，不要说人，不要说一些大动物，就是小小的沙地蜥蜴也要一蹦三跳，就是那些麻雀也要连唱三夜。河冰裂了，渠水响了，小狗跑到雪岭后面小心地侦察季节，兴奋得一声不吭。

柳树最早激动，接着是白杨、杏树，再接着是壳斗科植物。一点点渗出的绿色、红色，那一片斑斓，与各种欢腾不息的动物交融一起。你倾听苏醒的喧哗和变奏，这时才会理解春天为什么被千万遍地歌唱描叙而不致让人厌烦。春天太活了，太亮了，太安慰人了。噜噜响的河渠留下了半边绿水半边冰凌，有多少鱼在青青的水草下窥视。太阳把田野晒得水雾蒙蒙，牛的叫声从世界这一端传到那一端。

春天的喧闹过了许久，惹人注目的道道雪岭才开始慢慢融化。从岭顶淌下的小溪越来越欢，它把搅在一起的沙与雪分离开来，冲刷得清新分明。被雪水洗过的沙粒多么干净，一颗是一颗。每到了傍晚，溪水就和缓下来，融化的速度放慢了。接着是一夜沉默和小声私语，都是关于冬的回忆。

雪岭一扫而光之时，才是夏天的开端。初夏的平原上稚果与鲜花数不胜数，让人想到那个富丽堂皇的秋天无论多么棒，也要感谢火爆的夏天。夏天从一开始就不同凡响，华丽得令人瞠目结舌。自然界走入了最随意最洒脱的季节，一切都在尽情地生长和繁殖，绿色像大海的浪涌一样铺满泥土。下雨了，一场豪放的冲刷洗涤，天晴之后又蛙鼓齐鸣，庄稼、丛林，一切绿色的生命都闪闪发光。

盛夏的火热让人难忘。在最热的那十几天里，海滩上的沙子像被烧过一样，谁赤脚踏上去就要大呼小叫。在这样的烘烤烧灼下，各种果实都在加速成熟。谁敢在正午的烈日下跑到太阳下徘徊？除非是海边上那些拉大网的人，除非是这些身黑如炭的人。就连狐狸和兔子、野鸡和鹰也找阴凉去了，它们在等待一个月夜。

河湾里的荻草蒲苇茂盛得难以想象，真正是密不过人。谁都会相信，在这重重叠叠的绿海中正孕育潜藏了无限的隐秘。浓绿从近岸浅水长起，一直长到深处，把水道逼成了又窄又急的一道。夜晚站在堤上，听水鸟嘎嘎大叫，听大鱼溅水的声音，再迎着满河道的南风，会多么快意。在海滩下乘凉的人点起驱蚊的艾草，大仰着，一边看天上的繁星，一边讲如真似幻的故事。有人还不断地起身到堤下的野地里摘一些不太成熟的果实，聊胜于无地咀嚼着。他们在提前品咂一份甘甜。

就这样，平原等待的秋天终于挨近了，来临了。富足宽容的季节里，不要说果园和庄稼地了，就是在丛林中，那些野生的浆果也采摘不完。野葡萄、野草莓、悬钩子……动物和人可以一块儿享用，简直用不着节俭，因为反正吃也吃不完。秋天过去就要埋在雪中了。有一些动物就在冬雪中扒出它们，把仍然鲜亮的冻果咬得喷喷有声。秋天的蘑菇长在松下、合欢树下，长在柳条棵子中，甚至长在大树的半腰间。它们是泥土生出的另一类果子，神秘而又美丽，让人们在劳动间隙里一低头一仰脸就拾起一个欣喜。蘑菇汤，秋天平原上才有的纯美清爽，恰好冲淡了收获季节里餐桌上的肥腻。

收来浆果、坚果，收来粮食和菜蔬，从一处处村落到林场、园艺场，个个都忙。庭院里的蜀葵败了，木槿却开得正旺。当年育成的鸡膘肥体壮，光滑得像养分充足的大娃娃。狗随主人到田野里忙秋了，留在院里的是温柔顽皮的猫。猫与鸡、鸽子和猪逗玩，互相追逐打闹，而且乐此不疲。所有的家养动物都胖墩墩的，皮毛闪亮，像抹了一层油。那些野生的动物，如一只黄鼬，有时也并无恶意地从墙头上探一下脑袋，立刻引起院内一阵慌乱。可能是芦花大公鸡首先发出威胁的尖叫，接下是猫儿嘴里严厉非常的一声"哧"，不速之客无踪无影了。

秋天还是老人们提着马扎互相交换烟叶的日子。他们一边吸烟一边数念旧事，高兴了就骂骂老婆子和当年的伪军什么的。"你知道河西头那个炮楼是怎么端的吗？"一个黑脸老人抽出烟嘴大嚷。旁边的人都不吭。"是穿花裆的四奶奶捣鼓的，她通队伍！"他用烟锅比画着。这个秋天哪，果实和传奇一块儿丰收了。

十

林场枫树旁的小路还有吗？那一地火红的枫叶，那一对对身影。那时捐枪的老猎人心慈面软，他们只为了过一份伴枪牵狗的传统生活。他们亲手推动了那个平原上多少婚姻，只一眼就能看出林子中的哪一对有点意思，然后设法去撮合。那时的人纯洁又含蓄，远不像现在这样泼辣得野蛮。他们先是注视，默默地，怦怦跳动的心脏轰击了肉体好几个月、好几年，才逐渐敢于交给对方一幅绣花手帕。

下班了，姑娘抱着猫，小伙子领着狗。太阳光把脸抹红了，再有自家动物相伴，这才有勇气走到一个寂静的地方去。他们先说借书的事。猫在狗的盯视下从怀中逃开，狗也跑了。"今年河里的鱼真多啊。"男的说。女的抬头瞥一眼："天说黑就黑了。"这样的约会不知多少次了，终于有一天他们在树下轻轻地拥抱了。他们周身抖动，眼含热泪。其中的一个说："谁比你好才怪了。你最好最好——啊？"

林子里的歌声起起落落。那是在远处，另一些欢乐的人发出的。幸福有个浓度。每个人都会在某个时候获得它。但是幸福有个浓度。有人在它面前失去了任何办法，想哭、想歌、想在沙子上滚动，想跳到河里去。

他识不了太多的字，可是他一连多少天琢磨写一首诗给她。写成了，不好。后来他干脆抄了一首唐诗，夹进一本好书交出去了。她为他织毛衣，织成了又拆了，天天织，一直织到秋末。

捐枪的老猎人哪去了？他转到林子北方，又到那些拉大网的人那儿去了,有时一待就是半天,晚上还要留下来喝碗鱼汤。可是老人答应下来的事儿呢?他忘了告诉她什么了,忘了替谁跑一趟远路。汪汪的狗叫此起彼伏。让热心热肠的好老人回来吧,尽快。

十一

没有绝对凶猛的动物,平原上的动物与远方动物一样,基本上是和气一团的。那时人们不太像后来那么恨狐狸、狼和黄鼬,因为它们做下的坏事实在不多。沙地狐狸、银狐,那张脸谁离近了注视过?没有。仔细看看吧,很美很美。狼也仪表堂堂,勤奋并且勇敢。黄鼬主要捕鼠,而且一张小脸生动无比,圆圆的大眼美丽绝伦。还有遭人贬斥的乌鸦、猫头鹰、貉、花面狸,哪一类不是生动活泼,精巧完美得像件艺术品?

多姿多彩的鸟、小兔子、小刺猬,它们更是让人感到了生的多趣和温暖。它们太完美、太个性,真是到了妙不可言的地步。羽毛丰满的小鸟、刚会奔跑的小兔,常常让人想到人的童年。原来任何生命都有童年,而童年的可爱直逼人心,让人疼怜得心上抖动。抚摸它们,就像抚摸自己的孩子。手掌下的光润滑腻来自一个与我们迥然不同的生命,它活着,居然独自处理了一切,与这个世界结成了自己的关系。我们人不也是一样吗?

如果平原上的动物离我们太远,那么就随便抱起鸽子和猫注视一下吧。猫是美与温柔的代表。它的眼睛多好,还有耳朵。它的鼻子小巧精致到了极端,圆鼓鼓的,小鼻孔是粉红色的。我相信凶狠的人要改造自己,按时抚摸一下猫的鼻子也会有好的效果。再说猫耳——据说最早的时候,猫的耳朵像人一样,也长在脸庞两侧;造物主看了,觉得这神气太像人了,就动手给它搬到了头顶上。我想如果造物主最早动了人的耳朵,我们相互看多了也会习惯。关键是个习惯,人类什么时候才能习惯地将它们视同朋友呢?动物的脸、神情,只要看一会儿就会让你疼得慌。我的平原,丛林田野上的各种生灵，你们今在何方？

十二

我们分手了，匆匆的没有来得及好好看一眼。那是个漆黑的夜，只有弯弯的去路闪着淡淡的白光。从此我有了孤独的白天和夜晚，一颗心亲近着星空。我回忆你、你的一切。人不能没有回忆。

我仿佛听到了你的呼吸、你的笑语和歌声，还有你的低低抽泣。随着时间的流逝，你也会老旧，布满皱褶。可是你永远在心的中央，你是缔造者，是一片圣土，是光荣和骄傲，是永生不灭的希望。有了你，就有了一切，有了一个回路，一个家，一个归宿。

今夜如同十几年前的那个黑夜一样。你在哪里？你的思绪飘向了天边，拂过了站在山地冰霜上的儿女。我却感到了你的手掌：粗粗的，温温的，上面沾满泪痕。我不知该怎样呼唤你的名字，只是遥望北方，分辨你在黑夜中的身影。

只能为你祝福。你的淳朴永恒的丰采，你的青春，是这世界上最后的一个留恋。

十三

几十年的时间一晃就过去了。一条黑色的、散发着恶臭的河挡住了我的去路，使我不能继续往前。没有桥，也没有舟，甚至看不见一个人影，我只得沿着河堤往前踟蹰。

就这样我到了海边，却没有看到一片丛林。没有当年那些小动物了，一只也没有，连猫和狗都极少见到。倒是有一些老鼠在芜草中出没，大白天发出吱吱的吵叫。平展展的原野变成了坑坑洼洼，枯草在污水边腐烂。大海就在眼前，可它不是蓝色的，而是像醋和酱油的颜色，发出一股浓烈的碱味儿。没有白帆，没有渔人，往日的拉网号子永远地消失了。

我站在大海滩上张望，仍然想寻找我的丛林。取代它们的是开矿者挖出的矸石山，是一股股粗壮的黑烟。由于所有的树木都剥落了，一个个村落就赤裸在那儿，瘦小得令人生怜。

我最后转到了大林场旧址，同样没有见到丛林。它化成了一些大大小小的水坑，恶臭扑鼻，水中看不到鱼，也看不到一种水生植物。那些气泡在阳光下闪动，像一些可怕的眼睛。我急急地逃开了。

你在哪里？我毫无目标，也无力呼唤，急躁和绝望使我两手攥出了血。

十四

你死的时候就躺在路边。那一天太阳出得早，你的心情被透过窗棂的阳光抚慰着。你起来漱洗。你上路了。太阳刚刚升起。有一辆笨重的大功率汽车在后面吼叫，它吐出的黑烟老远看像恶龙的长爪。你小心地闪开。这条路尽管布满了坑洼，可是它足够宽了，直通向一个市镇。那辆大功率货车本来很容易就能通过，可是它三颠两颠竟然把你撞倒。你喊了一声——这是撕心裂肺的喊声啊——它的后轮又压到了你的左侧。

满脸油污的驾驶员从车窗上探头瞥了瞥，然后加足马力急驶而去。太阳刚刚升起，路上行人稀疏。你呼叫着，想挣脱。你眼看着自己的左侧往外流血，一会儿就把一片土末染红了。你呼叫着。你的声音越来越弱。你朦朦胧胧感到有一两个、三五个人低头看了看，议论了几句，又匆匆地上路了。他们都急于到那个市镇去，没有驻足。你最后无力呼喊了。血继续流着。

太阳升到了半空，路上行人越来越多。这时你已剩下了最后的一滴血。

十五

这不是泣哭的年代。已经没有工夫泣哭。我没能亲手把你掩埋,却要就此离去。我的背囊里还是很久以前装进的几件东西,如今已经派不上用场了。

婶子大娘、大爷大伯、林场的老工人、猎枪锈住了的老猎人,你们都看到了吧?你们看到了,合手站立,目光冷冷的。我穿过人群,身上印满了目光。我突然一阵饥饿,一边走一边掏出变硬的干粮。身后传来了隐隐的哭声,我停住了脚步。原来一位老奶奶双手掩住了脸,我奔到近前,想扳下她的手,可她紧紧地掩着。

那是你的母亲啊。我伏在了她的怀中。

十六

母亲说:你知道这是第几个吗?我摇摇头。她说出一个数字,我呆呆地看她。我明白了,怪不得那些两眼像黑葡萄的姑娘再也没有了。

我从此懂得了什么才叫仇恨。那个伟大的身影啊,他在倒下前的最后时刻里,有人曾向他谈起过饶恕的问题。他回答说:我一个也不饶恕。只有在我归来之后,只有今天,我才明白了这句话意味着什么。

不会仇恨的人就谈不上善良,更谈不上宽容。我终于知道了谁更宽容。那些伪君子把宽容挂在嘴上,一天到晚装成和事佬,暗地里却总是顺应着丑恶。他们一旦面对了别人的信仰,宽容早飞得无影无踪。我要对这些伪君子说一句,是你们的近亲把她给害死在路边的。

十七

那些小念头和乖巧我都有,可是归来之后我才觉得它们太不值。抛弃了,剩下的只是愤怒和困倦,是激越和冰冷。我无法忘怀,我只得纪念。那些口口声声要宽容的人,竟然残忍到不允许我去纪念。于是他们就是我的敌人。

一场连一场的争议过去了,我觉得太亏。在流动的鲜血面前,一切议论都显得太不着边际。实际上只剩下了两种可能:沉默和怒吼。沉默是熬煮,是用心汁浸那支长矛;而怒吼就要破了喉管。血又出来了。

我开始曾惊异于这样一个事实:他们真好脾气,真有容量,也真麻木。后来才明白,失去至亲的人与他们是不一样的。他们除了自己之外再没有亲人,所以也就永远不会失去。人不一定都是母亲生的,我懂得这个道理可惜太晚了。人在现代高科技社会里,也可以是合成的。人可以是用石化材料合成。合成的人就没有亲人,所以也没有情感的重负。

而在现代生活中,隆隆的竞争和角力之中,一个有情感重负的人注定了要失败。这种人开始走入了全面挣扎和退却的时代,尽管他们个个都不想放弃。但也正因为如此,一场壮丽的、亘古未见的大拼搏开始了。这是一场合成人与有生母的人的最后决斗。这场决斗也许要进行很长时间,但结果是可以预见的。

我将站在失败者一边。

合成人在战斗中损伤的只是元件,它可以更换;而有生母的人却要流血。

流血也不能使人退却。因为这是最后的机会了。所有热血沸腾的人必须团结一心,迎击一场侵犯。这场侵犯的残酷性极为罕见,它将使我们失去仅有的一片田园。就为了生存,为了一个希望,为了一种报答,让我们奋起向前吧。已经没有什么退路,也不必幻想。

我默念着你的名字拿起了武器,加入了真正的、二十世纪末的义军。这是精神的义军。在决斗的一切间隙里都未曾忘却你对我的恩情,你的容颜，你的饲喂。我在梦中与你吻别，踏着霜雪走了。催促的号子一声声逼近，我走了。

有时我又想，因为你在远处射来的目光，我是不会失败的。我们都不会失败。什么比爱、比这一切相加的爱更有分量呢？根据伟大而古老的原则看，我们有了这样的支持，将是些不败者。可是一转念，又不禁重新哀伤：时代变了，一些原则也在变。那么我们就将在没有立足之处的荆丛中作战了。

为我们祝愿一下吧，这是我和同伴小小的，也是重要的一个请求。

十八

一切被预先告知了结果的战斗都是极其惨烈的。竟然走进了这个战场。这是生前注定的还是后来选择的？我反复追思推理，后来才明白是一种注定而不是一种选择。选择是移来的根，而注定是固有的根。

如果没有什么希望，那么斗争本身也就是希望。如果有了希望，那么长久的松弛也会将其丧失。世界上的事物在组合形成之初是非常奇妙的。天不亮，征衣上霜落一层，战士一睁开眼就被"希望"二字缠住了。可见这是怎样严酷的一个处境啊。

回想那年秋天，我们对这些还全无预料。于是只顾得忙秋，干活，劳动的汗水把衣衫都湿透了。我们一起把捡到的橡实装到筐里，直到攒起满满一囤。浆果做成蜜膏，干果留给来年。晒干菜、蘑菇，用破碎的瓜干造烈酒，用野葡萄造甜酒。还有招待老人的烟草，一捆捆扎好放在搁棚上，采了很多的艾叶，晒干，又拧成火绳，留着夏天对付蚊虫小咬，给吸烟老人触烟锅。

那些温煦的、果香四溢的夜晚啊，我们讲故事，依偎一起。红军的故事，某司令的故事；还有传说，神奇的林仙。我们差不多没有言及的一点就是：惨烈的战事都属于过去了。我们现在只是品哑秋熟的甘果，听听美丽的传说。我们站在过去与未来之间倾听，你讲一个，我讲一个，享受着黄金般的时光，一直到了午夜还不知疲倦，林中和秋野的各种四蹄动物与飞禽一起，不时传来它们的响动。小鸟的午夜尖叫是唯一令人不安的了，我们担心它遭到夜袭。劳动真使人愉快。在今天回顾劳动，更能感受和认识劳动的幸福的本质。劳动只有靠紧了人生的目的，才散发出芬芳。当一种袭击逼迫得我们不得不放弃劳动而投入迎击时，回忆劳动也变为了一种福分。我们今天算是真的理解了"保卫我们的劳动"到底是个什么意思。那是个权利，是个福，它不是被人自己放弃，就是被另一种人给剥夺。

现在不是放弃的时刻。现在是奋起迎上的日月。是的，如果这一来能够赢得一场劳作的机会，那么一切也值了。

十九

我无数遍地想象你的目光。那双眼睛啊，我说过它黑如葡萄。这句俗而又熟的比喻一再提起，是因为它难能取代。那个平原孕育了这样一双眼睛，真是含义深远。这双眼睛望着原野、母亲般的丛林和大地，逐渐蓄满了柔情。很显然，这举世无双的美目是这片田园滋养出的。田园的所有特质都从它的一闪一盼中映照出来。于是它有魅力，它使人魂牵梦绕。

同样容易解释的是，这样一双眼睛不可能是为今天准备的。一片沉沦荒芜的平原会让其不忍注视。或者是田野焕发生机，或者是它自己永远地闭上。当然，是它永远地闭上了，长长的睫毛合到了一起。

它在最后时刻看到了什么？它摄下了那张在车窗前一闪而过的脏脸吗？它记住了刽子手的模样吗？那天的太阳缓缓上升，照不穿浓稠的雾霭。直到最后一刻，大地还昏昏沉沉，天际泛着酱色。长长的睫毛合到一起，像一排茁壮的青杨。你的血正一点点渗出，汇成山泉一样流淌。大地真渴，大地等着喝一口汁水。大地很快就收回了她的全部，从肉体到灵魂。多好的一个儿女，苗条而丰腴，特别是长了一双惊魂醒世的美目。

太阳隐入浓云，大地开始祈祷。风停了，四周寂寂。

二十

你那时候会多么痛苦。一种无法忍受的折磨竟然加在了一个少女身上。事后人们发现你身上有三道压伤。钝钝的车轮、凶暴的车轮、愚蠢的车轮，就是这三个车轮割开并撕裂了你完美无瑕的肌肤。血是一点一点流光的，没人去救起你。从流血到死去足足有两个多小时，而且你躺在通向市镇的大路上。

我手指扎了一根刺就感到钻心的疼痛，可是有三个轮子碾压了你；我生病时，两分钟的肌肉注射让我挨着忍着，可是你从流血到死去足有两个小时。

我愿意舍上所有去赎回，尽管这不可能。这一次我不需更重大的经历就懂得了终点上的是什么。我懂得了一种性质。从此我再不抱幻念，一丝也不抱。我干干净净地走开，心凉得像冰。你躺在那儿，用躯体指示了一个方向，画了一条线。这是拒绝的线，是分别的线，是不容迈过、不容混淆的线。

难道那三只轮子碾到我的身上才呼号吗？不，它碾过了，已经碾过了。行了，就这样吧，开始吧。

那双美目闭上的一刻，大地一片昏暗，光源顿失。它消失殆尽之时，我就永远地沉入了黑暗的深渊。从此将不会有四季，不会有果实，不会有明天。总之，有人以神的名义所预言的那一天真的来了。

二十一

　　让我们最后一次怀念那个可爱的冬天吧。一场大雪下了三天三夜，门封了，全世界都蒙了白绒。家家出门都要铲雪，铲一条通向柴堆的路，铲一条通向街巷的路。那个小院拥满了雪。于是出门时不得不挖一条"地道"。这"地道"蜿蜒往前，黑黑的暖暖的，适合少男少女玩耍。有一次你从"地道"里出来，用力地擦嘴，大人问为什么？你说有个男孩吻了你。所有人都笑出了眼泪，只有一个人的眼里闪过一丝恼怒。

　　不知过了多少天，大雪地可以走人了。我们一起去丛林。林场老场长让我们小心，说野地里有雪封的井，有伏下的狐。他是一个退伍老兵，玩枪弄棒的好手，一直背着枪走在不远处，说是要保护大家。老爷爷一喘气就是白白的两道，多么可爱。可是我们当时一直想的就是甩开他。

　　后来我们成功了，一口气跑到河堤上。小心地溜下堤坡，落到又硬又滑的河冰上。严冬的河只能这样，像一面宽大的玻璃盖住了河床。你把耳朵贴在上面，说要听冰下的水声。没有，只有鱼的咕唧声，你一说大家都伏上去了。

　　我们用茅草推开积雪，推出一片长条形的冰面，然后就滑起了冰。冰面越蹭越滑，一队飞人。正滑着你喊了一声，大家立刻看到了远处河面上有三两个人在搞什么。我们欢叫着跑过去。

　　原来那是几个老工人在凿冰捉鱼。冰被一个又沉又大的钢钎戳着，一戳一溅，冰凌飞起一丈多高。就是不透。他们骂着，狠劲地干。原来河冰结这么厚，捣开的茬儿足有半尺了。又是一顿猛戳，扑通一声，透了。奇怪的是冰下的水冒着热气，摸一把也是温温的。大家欢呼着。

　　那天捉鱼捉到天黑。我们随着老工人往回走，到了老场长家门口，他出来一吆喝，都进去了。接着就是摆桌子，烧鱼，弄酒。谁也不准离开，老场长下了命令。一桌热腾腾的烧鱼、鱼汤什么的。大人们喝酒，喊的笑的声音很大。不知喝了多久，突然，老场长一把将你抱到膝头上，说来来小仙女，爷爷喂你一口酒。你笑吟吟地喝了一口，立刻辣出了眼泪。大家都笑了。

外面的狗不停地叫。是家里大人寻我们来了。天哪，外面的月亮真亮。

二十二

嘿，这个地方，美女如云哪！那些轻薄的小子走到千疮百孔的平原上，常常这么呼叫。他们除了吞咽食物和狂饮之外，几乎不懂任何事情。他们是超生的时代结出的果子，由于没有及时地存放处理，已经烂成了空心。这是时代的错，更是他们的错。他们在平原上胡窜，一双眼睛滴溜溜转，很快瞄上了，也成功了。

但既与他们这些污烂糟混到了一起，就绝不会是美丽的姑娘。她们只是一帮戴着金器，用脂粉覆盖了苍白面孔的假处女。淳朴是美丽之根，而她们呢，从母亲那一代起就开始虚荣了，假惺惺的。如果有个记事的老人坐着马扎快言快语一通，你就会知道她们逐渐败坏的家风。

这些已经无须叹息。伤残比比皆是。如果一个人与这样的环境相处还能平安无虞，那他一定是心汁枯干了。只有恶少才如鱼得水，那些冒牌美女、黑道上的轿车和酒，都是为他们准备的。伴随着耸人听闻的故事的，是他们父辈亲朋怎样升迁、怎样为不会说普通话而苦恼，以及学开车轧伤行人的一沓子杂事。这就是日常流动的真实。

如果说这一切只是泡沫，那么水流呢？它何时带走泡沫并冲刷大地？现在还能找到一方碧绿的晶体般的水吗？会有的。那就期待吧。我在这期待中两眼混浊，白发丛生。

二十三

　　你久久地望着我，看我花白的鬓发。我知道你想说什么又忍住了。你怜惜中掺着悲愤，就是没有一丝伤感。没有那样的心情了。铅压在那儿。你在回想我青春欢畅的年纪，回想伴着那个时代一块儿消逝的苦难和繁华。大地褪下盛装，留下光秃秃的一片，迎接那三只轮子碾过来。

　　我的平原裸露着胸部，你看到了。这亘古未闻的巨大牺牲为了什么？这是一种祭吗？她已贡献了自己，那么谁在后来为她而祭，谁？

　　这一切都不是为一双善良的眼睛准备的，可是它们只能残酷地罗列开来。你就在这样的季节里变得坚强起来，像大地一样褪下花衣，换上了单色土布衣衫。可是另一种美和芬芳弥散开来，更长久，也更本色。我们开始胆战心惊地互告：既然大地把自己祭上了，那么将来为大地而祭的，只能是整整一个时代了。

　　我们都生活在这个时代里，擦干泪痕，含笑等待吧，这就是命运。只要在这个时代里的，那么不论是龟壳里趴的、轿子中抬的，还是码头上的苦力、洞子里的掘进工；也不论是道德家、放浪形骸的恶少、专打异性主意的色痞、娼妓、"四有青年"，还是玫瑰和毒菇、鸽子和田鼠、大象和臭虫……只要是属于这个时代的，都得悉数押上。

　　那时候连个为我们叹一声的人都没有，因为她也跟了去。

二十四

　　就因为我属于这个时代，所以我不可避免地要经受那个结局。与所有的一切一起舍上、献上、祭上，而且不可能换取一丝光荣。这不过是一次抵偿。面临着这一场，一己的恐惧过去之后，就开始依偎两个人了。

　　一个是母亲，再就是女儿。一个是生我的，另一个是我生的。我爱你疼你就像对待那片平原，你们分别是我来到和离去的守护人。也是我生的根据，是我的全部希望。

母亲，为了伏在长长网绠上脚踏银霜的父亲，我曾疯迷般地敲响了自制的鱼皮鼓。敲啊敲啊，是我为绝望的父亲献上的。它好比我捧出的两粒食物。我长大了，母亲，看着你的满头银发，我能给你什么？

在这样的时刻，我能给母亲什么？

如今已经没有一枚浆果得以保存。可食的茎块烂掉了，连微甜的蒲根也不剩一株，留下来的都是最苦的。我在腐土中挖个不停，磨得指甲脱落，想找到哪怕是细瘦的一截薯梗。我的手滴着血，最后仍然掌中空空。

如果吟唱也可以抵挡饥饿，如果我剩下的只有它了，那么就让我放声吟唱吧。我闭上眼睛，把思绪深深地埋下，难以抑制的倾诉啊，如同山洪一样流泻。我永无休止地唱给你，唱得忘了等待。直到我听到那慈爱的声音：停下吧，孩子，它像哭泣一样。这样我的歌才戛然而止。

回头看稚嫩的女儿，牵上她又软又细的手，不忘回避着热烈纯洁的眸子。这是我刚刚长到三岁的孩子，会背诵十首童谣。她曾问我：奶奶说这儿以前有百合花，是吗？当然，很多很多。家家都有美人蕉、有蜀葵，是吗？当然，差不多家家都有。

在这样简略而单纯的一问一答中，她很快就睡着了。

二十五

让女儿在梦幻中变成一个骁勇的骑士吧，可以呼唤雷霆，可以抽刀断岭。你凭你的正义和童心，无可匹敌地护佑着这片平原。那时你说：应该有百合，于是杏红色的百合花纷纷开放；你还说应该有蜀葵，于是蜀葵花茂盛得盖住了庭院。

你所向披靡，因为你携带了少年的闪电。我们为大地祭上了整整一个时代，我们终于得到了报偿，同时也感动了神灵。你是他们派遣来的，平凡无奇中隐下了最大的神秘。你划亮的电光驱尽了黑暗，震惊了山雨，洪水终于开始洗涤。在两个世纪的接缝处，它反复涤荡，弧光照射得一片通明。

你没有牧过羊，你也不是圣女。你只是一个开山石匠的孩子，先解开了拴绑父亲的铁索，然后又登上山巅。你离宇宙之神近了，咿咿呀呀的稚声逗乐了他，他就交给了你至为重要的东西。从此你做的一切都在改变历史——平原的历史、人的历史。

这仅仅是梦幻吗？是童年的编织吗？不，这是真正的人的期待。

二十六

我咀嚼着那个梦想，明白要赎回什么，仅仅使用一般的善是远远不够的。它从过去到现在都是苍白无力的。

……遥望北方星辰，扔下往昔的虚念，实打实地起意。我思念你骏马一样的身躯、武士一样的长须。这个夜晚你在备鞍还是冥思？我知道两件事同样重要。因为两千年的思绪乱成了麻，你要默默地用它搓成绳子。你做的一切都是坚定不移，如有神助，快如疾风。关于你的消息从古城传到高原，又传到俺这平原。你的音讯都盛在穷人的小盒子里，用新纺的土布包了，藏在一个角落里。这样的情势之下我当然再不犹豫。独自一人的时候，我会用思念打发时光，怀着感激。我记起那深情的饲喂，这就够了。世界真旷，也真大，这时候啊，记忆中的人影不再拥挤。把先生和小姐们一个一个赶开，剩下的就全是同志了。

人要有个兄长，有匹马，有个爱人，也有子女，这就是平常说的拉家带口。要是个集体，要有同样的精神。间隙里抱抱孩子，给她讲个什么，也让她传个什么；需要驰骋的时候就牵过那马，好马让人两耳生风；爱人给我温存，给我力量，她瀑布般的长发掩住我受伤的面庞；兄长呢？是商量事情的人，也是榜样。我要常常和兄长在一起，胜利紧握手中。

二十七

人守住了内心的某种严整性,始终如一,真是一场苦斗和拼挣。能做到的不过寥寥。我把严厉的状态留在身边。我不该怕什么了,我的亲人都先自倒在路边。

你看到了吧?你如果只为自己和自己的血脉揪心,那么你也该记住什么了。当肮脏和谎言一块儿抛洒,可爱的孩子埋得只剩下脖颈之上这一截了,你还在那儿恍惚?孩子没有呼救是因为已经无力发声,孩子闭上了眼睛也不是安详地睡去。为了孩子,来吧。深冬季节,雪野里没有青草,连孩子也四出觅食。我们顶着寒风为了什么?我们保护下来搭救下来的,其中也包括了你的儿女。孩子,你活着,就要记住、守住。不要含着眼泪,要刚强如先烈。不要听人蒙骗,听我再说一遍,先烈真的有过,不久以前还有过哩。

严冬深入了。枯坐三九可不是人受的罪。但这地方分明是留给咱的。

这催促我们,也提醒了我们。究竟面临了什么?男女老幼坐在一起,因这特殊的境遇而无声无息。男童的双目黑亮黑亮,望遍旷野,又看爷爷的满头白发。离黎明还有一段时间,有人央求爷爷讲个故事。老人声音低低:在这同一片原野上,几十年前有一场厮杀。人们用鲜血沃肥了这片原野。当然,留下了好多使人心烫的故事。

爷爷的目光移向儿子和孙子,那分明在询问:这一次呢?

二十八

  母亲头发雪白；女儿的头发刚刚长起，就像淡黄的玉米缨，嗅一嗅也有甜丝丝的气味。还有那个躺在大路旁的……永久地闭上了黑葡萄似的眼睛。我扶着她，牵着她，念着她，再没有任何退路。我双拳的骨节生疼，牙齿开始破碎，喉咙也肿起来。我听到的是无声的盼咐，是无从更动的指派，走上去吧。

  那三只轮子日夜碾轧，尖厉刺耳的声音传遍四野。无遮无拦的凶暴直逼过来，我的身后只剩下平原一角。我失去了亲人，失去了至爱，我没有了哀叹和悼念的时间，也没有了诅咒和怒斥的话语。我只剩下了我的身躯。

  万分焦灼中我的目光荡起火焰，烧去了自己的衣饰。我把四肢、把周身都涂满了泥浆，与之混成一体。我恨不得化进这片大地，当凶兽恶鬼踏上我的胸口，我就伸长两臂把它按入土中。我相信要战胜不可一世的敌手也只有依赖泥土了，让泥土去腐烂它们，埋葬它们。

  我安静而又暴躁地躺在泥土上，翻卷的泥流中我只是一朵浪花。从地心里涌出的一股力量使大地轻轻抖动，然后又是一阵波荡。大地变成了黑褐色的海，泥土掀起了大潮大涌，有了呼啸之声。泥土的激荡波澜壮阔，每一滴溅泥都有力量。那声响不是水的脆亮，而是土的钝音。这如同一面沉沉的鼓被擂响了，把一切都震得不能站立、不能悬挂，于是哗啦啦倒下来、掉下来，埋进了土中，又被土磨碎。

  我在翻卷颠簸的泥流中狂舞，伸长了两臂。我的手抚摸着挣扎逃亡的恶鬼，死命地将其揪住，让其淹没。我感到了在泥流狂涛中飞翔般地自如和迅疾，我在暴怒的大地之上穿梭逡巡，我是个被母亲和爱人信任的目光抚过千万次的人，大地识别了我并馈赠了我。大地此时与母亲同在，她们已经不可分离，同心合力。

二十九

　　我问大地：当我按照母亲的指引，当我把一己融进你的心中，经历了那一场激荡之后，算不算是一次祭呢？如果算，那么能不能赎回？你说算的，但由于是一个人，还不足以赎回。你这是在告诉我：我需要寻找他们。

　　那是不言而喻的。这场由来已久的分辨和寻找，是我全部辛苦和执拗的一部分，也是伴随一生的无悔事业。不屈者，不败者，他们都在大地上。我要走近他们。我们之间常常隔着汹涌的水流，我要抓住一只舟。

　　亲爱的同志，我有一个故事真切动人，就发生在自己身边，请相信我，让我讲给你。你不可再犹豫，再怀疑。让我来告诉你，也请你来告诉我。这是一场互相诉说。这会使我们真的弄懂绝望和希望，弄懂什么是幻觉，什么是奢望，而什么才是结结实实的泥地。让我们互相包扎割伤，并相挨着等待。我们都是平原上生的，都有个母亲，有个心爱，也有个未来。而另一类是没有这一切的，因为他们是合成人，没有热烫的血脉，更没有生母。尽管看上去都差不多，都有眉眼四肢。辨别的方法就是看其有没有体温，有没有脉动。

　　因为你，我将倾尽所有。这不是恩赐和赠予，这是共有和共享。当那一天来临时，我们就手挽手地涉河，去寻找盛开的玫瑰，去看百合和蜀葵。那一天会有吗？会的，对于我们而言，一定会的。

三十

　　我们一起出发了。我们的目光交换着幸福，眉梢闪动着冷峻。来自哪里、走向哪里，我们都装在了心中，不言一声。霜沾在脚上，亮如荧光粉。最后一口暖身的酒递过来推过去，天亮了。

怀抱着一个梦想，用微笑安慰左右。黑云从天际四面合围，隐隐的雷声也听到了。远处的烟尘腾到了半空，与黑云相接。阳光一霎时给遮住了，一片阴影落在身上。这是那个时刻的前夕。我们就这样走近了。怎么如此地寂静啊。

你多么瘦小，我曾经赶你走开，因为我于心不忍。此时看着你弱小的身躯被稍大的戎装包裹了，心中一阵自豪和爱怜。好了，既然来了就承接吧，我们一起。

这个时刻因为太静，我一闭眼就能看到那条泥路上倒下的身躯——合上的眼睛——长长的一溜睫毛像栽下的一排青杨。一双美目闭合了，它拒绝再看一个世界。今后呢？如果我们驱散了雾瘴，如果玫瑰和百合重新长起，谁能还我一双美目呢？

我跟随着你的目光，踏着它照亮的道路走上一生。我将永远不背弃那个誓言，直到最后的时刻——那个时刻在逼近，让我再看一眼你的目光。

三十一

对于无边的销蚀和磨损，一场激越的誓言毕竟太短暂，也太简略了。我深知这一点。我们期待的是决斗，而对应的却是消磨。旁边有人失望地跌坐下来，大放悲声。我无言以对。

我想看着他自己缓缓站起来，并且不再倒下。那些虚幻而可怕的什么在荆丛中游荡，隐着形影。人无法捕捉充斥在空气中的磷火，又不能在冷寂中让它焚化。这种罕见的对峙让人几度绝望，沮丧的空气蔓延到远方。我们的呼唤虽没有山峰阻隔，可是很快被一片大漠吸尽了。困在饥饿无援的空地上，没有人迹，没有草，没有水，更没有道路。

我们背负着走下去，如果这力气一年还没有耗尽，那就两年、三年。时间几乎是无边的，大漠也是无边的，我们就背负着走下去吧。

耗尽了吗？

走下去吧，时间几乎是无边的，大漠也是无边的。走下去吧。

三十二

可是我们不会屈服。这一点也不奇怪。我们永远追赶，永远怀念，永远感激和仇视。因为你我都有生母，有脉搏，都是用下肢站立的人。

我们永远是我们。

1994年1月1日

万松浦纪事

古河道

万松浦书院东临的港栾河,如今看只是一条波澜不兴的小河。早在建院之初就有专家来勘测地形,他们同时也要关心周边的风貌。我请其研究一下古河道,心里很想知道这里原来的情形,因为以前听过许多关于它的传说。勘测的结果大出所料:原以为古河道再宽也不逾五六十米,谁知它当年竟然宽达一百四十余米,而且还是最保守的估计。

据说它在古代是一条大河,宽阔到足以行船扬帆,入海口处还形成了一个大湾,偏右一侧就是一个大码头,往东不远约十华里,就是更有名的古代军港:黄河营港。它们当是姊妹港。今天的港栾河湾右侧仍然是一个码头,一个小渔港兼旅游码头。

现在的河床里只逢大雨天才有水头从上游下来,平时虽然河水充盈,也只是随着大海潮涨潮落。河里鱼蟹很多,主要是鲈鱼和海鲶。在春秋天里,钓鱼少年在阳光里携一条银白的大鱼,模样煞是好看。书院门卫是个逮海鲶的好手,他用一个柳条篮子蒙一面纱网,里面再放几块西瓜皮投进水里,一会儿就能捉一些海鲶。

这条河与龙口界内注于渤海湾的绛水河、泳汶河、黄水河差不多,都起源于素有"胶东屋脊"之称的黄县南部山区,属于境内四大河。今天看这四大河中最小的就是港栾河了。大自然往往在不知不觉间发生一些惊人的变故,这个过程尽管在人间显得十分漫长,但在自然神的眼里只是短短一瞬。

也仅仅是四十多年前,龙口海滨的雨雪还大得吓人——有人说更早的时候雨雪还要大上几倍。我印象中,四十多年前的雨是真正可怕的:在夏天和秋天常有水灾,只要遇上一连几天不能停歇的大雨,老人们就要祷告了。在老人的祈祷声里,大雨浇泼下来显得格外恐怖。大雨像是毫无来由地下着,下个不停,虽然早已经沟满壕平。

当年记忆中的平原,到了夏秋天常常出现一片片大湖,那是白亮亮无边无际的大水。虽然地处海滨,但因为排水系统不够顺畅或干脆就是雨水太大的缘故,积水总是一连数周不能消退。高秆庄稼露不出梢头,地瓜和花生一直泡在水底。猪和羊被主人牵到了沙岗上,用绳索一一系上。那时猪要像狗那样戴上脖扣,模样显得十分可笑。

一开始下大雨是有趣的,因为一片大湖给人畅游的诱惑,给人新奇感。但是不久大人们的懊丧情绪就感染了我们。我们也开始忧心甚至是恐惧了。

最不能忘怀的是秋天收地瓜的情景:虽然好看,但性质是很悲惨的。年轻人划着门板到大水中央,然后一个猛子扎进去,冒出水面时手里擎着一个地瓜。这样的地瓜煮不烂,有一股难以下咽的苦味。那时候的收获真是可怜,不歇气干上一天,门板上才有一小堆地瓜。

只有捕鱼的事是令人欢快的。到处是水,也就到处是鱼。大人捕大鱼,小孩则捕小鱼。大人捕鱼为了生计,孩子们捕鱼是为了养在瓶里。那时候见过了各种各样的鱼:红的、黑的、细细的、宽宽的,还有长了绿色鳍翅的。那有着斑马一样花色条纹的鱼,在我们眼里简直就是不可思议的神奇生灵。

大水季节里发生什么奇怪的事情都不会让人吃惊。因为我们已经来到了一个怪异的日子。那时候我们常常听说一些闻所未闻的事情,有一次甚至听说海上出现了人鱼:它长得到处与人一样,只不过仍然还是一条鱼；它面对下网的人会流泪，会发出哇哇的叫声。它的眼睛据说像小姑娘一样妩媚。传说的事情虽然近在眼前，但可惜仅有极少数的人亲眼见过，而且问他们，他们总是一副遮遮掩掩的样子。

雪季同样让人心悸，让人难忘。那是铺天盖地之雪，是压在平原和沙岗上一冬一春不会消融的雪。厚得惊人的大雪使整个冬天都上演着悲剧：无数的鸟儿因为无处觅食而倒毙，一些身个不算小的动物也饿死在雪地里。还有不得不走上旅途的人，也时不时要掉在雪窟中。原野上再也无道路，无标界，浑茫一片。在这样的日子里，只要变天了，乌云积得遮天蔽日，一家之主一定要在临睡前把铁锹收拾到门边，以防大雪封门时捣雪出门。

如今回想这些，竟然觉得像梦境一样不可信了。

这大概就是今天港栾河萎缩的原因。河里没有了帆影，没有了浩荡之气。时间的水流变得如此纤细，以至于难以承载自己的历史。在这条河的两岸，谁还能如数家珍地讲述当年？比如这条河的今昔、关于它的故事，更有两岸人物，他们那些惊天动地的豪举？

可是我们不能忘记书院是建在一片古河道上，不能忘记它的昨日波澜。

码头

港栾码头每到了春天就热闹起来。我们书院沾尽了这个码头的光。只要有渔船来归，必是海物丰盛之期。渔人身穿胶布衣裤，浑身闪亮从船上下来，然后张罗卸鱼。小码头上的海物比城里鱼市上要便宜许多，而且鲜美无比。

码头西侧是一处绝好的泳场，沙岸洁净，滩底平坦，且没有激流，没有鲨鱼出没。东侧是最好的垂钓处，在这个地方可以毫不费力地钓到海鲶和小鲷鱼。有一年春天我们三两个朋友一起，只用了两个小时就钓到了一大桶。最愿上钩的是有毒的小河豚，它们模样可爱，不知好歹，贪吃成性。我们每次都把上钩的小河豚摘下来抛进海里，因此要费去不少时间。如果能到码头里面，在伸进大海那一面的人工礁上下钩，就会有更大的收获，比如钓到珍贵的红鲷。

从书院步行到小码头只需十几分钟；而从小码头坐船进岛，水路也不过才一刻钟。站在海岸这边遥望海里绿蓬蓬的岛，常有许多美好的想象。我们曾多次与客人一起进岛，并且带了车辆，备足了吃物，在岛上度过一天。

历史上，这个小码头远没有东边的黄河营港大。那里称之为"营"，因为是一个军港，一个要塞。直到今天，那里还常常在周边挖出许多古物，如巨大的带辙印的铺路石、古军营兵器、大船锚碇等。这个"黄河"不是通常所说的第一大河，而是胶东的一条大河。

《史记》中所载的方士徐市（福）骗过了秦始皇，三次去海中神山求长生不老之药的好戏，就在这里上演。其中的第三次带足了所需之物，并携走了三千童男童女和一些智慧人士、五谷百工等，更有药品和其他种种。总之，完全做好了一去不归的准备，然后就消失在茫茫大海之中，再无消息。

其实徐市这之前已经多次在海中寻访探究，起码前两次是勘踏路径。第三次，即最后一次，也就有了这决定性的远航。这是中国历史上的一个大传奇，为中国的信史《史记》所载。《史记》上写到"齐人徐市"，写到他统领浩大船队抵达东瀛，看到了"平原广泽"，于是"止王不归"。许多人之所以把徐市的传奇当成彻头彻尾的传说故事，是因为他虽然骗的是千古一帝秦始皇，但毕竟是消失在渺海之中，于是只有开始，没有结果——整个故事没有了后半截。当时的航海技术对于西部蛮王秦始皇而言还多少算是陌生之物，但东部沿海的徐市们却运用娴熟。所以一队人马一旦入海也就如同泥牛，再无音信。

整个大传奇的后续故事在大陆上戛然而止，却没有完全消灭在深渊里，而是发生在东瀛列岛，即今天的日本。从考古上得到的越来越多的证明是，自徐市东渡以后，尚处于石器时代的日本一跃进入了弥生时代。而且关于徐市的故事和传说，已经遍及今天的日本列岛。

徐市东渡的摇篮就是这两个海港：黄河营港和港栾港。这已为众多徐市研究者所首肯。

这两个海港既是徐市庞大船队的集结地和出发地，也是他建造船队和训练水手的营盘。这一次伟大的探险和跋涉大大早于西方的哥伦布，其准备之周详、行动之隆重、意义之深远，也早已超出了哥伦布当年。

今天已在中国境内发现的有关徐市东渡遗址的，就有山东胶南的琅琊、青岛的沐官岛、河北的千童县、江苏的连云港。这说明一次划时代的壮举并非一蹴而成，而是经历了诸多筹划、百般计议、无数次实施。其中必有虚实相间，有尝试和失败，也有暗中的密谋和得计。

想一想当年的坎坎伐木之声，造船的浩大场景，再看看今天小港的微风撩波，尽可以留下万千感叹。

桑岛

这个椭圆形的岛与书院相对，二者隔开了十里水路。海岛横卧于碧波之中，绿色葱茏，房舍或隐藏于雾气，或闪亮于艳阳，是对面一片不变的诱人美景。我想该有一个上等骚客为其写下一首"桑岛赋"才好，可是几千年过去，华文美章还是没有等来，殊为可惜。

岛上有九百户人家，可见也不是一个很小的岛了。名为桑岛，可是如今岛上并没有几株桑树。它的西部和北部都是一片槐林。传说是当年徐市在岛上植桑养蚕，并从这里将纺织丝绸的技术带往日本列岛。由徐市把桑蚕带往日本是可信的，但桑岛作为养蚕基地则有些牵强。因为龙口一直是富饶的古莱子国故地，其西北部一直为鱼米之乡，不可能唯有一个海岛才更宜于植桑纺绸。当年这个岛上很可能生长着可观的桑林，以至于成为一时的风景也未可知。

岛上几乎全是渔民，早在二十多年前就拥有出外海捕捞的大型渔轮。中学时期开门办学时，我们几个同学被遣来岛上，曾在这里度过了一段欢乐时光。那时我们常常作环岛游，在南部的滩涂上捡海菜，在东边的礁丛上捉螃蟹。记得有一次捉了一只海参，因为第一次面对这种活的海珍，一时竟不知该怎么办，只用手攥住，想不到走了一会儿松开手掌，它早已化成了一汪汁水。我们那时胆大妄为，合计着要写一个船队去远海捕鱼的剧本，还提出上大渔轮出海以"体验生活"。一个红脸船长听了哈哈大笑，说你们在风浪里折腾一天就会呼天号地。我们仍然坚持上船，但最终未被应允。

　　现在岛上有了城里人开发的旅馆房舍，而过去全是清一色的海草房子。岛中出产一种深黑色的岛石，坚硬致密，是最好的建筑用材。一般的岛上房屋都由岛石做基，配以海草屋顶和泥墙，望去别有一番韵致。全岛只有一个淡水井，井口的石板上已磨出深深的绳痕。几十年来曾多次勘查淡水井，结果都没有成功。可是这唯一的淡水井用了千百年，想不到近些年渐渐有了麻烦：开始渗出咸味，最后竟不能饮用。现在岛上不得不使用一套海水淡化装置。

　　有一个夏风轻拂之夜，我和一些朋友站在书院北边的海岸上，突然，对面的岛上放起了焰火。海里映出彩练，星夜更为绚丽，一时照亮了几千年的荒芜。

　　一年多来，我一直与朋友筹划一个事情，就是为书院在桑岛置几间海草房子。因为每一次与来访学者去岛上，都会引起他们的一片钦羡之声。如果岛上有我们的居所，就可以让四方友人安心地住在岛上，让他们尽情地亲近这个岛。

　　现在虽然岛上也建了旅舍，但奢华并非适宜于我们的朋友。我们倒希望这始终是一个淳朴的岛。因为我们知道所谓的各色开发，各种现代变革，带给自然之子的往往是更大的不安，有时甚至是可怕的变故。如果桑岛一直能够拥有一片洁净的海水，能够世代捕捞丰富的海产，过上一份安定丰足的生活，就是最好的事情了。实际上几十年里岛民的生活一直优于对岸，他们并不羡慕岛外的人。

　　特别值得一提的是，桑岛出产的海参品质极优，售价也远高于国内其他海域，是一种效力奇特的滋补珍品。在龙口，甚至是整个胶东地区，人们最为信服的滋补品就是海参。说到什么营养和进补方式，他们首先想到的也是它，很快会睃着你问一句："还能比得上海参吗？"

　　提起桑岛海参，当地人神情傲然。

依岛

　　依岛如果称为桑岛的卫星岛也不为过。因为它就在桑岛的西北侧，是一个没有人烟的荒岛。从桑岛去依岛并不是一件容易的事，虽然二者相距不远，但中间有一道难以逾越的激流。我曾请朋友摇一条小船送我去一次依岛，朋友伸伸舌头没敢应承。

　　依岛其实是一个极为有趣的岛，我早就听过许多关于它的传说故事，这些故事虚虚实实，难辨真假。有人说很早很早以前岛上曾有过一户人家，他们想必是胆大过人，敢于独居。想想看，在一座孤岛上，没有四邻，又因激流阻隔出岛极不方便，生活起来该是多么冒险。可是他们也会拥有另一种快乐，那大概是国王般的快乐吧。一个小岛，领地也就那么大，可是能够任由独一无二的主人自主自为。

　　这个小岛上没有淡水，所以那一户人家只能采集雨水。听说如果从那儿到桑岛上来，只有一条水路可以稍稍绕开那道激流。我们想象独居小岛的人家每一次回桑岛会是怎样的情形。桑岛对他们来说就是母亲岛。

　　即便是桑岛的人也很少有登上依岛的。问一句依岛，渔民们往往笑而不答。再问他们依岛平时派什么用场？他们就说：那是躲避风暴用的。这让人不明白，桑岛为什么就不可以躲避风暴？要知道海上起了大风，船驶回桑岛与依岛都差不多啊。

可能是过去的渔场在西部，那儿离依岛更近的缘故吧。但更有可能是从渔场回返时，依岛的水路更顺畅一些。我们知道，有经验的老渔人放眼去看大海，就像我们平常瞭望大地一样，哪里有沟坎河流，都一清二楚。

反正后来那唯一的一户渔民也从依岛上消失了，他们搬离的原因不明。现在依岛上还留有半坍的房屋二间，是否为原来的居民留下的不得而知。但据说里面锅碗瓢盆齐全，还有一点饮用水和吃的东西。这一切都源于渔民的一个规矩：时刻为遇险的渔人准备着。

传说岛中的小屋里还有两块叠放的大石头，石头下压住了一个小纸包，里面有一点神秘的药面：所有在海中被毒鱼所伤的人都可以被它挽救。

近几年来不断听说一些巨富打起了依岛的主意，想把它买下来开发经营。有的竟然放言，说要在岛上开设一个大赌场。他们大概要效法沙漠中的拉斯维加斯，想起了灯红酒绿和声色犬马。不言而喻，现在的一些人是极善于模仿的，特别是模仿西方。但可惜，对于这块属于国家的、很小又很完整的水中方寸，许多主事者也没了章程，一时真不知该怎样处置。所以十分有幸的是，它至今还在那儿荒芜着。

只要留下一个岛屿，也就留下了一片诗情、一些故事，更有一些美好的想象。

屺姆论剑

屺姆岛是个伸进海中的半岛，距离书院只有十几华里。那里与两个海岛不同的是，它已经被尽情地开发了，上面已经有了胡编乱造的"名胜古迹"和一片花哨拙劣的建筑，以及必不可少的一个泳场。那里澄清碧蓝的水域倒是可爱无比。

岛上还有两大雕像：一是明代的名将胡大海，一是东渡日本的秦代方士徐市。徐市东渡时期少不了在这个天然的深水码头徘徊,这里与港栾码头及黄河营码头同属"东渡"的旧址范畴,当不算虚言。但胡大海的传说与"屺姆"的由来却有些可疑。它说的是这位名将在征战中不得不将老母寄托岛上,因而此岛才得名"寄母(屺姆)",还以岛上有许多胡姓为证。此说牵强,显然禁不住推敲。

胡大海的雕塑没有特色,属于泛泛之作,大概出于商业雕工。徐市的雕像颇有内容,神色凝重,或许当初有过一些认真揣测。

前几年我陪一个诗人去岛上游泳,因为天色太晚,看一看岛景迷人,也就宿了下来。当时正逢酷夏,四处热得不可忍受,唯有屺姆岛凉爽宜人。那一天直到深夜,我们面对明月,迎着徐徐海风,真有点不忍睡去。我们一会儿凭栏远眺,一会儿又端坐窗前,最后躺在床上还是聊天。陪我们的另一个朋友就在一旁,我们坐,他也坐,我们躺,他也躺,只是于黑影里不吱一声。

不记得那个美好的夜晚都说了些什么,只有一片愉快留在心里。可是那个陪同的朋友事后说起来却仍然兴奋,用力点一下头说:"你们那是——'屺姆论剑'啊!"

多么有意思啊。不过怎样论呢?

那个朋友说我们那一晚的话他还句句记得,并且觉得十分受用。我问谈了什么?我们不过是在闲扯啊。他摇摇头:"嗯。可不是闲扯。"但他什么也没有讲,不再复述。

一些美好的朋友来到一起,就像最好的自然景致一样,一旦经历也就会长久地记在心头。我今天回忆起来,有时候那些美好的相逢的确是难忘的,每每回想起来就在胸口那儿温暖一下。不过,像屺姆之夜一样,交谈的一些具体内容许多时候倒也记不清晰了。

那一次,有一个当地官员第二天赶到了屺姆。他是慕名而来,因为他年轻时就读过诗人的词句。官员前来索求一部诗集,诗人懒洋洋地看着对方,一直没说行还是不行。吃饭时官员请客,饭菜当然丰盛。可是其中有一盘腌辣椒,简直辣得可怕:诗人伸手捏起一枚填到嘴里,抿抿舌头就咽下去了，面色不改。官员于是满脸惊异地看着诗人，又看看大家。诗人目不斜视，又捏起一枚填到嘴里。

这一天分手时，官员又提到了诗集的事。我代诗人应了一句：他回去会寄的。

诗人走了。一年之后，那个官员找到我，有些沮丧地说："他还是没有寄。"我问：我也写诗，我送你一本不行吗？官员摇摇头："两回事的。"

莽林的阴影

龙口在我的心中是这样一个形象：丛林茂密，一望无际，天气湿寒。可是现实并不如此，除了南部山区有些林木外，再就是书院附近的几万亩松林了。所有来书院的客人放眼四周，无不大赞一声：好一片松林。

其实这仅是我记忆中的十分之一。眼下的林子诚然可爱，但美中尚有不足。这遗憾留在心头不为人道，却不能说没有。也许本来就不是遗憾，而直接就是痛，是伤口。

龙口受伤的历史，其实就是整个人类受伤的一个缩影。这样讲毫不夸张。我们的大地如何变迁，我们的家园怎样受辱，只需看看龙口大地便可知晓。早在秦代这里就属于天下名郡黄县的属地，一直有"金黄县"之称，在海内最早拥有渔盐之利，是炼铁术和丝绸纺织业的发源地。古黄县统辖范围大约是今天的几十倍，她包括辽东半岛的一部分，更囊括今天胶东的主体，有山脉有平原，东与南、北三面临海，且有兴旺的畜牧业，盛产稻米。黄县的大部分土地原来属于古莱子国，这个古国后来被齐所灭，齐于是获得了东部沿海最富庶的地区，一跃成为最强盛的大国。古莱子国的都城就在黄县境内，即今天的龙口市归城一带，那里至今还保留了古国的夯土城墙。齐国既是天下繁荣之邦，最后却被相对落后的西部秦国所灭。秦国强悍，齐国则强而不悍。在古代，先进地区被落后地区所战胜的例子屡见不鲜。物质极其丰富、文化极其繁荣的国家，尽管其科技水准相对先进，但由于普遍处于农耕时代，它相对落后地区不见得就有什么军事优长，更多的却是被物质所累——面对异常强悍的民族进攻反而失去了抵御力。

当秦国一切都还处于粗粝原始的阶段，齐国已经拥有相当细腻的生活了，那些贵族阶层可以说出有豪车，居有华屋；齐都临淄，商业极为发达，一片歌舞升平。几千年前的孔子在齐都听了韶乐，竟然兴奋激动得三月不知肉味。

当年天下所有的美酒、丝绸、骏马，先是悉数集中于莱子国，囤积于黄县归城，再后来就是——齐都临淄。

今天的黄县只是古黄县的缩影。就像上帝有意为之、格外偏爱似的，这里三分之一是平原，三分之一是丘陵，三分之一是山区；另外还有自己的两个岛屿、一个半岛。从上苍的眼里看下来，这里可能就是一个美丽的盆景。几百年来，在葱茏的胶东半岛上，黄县一直是富饶安逸的代名词。

不说遥远的古代，只说一百多年前，这里是怎样的自然风貌？根据记载，也还有老人的回忆，此地是一片茫茫无际的森林，到处流水潺潺，古树参天。

直到六十多年前，近海四十多华里的一片广袤之地还被自然林所覆盖，那时候的人轻易不敢单独深入林中，人人害怕迷路。四十多年前，沿海的林地虽然大大萎缩，但仍然拥有好几处林场，有一片片阔叶林和针叶林交混生长的十万亩苍茫林海，其中活跃有很多狐与獾、黄鼬之类；天上有苍鹰盘旋，草间有野兔飞驰。今天呢？苍鹰犹在，野兔尚存，可是林木只剩下了区区两万亩，而且以人工防风林为主。

如果人类的认识再深入到远古呢？那么这几十年来的地质勘探告诉我们，黄县龙口一带沿海，并深入海中几十公里，当年全为茂密的丛林所簇拥。时光流逝，物非人亦非，无边无际的丛林被埋到了一百多米的地下，所以今天这里就诞生了中国第一座海滨煤田。

原来，自从有了人类以来，我们就一直走在一条告别绿色的道路上。我们离曾经有过的那片莽林越来越远，越来越远，直到今天，已经快要走到了一片不毛之地。

雕塑

我们一个多才多艺的朋友在书院待了十几天，临到走时觉得来去空空，没有为书院留下点什么，遗憾得两手搓动。他在院子里来回走了一会儿，又站在高坡上看一看，最后长时间望着北部的大海。后来他说：让我为这儿搞一个雕塑吧？我们都吃了一惊，因为他虽然是半个画家，但从未听说他还是个雕塑家。有人将信将疑，问用什么材料？他说：铁。

接下来，一连几天他和书院的人出门找材料，在一些工厂的废铁场里转悠，回来时或沮丧，或兴高采烈。他们找到了一些粗铁筒、角钢、铁球等。这些废料装车时，场里工人十分困惑，问书院随行的人：弄这些能做什么？对方答：咱不知道。工人又指着铁球问雕塑家：这好做什么？回答：头发。"头夫（发）？""头夫。"

雕塑家把一堆乱七八糟的铁料运到了离书院不远的小码头上，然后就干了起来。他找来的帮手是一个码头气割电焊工，两个人比比画画，极为认真投入。电焊工脸色黝黑，有时点头，有时目光呆滞地看着他。

他们工作了一个星期，小码头围看的人越来越多，有打鱼的，有渡轮上下来的游客。大家都产生了不能遏止的好奇心，在一边指指点点。他们猜测，还在一旁打赌，看谁估计得更对：有的说是要做几个放东西的大铁筒，带盖；有的说是某种器具的壳子；还有的干脆说就是在制造垃圾箱之类。但唯独没有人想到这是一件艺术品。

又过了一个星期，两个粗铁筒不仅连在了一起，而且上部出现了镂空的眼睛，有了嘴巴和角钢做成的鼻梁。围看的人终于明白了什么，看懂了这几天两个人一直在忙什么，于是一齐叫起来："是做了大胖孩儿！"

喊过了，有人又细细端详，发现了新的问题，觉得实在受不了，面红耳赤走出人堆，指着镂空的地方问："眼珠呢？"对方回答："没有，这里不用了。""不用眼珠？嗯？"他愤怒地望向四周，希望得到支持。可是这时候围看的人都直瞪瞪看着这件奇怪的玩意儿，其中有一个嘻嘻笑着："一个胖孩儿没有嘴！"另有人指着圆筒上部、四周连在一起的那些铁球说："看吧，这就是头夫（发）！""真是头夫！"

　　两天之后，雕塑家和电焊工把他们的作品移到了书院广场上，使用了一台吊车。安放在哪里呢？雕塑家四下转了一圈，提议放在西南部槐林边的草地上。可是这件雕塑需要一个基座，哪里去弄呢？事前又没有计划。大家都围在一块儿议论，愁得要命，嘴里咕哝着："怎么办呢？想个什么法儿？"正这会儿，过来一个黑黑的个子不高的人，原来是住在书院的另一位客人——他两手逐一分开围拢者，两只手掌分别向下轮换挥动，说："这么办！这么办！"

　　他领几个人走向海边。那里堆放了一些修砌海堤的巨石，他从中挑选了最大的一块，上面还有一个洞眼，他说正好用来固定雕塑作品。吊车转眼就把石头弄进院里，然后很快把雕塑安放妥帖了。接着就是喷漆，喷成了火红色，与一片碧绿的环境相互映衬。

　　这时候退开几步再看雕塑吧——原来这是几个神色凝重的人，他们高高矮矮并肩而立，正望向西北方，那里即是一片无边无际的苍茫大海。他们永远这样遥望着。

　　怎样命名？雕塑家咬着嘴唇，面有难色。围看的人相互瞥瞥，一时都说不出什么。正这会儿，又听到了一旁有人大声说："这么办！这么办！"原来又是那个黑黑的个子不高的人，他伸手拨开众人，手掌往下一挥说："就叫'凝望'！"

　　是的，没有异议，就叫《凝望》吧。

惶恐

去年十月间，闻声来访书院的客人中有两个异人。一个是雕塑家，长得身高腰隆，巨腹吓人，宛如将军，单名一个"艟"字。另一个面如釜鼎，身个不高，浑壮有力，单名一个"犅"字。艟已年近五十，心性志趣却与儿童无异。这人确有奇才，敏而有悟，能把所见一切人与动物模仿得毕肖。他听了《二泉映月》，抓过二胡撸弄一会儿，竟然发出了与音乐磁带录音极其相似的演奏声，可惜只有第一句。他还善画唐马——肥臀细腿的那种，这都是看了一个画家之作后的模仿。来书院后他觉得应该有所贡献，每天端着大碗吃过之后，嘴里就念一句："今日吃饱这顿饭，再为书院立新功。"

艟找来了一些瓷盘，然后就画了起来。那都是一些绚丽的现代画，看上去真是独一无二。上面画了猫和狗、虎、豹之类，但面容却酷似一些熟人。他画的一只小老虎，一眼看上去绝对像同住书院的那个犅。有一天他正画着，看到了一位大家都熟悉的靓女在电视上哭，于是随手就把她画了出来。

傍晚走在书院松林中，他听着狗叫就说："空气多么清新；还因为——有树；听听狗叫，亢、亢、亢，是一种金属声。"他对书院同时期来的客人，最喜欢的就是犅。他说：谁有才能？犅才是真正有才能的人。我们问他为什么。他说："无论遇到了多么难的事，大家都愁眉不展了，不知该如何是好了，犅一步闯过来就说'这么办，这么办'！然后就迎刃而解了。"所以有许多时候他只和犅在一起。

艟善画会写，还做过陶艺和雕塑，每一样都在平常艺人之上，只是不能持久。他作画时问站立一旁的我："咱画哪种？"我想了想说："黄宾虹好不好？"他于是找来黄宾虹的画集研读几日，关门闭户。再次见了我时，他声音平静地说一句："也就是黄宾虹了。"我一张张看了他积在桌上的画，真是酷似黄之画集。

有一段时间他在书架前站立良久，忽生写作之念，问我该学哪位作家？我顺手抽出了一本索尔·贝娄的书，他取走了。几天后他把写出的片段拿给我看，让我不由得一阵惊叹：其语气风貌，真的像索尔·贝娄！

稍稍可惜，他不能长期专心一事。我观察，他只有与动物和犅相处时，才能保持永不疲惫永不厌倦的心情。他与犅一起琢磨画瓷盘的事，两人可以在屋里闷一个上午不出门。他不止一次对我说："犅真懂啊！犅说得真对啊！"

艟住在书院西边林中的研修部里。这是一幢六百余平方米的三层小楼，尚为安逸。艟本来住得颇为惬意，谁知有一天邀犅同住，犅突然就慌张起来，边退边连连摆手说："不，不不！""为什么？"犅还是往后退，嗫嚅道："也就是艟，是你在这儿吧，我自己，大白天也不敢进这座小楼啊！"艟紧紧追问："怎么？怎么？"犅无能为力地摊开两手："不知道。我也不知道。一进来就害、害怕。这楼里有一股钢、钢硬的什么气。我顶不住它啦……"

犅一个人大白天从小楼旁走过时，总是用眼角小心地瞥它一下，然后匆匆而去。

自从那次犅说了害怕之后，艟就不安起来，非要让我与他同住这幢楼不可。他常常四下打量楼内，神色肃穆，不再专心于写和画了。有一天我因事离开了一次，半夜里突然接到了他的电话，语气里全是惶恐和恳求："你快些回来吧！你怎么能让我一个人抵挡这股钢、钢气！"

南方

在书院筹建之初，负责人老德与筹建处的小王要去一次南方——参观几处古书院。他说，做什么都要有些见识，要看看别人是怎么办的。这当然有理。一路上乘车坐船，好不辛苦，但总算是看过了许多地方，特别是看了岳麓书院和白鹿洞书院。

回来时，两人抱回了许多关于书院的书籍。老德说："照这样建就行。"我问起一些书院的事情，随口说了一句："那些古书院大概规模不会很大吧？"老德立刻瞪起眼睛说："哪对！大啊，好几千亩啊！"

一说起南方之行，同行的小王就觉得有意思，嘿嘿笑。小王说，老德一定能把书院建好，因为他善于学习，有好奇心，一路上遇到什么事情都问得很细。小王特别说到这样的事情：在江南路边，常有一些女子摆摊，她们那是为过路人有偿作诗——只要报上姓名，她就能把对方的名字嵌进诗中，而且十分和顺动听。老德见了，一定要在摆摊的女子跟前停下，把作诗的全过程看下来，以至于耽搁了赶路的时间。每一次从摊前走开，老德都满口感叹，自言自语道："原来南方遍地都是才女啊！"

我听了小王的叙说，觉得老德真有意思。有一次老德来访，我特意问起了南方之行，主要是路边女子作诗的事。老德马上叹一声："哎，原来南方遍地都是才女啊！怪不得他们那儿经济发达……"

沉默

书院里平时多么安静，因为大家都在室内做自己的工作，只有到了下午四点多钟，也就是课间操时才走出来——不是做操，而是到园中劳动。

因为对书院的挚爱和厚望，常有一些热心人从南南北北来到这儿，要为书院无偿地贡献自己，说是做个"义工"，让人感动。时间一长，书院渐渐人气充盈，井然有序。工作人员中有一个叫"老佃"的朋友，常与我一起讨论自己工作的意义、书院的意义。他每到此刻就议论横生，嘴角生沫，真挚而又热情。看着书院里来来往往的一些学者和专家，老佃就说："我多么喜欢他们啊！"

一些专家来书院里座谈、讨论问题，正好是书院工作人员精神聚餐的大好机会，大家都停下手头的工作去旁听。每一次听完，员工们都很满足，并把自己理解和受用的一部分记下来，有时还聚在一起讨论。

有一次从四面八方来了一些教授和学者，他们逗留一周，共进行了两场研讨。这是一些多么热烈的、高质量的讨论，书院的人自始至终都在旁听，认真做着笔记。老佴从来都是最专注的一个，他一边记，一边无声地动着嘴唇，像是在重复和默念什么。一位我素来敬重的艺术家谈到令人厌恶的时风和世相，愤愤然道："真诚等于自杀，理想等于毒药！"

那时，我看到老佴的笔不记了，嘴唇也不再活动，一下怔在了那儿。他手托腮部好久，欠欠身子像要站起，后来还是坐在原地。他这样一直到座谈会结束，只目不转睛地看着那个艺术家。

从座谈会上下来，他在走廊里一转身正好看到了我，就一把攥住了我的手。我发现这会儿老佴由于过于激动，右嘴角翘得很高，说："他说得真对啊！真对啊！"我问什么真对？他就重复了那句话。我点点头。

他还要和我讨论下去，但因为我要去招呼客人，就走开了。

但老佴从那次座谈之后就发生了变化。他常常陷入沉思，不再像往常一样愿说愿笑，偶尔还要面壁出神，一双眼睛似乎有些歪斜。我担心发生什么不祥的事情，就想找时间和他好好交谈，想听听他正琢磨了一些什么。谁知错过了那天座谈刚结束时走廊上的机会，他已不再想说什么了，我们相对而坐，他只是沉默着。我一遍遍提到了那次研讨会，他仍不吱声。他的目光转向了窗外，像在捕捉学者们远逝的身影。这样待了好久他才转过头来，对我深深地点了一下头。

我提议到院子里走一走，因为我怕他运思太累。我们一起走在鲜花盛开的甬道上，两耳全是鸟喧。他的目光或落上甬道，或望向重重叠叠的林木，一声不吭。这样走了许久，当来到一条岔道时，他站住了，像在犹豫走哪条路。当他往旁边跨出一步时，又一次对我用力地点了一下头。我抬头看他。这会儿他一字一字说道：

"他说得真对啊！他说得太对了！"

哭

到现在为止，我只遇到了三个善哭的人。

其中一个是老艺术家，今年快要八十岁了。只要一提到上级领导对艺术家的关怀——有时仅仅提到领导的名字，他就要哭起来。这是一种真诚的、毫无牵强的、朴素的泣哭。其可贵就在这里。而且我特别注意到，这种哭不是因为衰老的缘故，因为在我的记忆中，从很早以前这位老艺术家就这样。

老人提着拐杖走来，我赶紧上前搀扶他。我问老人的身体和近期创作，不小心提到了一次座谈会——我忘记了那次座谈有一位领导参加——于是老人马上说出了领导的名字，然后呜呜地哭起来，边哭边擦眼睛说："我们，我们怎样努力工作才能、才能对得起他、他的关怀啊！难道、我们……"我正想怎样劝慰老人，谁知老人从这次座谈会又联系到了前年的另一次什么会议，那次会议也曾有另一个领导人出席，而且——"领导从台上下来正好看到了我，就过来和我握手，问我的身体怎样！我……"他的泪水再也不能终止。

在老人泣哭时，我看着他在漫长的艺术生涯中，在不息的操劳间变得稀疏的、雪白的头发，还有所剩不多的牙齿，心里泛起阵阵不可遏止的怜悯。我多么想劝老人再也不要哭了，不要了，可他那时已经完全不能自已，什么话也听不见了。

另一位是一个五十多岁的朋友，我们不常见面。他是一位业余写作者，很少动笔——我较少看到比他更为多情的、更为珍惜情感的人。有一次我们一起散步，走到一个桥头他突然止步不前了，然后直瞪瞪看着桥边的一棵火炬松。当我们终于又往前走去时，他的眼窝开始发红——只不过我没有注意。因为他毫无铺垫地就说起了二十多年前的一位女同学，长叹："那身个啊！那眼睫毛啊——往上翘着啊！"说着说着就哭了起来。

我看出他在用力压抑自己，尽量不哭出声音。就这样啜泣了一会儿，低着头。后来他抬起头看我时，我发现他正紧紧咬着牙关。

记忆中还有一次，我和邻居出门办事，刚走到路边又遇到了那位朋友。他快步迎上来，于是三双手紧握，抖动，那位朋友眼中泪花闪闪。"我们多久没见了啊！我们……"他的声音最后低得不能再低。我马上说起一些愉快的事，于是他又破涕为笑了。可是这样刚说了没有一会儿，他的眼睛转到我邻居身上，目光立刻凝住了。邻居不知该说什么才好，正犹豫着，我的朋友咬咬嘴唇说起来："你父亲在世时对我多好啊，他晚年还对我说，让我读一些、一些书……那真是言传身教啊！你父亲……"朋友说到这儿已经泣不成声了。

这一次他哭得太厉害，一时我和邻居两人都不知该怎么办，真是手足无措。他哭着，同时也想极力忍住，这是我们都看得出的。他只是不能够立刻止息。大概他怀念和回想起的事情太多了，并且所有这一切对我们又一时难以尽言。

这位朋友给我印象更深的一次哭泣是在前一年的春天。那是我去参加一个音乐家的大型座谈会。中午吃饭时我们正巧坐在了一桌，于是高高兴兴又一次见面。菜上得很慢，大家边吃边聊。我的朋友看着桌子边上的人，看着看着眼圈又有些红。他转脸瞅瞅我，把手放在我的手上，拍打着说："你这么忙，还是赶过来开会了。大家在一起讨论多么好！我听说你也要来，他也要来，我一看大家真的都来了！"

他说到这里擦了一下眼睛。过了片刻，他渐渐哭出了声音。因为他哭得厉害起来，所以同桌的人都不再夹菜了，都怔怔地看着他。有的开始规劝，但没用。朋友一直在哭，最后差不多号啕了。他流了那么多泪水，但不取餐巾擦一下，以至于满脸闪亮。"在今天，在今天……这样一个时代，大家！这是真的，我们……"他在哭泣中偶尔吐出的只言片语，虽然没有人能听得明白，但都知道他已陷入了深深的激动。

我感激所有热爱书院、帮助书院的人。他们大多是无私的，表现出了极大的慷慨和热情。有一次在省城，我对一个朋友求助，请他为我们书院寻找几种北方少见的花卉,立刻得到了应允。接着朋友长时间地注视起来——他望过了四周,又把脸转向了我——这马上使我吃了一惊:他的眼眶里满含泪水。他抽泣着说:"你放心,你放心吧!"我说我放心。他又说:"你就放心吧!你千万放心啊!"

有一天,我再次感谢他,并请他喝茶。可是他刚坐下一会儿就说到了花卉的事,又哭了,说:"你就放心吧。你一定不要太费心啊。"

这就是我见过的最善哭的三个朋友,都是男人。一般而言,善哭的男人是让人不敢赞许的;可是我所遇到的这三个人却无一不是朴素动人的。他们的品格是无可挑剔的。他们的真诚和善良让人难忘。这个世界对于他们而言,总是有着太多的纠缠和触动,所以在许多时候,他们是无以表述的,他们心中的一切也只有化作泪水流出来。

逗人

我的厨房外面是一片望不透的林子。每天做饭吃饭时常有鸟鸣,这本正常。可是有一天一只大鸟的叫声还是引起了我的不安。

它的模样我不认识,但它的声音怪异,叫起来花样很多。它的体格很大,像一只肥胖的喜鹊,只是颈部有红色环纹,头也较喜鹊更大,看上去有些笨模笨样。当我专心做事的时候,它就伏在窗的上方,把头探到窗檐下叫出几声。那声音是婉转有趣的,很像是一种打招呼的声音。当时它与我对视,并不害怕。它甚至在端量屋里的人,头颅一动一动,调整着自己的视角。我对它做了好几个手势,它才离开。

可是当我再次专心做什么时,它又探头叫起来:这一次的声音更怪了,不再那么流畅婉转,而是夹杂有几声或尖或糙的单音。如果不是我想得太多的话,那么它这次是在逗弄屋内的人。我拿出一点吃的东西递到窗外,它看了两眼,像是笑了一声,飞走了。

一连几天,这只奇怪的鸟都在窗前出没,探头往里望着,神情专注。当我注视它时，它就缩回了身子；当我做自己的事情时，它就出其不意地弄出一种怪声。

我找来一只鸟谱，想查一下它的名字，可是没有。可见它是一只极罕见的鸟。

但我相信它是懂一些事理，并有一些闲情的。很明显的，它是主动来观察林中人的生活，并且感到了一些好奇。它在向我询问吗？可是当它得不到回答时，也就逗起了乐子。我一直相信，大多数动物与人的语言虽然不同，可它们的情感模型与人却是大致相同的。它们也有自己的快与不快、厌恶和喜欢，甚至有沮丧之情。它们也会寂寞，而且一定能够好奇和愤怒。

谁来破译鸟儿、猫狗，还有羊和牛马们的语言？当然，这会是很难的事情。但是尽管如此，我们与它们之间仍然还有交流，有情感，有依赖，并且产生了许多有趣甚至是感人至深的故事。

人怎么能失去动物呢？

书院里有许多动物，我们与之和睦相处。大家都知道，由于动物在与人共处的经历中有了太多不幸的记忆和经验，所以我们必须以自己的实际行动、以自己长期的亲切和谨慎，才能让它们不再畏惧我们。

泳汶湾

从书院往西不到十五华里就是泳汶湾。那是一片开阔的水湾，与大海似连还断。这片海湾简直就是一片硕大的湖，湖上水鸟翩飞，苇荻成片，岸边微浪拍击。

这个湾大致是平浅的，所以一直被儿童们喜欢。记忆中海边大人不允许自己的孩子去海里冒险，却乐于看到他们在这个河湾里嬉水。印象中只有在三十年前的一次发大水中，这个河湾才滚动着滔滔巨流。平时它总是清湛蔚蓝，给人一种平安温馨的感觉。

在北方，我几乎没有看到比这个河湾更漂亮的入海口了。因为与之有诸多交往，所以更不知道还有哪里比它更为可亲和多趣。小时候记得大人一声呼喊"踩鱼去了"，也就立刻欢呼雀跃。我们眼看着许多人手里只提一篮，再不带任何家什就往河湾里赶去，心里既好奇又兴奋。我们一群孩子尾随着，并像他们一样在不太深的水里抬高两脚往前走。这时候如果觉得脚下有什么软软的，且一动一动的，那就是踩住了鱼——快些弯腰取鱼吧。可是我们远不如大人们老练，往往踩得着鱼却取不到手——因为当脚下有什么一动时，我们的脚心就要发痒，于是脚板稍一活动，机灵的鱼儿就逃掉了。

我们都知道：要想踩住鱼，首先得练好脚心不发痒的功夫。

可是记忆中谁也没有练成。问了问大人们，他们的意思是说：一个人只有到了二十岁之后，一双脚才能持重耐搔，那时也就不怕鱼儿们了。说是这样说，谁有耐性等到二十多岁呢。

我只有十几岁就离开了泳汶湾，从那时起不再关心脚心痒不痒的问题了。

当年在河湾时，我们踩鱼不行，却是做其他事情的好手。比如我们可以一口气逮满大桶的螃蟹，可以在一片片的蒲苇中找出真正的小香蒲，既吃清香的蒲米，又烧烤如同芋头一样滋味的蒲根。河湾四周有多得数不过来的云雀，它们一天到晚不知疲倦地欢叫，只有我们知道——空中每一只欢叫不停的鸟儿，它正对着的下方草地上都有一个隐藏得很好的小窝，那里面有它的孩子，或还没有变成孩子的蛋。我们如果耐心寻找，就会找到像一个精心编制的草篮一样的小窝，里面有三四枚蛋，或干脆就是几只长了绒毛的小雏。

关于捕捉小鸟的故事，大半有一个令人后悔的结尾。当年我们一帮人很快悟到了这是一种伤害云雀的勾当，所以到后来虽然依旧寻觅那些精心编制的鸟窝，但对触手可及的宝物只看一会儿，顶多是抚摸几下，然后就忍痛离去了。

今天，泳汶湾还在，可是一些迷人的情趣却只存于记忆之中了。它的姿容与昨日相比稍微逊色，比如：水变得少了，似乎也不如过去清湛；还有就是，它周边的河柳与蒲苇也不如过去茂盛了；特别是河湾上空的云雀，它们都叫得懒洋洋的。

但无论如何，这个河湾仍旧是可爱的。在今天，没有什么比这样的小湖更加值得珍视的了。它离我们的书院尽管还有一段距离，可是我们一直把它看成是自己的宝物。

灼热

因为常常在林涛中入睡，所以有时半睡半醒时恍惚觉得身在他处。那是一个与生命之弦拧得更紧的地方，一块比邮票还要小的土地。思绪托起身下的床榻，让人觉得它像船一样浮起，在时间的绿色波浪上航行，最后无声地停靠在一片灼热的土地上。

我闭上双眼，就觉得它是我们书院的近邻；实际上它离此地也仅有七八华里。那是一片美丽的沙原，是我所知道的世界上的至美之地。那是我们从遥远的闹市开始寻找，最后才觅得的一片生存之地。在由无一丝灰污的白沙构成的原野上，有起伏的沙岭，有一望无际的丛林。白杨和柳树、枫树、合欢树，都长得油黑生旺。大橡树粗硕惊人，浓荫匝地——后来，我走遍大江南北也没有见过类似的大橡树林；只是在意大利的庞贝古城遗址，我四十年来才第一次见到可以和那片沙原媲美的大橡树林。除了蓊郁的大乔木林，再就是各种果林。一处林场和一处园艺场毗邻而居。这里的水果从来以甜美著称，就连丛林中的野果也硕大甘甜。

一切都由水土所决定。这是一片难得的土地，是神灵护佑之地。看一眼沙原上水旺的植物，再看一眼这里的人，都会觉得二者给人的感受是一样的，全都蓬蓬勃勃，生机盎然。

那是我童年的居所。

我生命中的梦想总是与之连在一起。如果不是那片自然的荫护，我将更早更快地跌入无望的黑夜。

可是黑夜总要来临的，但这不是一个人的黑夜。这是整个沙原的黑夜。从三十多年前开始了一场开发的噩梦，恶采煤矿，乱掘金银，化工铝业，无所不包。从此丛林不再茂长，沙原不再飘香，令人难以置信的是，整个沙原上竟然再也找不到一棵当年的硕大树木。没有那样的白杨和老槐，没有合欢树和柳树，一棵都没有了。大橡树呢？既然如此，那么英俊的大橡树又怎么会有、怎么会让其生存下来！

那是一片让人心头灼烫的美丽沙原。连这样的美丽也要破坏的，会是人类所为吗？

不，许多人说，那只能是畜类的行为——还比不上畜类，因为畜类更多的还是温驯可爱。于是我们只能说：这是恶鬼的丑行。

我们的书院就是在这样的一隅和一角默默守持。我们在仰望和遥望，在祈祷。书院遍植绿色：对于一片大地而言她是太小了；可是作为荒原之心，她还在不停地搏动。

大东东和小东东

没人不夸这里的两只美犬，它们是姊妹俩，女性，所谓的同年同月同日生：大东东和小东东。大东东的脸色偏黄，长得非常强壮；小东东微黑，比较柔弱。她们从小妩媚，那目光与动作，随处都透着少女的韵致。她们身上完全是两个小女孩才有的率性，狡黠而顽皮。当时由于书院居于远野，林木太茂，害怕她们被林中野物所伤，于是就寄养在市里大姐家中。那是她们无忧无虑的日子，两个小家伙整天嬉戏，追逐逗能，每天都能博得几个满堂彩。

这世上大概不会有多少人像大姐一样宠着她们——在未来，在她们的一生，大姐都要为她们担心。

小东东小时候生过病，不得不一次次送到诊所去打点滴。我曾经不解地问:"她一刻不停地蹿跳,怎么有法子静脉注射呢?"大姐说:"这你就不懂了,别看她平时是那样,到了医生跟前可老实呢,十分听话。让她打点滴,她就侧侧身子躺倒了,然后把手伸出来。整个过程从不乱动。"我听得出了神。大姐又说:"不光是她,诊所里有许多打点滴的狗都是这样,它们在床上躺成了一排呢,全都伸着小手。"

姊妹俩长大了,她们在阳光下浑身闪亮,真像披了锦缎。如此威风英俊,的确像战士。不过只有离近了端量,才会看出她们仍有一丝最终不能消退的娇羞。没有办法,此刻她们只能告别城市,只能去林中服役了。

姊妹俩与大姐临别的场面要多动人有多动人。最初的日子里大姐每隔几天就要乘车去看一次——她们俩每一次都哭,眼里有泪光,嘴里有哭声。

书院地处野外林中,当然需要两只暴烈的卫士,她们至少看上去也像。所有到书院来的生人都会畏惧她们,于初来乍到的一刻躲闪着她们直射而来的眼神——人们暂时还分不清这威严之中夹带的女性的温柔,所以总是退避三舍。但她们出于好奇和友善,这时一定会蹦跳着赶过去——于是人们吓得大呼小叫起来。但还没等叫得太久,大东东和小东东已经幸福地在他们脚边滚动起来。

这些情景书院人看在眼里,心中泛起的往往是复杂难言的心绪:一方面疼怜爱惜,另一方面是担忧——忧其不能很好地担负起警卫书院的任务。

书院里的小王不止一次说:"该送她们上学去了。"
市东南郊真的有一处警犬学校。那里是非常严厉的生活。
然而,直到如今,大东东和小东东还是没有入学。

雾锁大野

书院四周所有的林木,还有对面的大海与小岛,远远近近都笼罩在浓雾中。一连四天大雾没有消退，尽管时浓时淡，但最淡时也只能看清百米之遥的景物。记忆中很少有这样的天气，竟然有如此漫长和严密的雾笼。所以白天没有晴空，夜晚没有星月。而北部海滨松林上空的蓝，白天与黑夜是怎样地令人心旷神怡，那绝非无亲临其境者所能想象。可是大雾之夜让一切都消失了，隐匿了，以至于万物不安，鸟儿们先是因为恐惧而一声不发，忍住，到后来惊呼四起，此起彼伏。那浓雾中的鸟啼啊，湿淋淋的，很像呜咽。

我觉得一连几天都像在被沾了水的丝线缠裹，烦闷无言。走在林中，由于视觉的局促而变得小心翼翼，与林中的一切沉默对视。雾与冷结盟，与凝止的空气为伴。雾是海北的乌云滚滚南下的一个过程。

终于起风了，一丝丝增大的风把槐叶拨动了。松针一齐颤抖。莽野激动了。

一片蓝天闪烁出来。太阳发出了逼人的强光。原来雾海把一切笼在心中，让其长成了更为清新的明天。所有人都贪婪地望向四野，发出了舒心的长吁——当我欢乐的目光转向南方时，立刻就被折了一下。那里有几个大烟囱一如既往地矗立着，其中的一个正舒服地喷吐。我又把目光转向别处：西边的万亩丛林，北方的大海，东部葡萄园的氤氲。

这一刻，我突然那么怀念浓雾锁笼的日子。是的，那是浑茫一片的世界，那是梦想和幻念飞扬的日子，比起现在的懊丧，那时的郁闷已经完全不算什么了。

2004年6月8日

西双版纳笔记

西双版纳就像一个梦幻，自小就在脑海里萦绕。已看过它太多的图片和文字，只不知道真的走近会是怎样的情形。在我们的经验中，许多美丽是禁不起就近打量的，那只会让人失望和后悔。可是西双版纳，我们不可违拒地走进了你的秘境。

佛寺

只要是大一点的傣族村寨都有一个佛寺，这是精神与信仰的象征，是身心向往之地。这与西方信奉基督教和中东地区信奉伊斯兰教的村落是一样的，那里稍大的村镇也必定有一个基督教堂或清真寺。在尖顶指向苍穹的美丽建筑四周，才是围拢一起的世俗生活。有没有这样的一个尖顶指向苍穹，那将是大为不同的生活。

傣族人家，许多男子在七岁左右必要剃度出家几年，住到佛寺里。虽然他们将来大半还是要做世俗营生，但这种少年经历是极端重要的。这是早早开始的心灵洗涤。

傣族人的佛事活动频繁，无一例外是为了心灵的洗涤。一个人和一个民族，时常经历心灵的洗涤，实在远比身体的洗涤更为重要。我们知道，在内地的广大农村和城镇，过去由于生活条件所限，做到每周或每天都能进行身体洗涤也是很难的。现在许多人都有了洗浴的条件，可是心灵的洗涤一年里会有多少次？一次？两次？如果连一次都没有，这种生活就有些危险了。

从这里讲，傣族兄弟真是令人羡慕。

这一天又遇到了盛大的佛事活动。那是在景洪的总佛寺。身着鲜丽服饰的队伍绕寺行进，伴着节奏分明的音乐。队伍最前面是几排僧人，后边是手捧棉帛锦缎的男女老幼，再就是边走边舞的美丽少女：舞姿简单典雅，只有手和两臂在重复同一种动作。她们身着盛装，右鬓佩戴一串鲜花。

我们久久地站立一旁。我们知道这不是表演，而是传统的延续，是从久远的时代开始的一个仪式。

醉绿

人如果享受到过多的氧气会发生"醉氧"，而从北方来到西双版纳的人，会有一种"醉绿"。因为这不是一般的绿，而是人间大绿，是置身热带雨林之间。到处都是蓊郁，是浓荫匝地，是让人惶惑的青翠欲滴。百鸟喧腾，异兽长啼，显然来到了另一个世界。这世界对我们有些突兀，得让人好好适应一番才好。

如果长期生活在这里，我们将如何消受这大绿簇拥的日子？有点难以想象。比起这里，北方的干燥，裸露的石土，还有无法告别的阴霾，几乎已经让人习以为常了。而这里的绿色又太多太盛，空气太过洁净。一切都得从头领略，从头开始，面对一场人生的惊喜。

祖辈在西双版纳山林中过活的傣族、哈尼族、基诺族，他们是怎样认识这满眼绿色的？他们常说的话是："没有森林就没有水，没有水就没有粮食，没有粮食就没有生活。"

原来他们将绿色看成了生活的源头。

这是对林木植被最为深刻的一种认识，也是最为朴素的一种认识。其实远在拉美的古印第安人早就知道森林与水的关系：为了享受充沛的雨水，总是小心翼翼地维护着林木，视毁林者为大仇。

雨水量的分布虽受天然地理板块的制约，但人也并非毫无作为，也就是说只要尽了人事，气候条件仍然可以逆转。比如，记忆中的山东半岛北部沿海地区，在五六十年代之初就是绿色葱茏的，雨水也大。而在老人们的记忆里，更早的时候林子更密，雨水更盛。

人间没有了绿色，苦难也就离我们不远了；没有了大绿，也就失掉了幸福。生活在苍白的土地上，首先是疾病的来袭，进而是人心的焦枯。在尘土飞扬、寸草不生的地方过日子，其实只是一种煎熬。

大象

在西双版纳可以看到大象。在全世界，除了非洲和东南亚某些地区，这种动物都罕得一见。其实大象比人们珍惜的熊猫更需要爱护和保养才好，因为熊猫食量并不大，它们的吃物不过是竹子。大象则不然，一头大象每天不知需要多少植物的茎叶才能填饱肚子。

能够有一群大象自由自在游荡的地方，必有不可想象的密林绿地。所以在云南，在西双版纳这样的大绿之地才能养活得起它们。它们去了北方会是怎样？我们知道，那不过是在动物园里饲喂几头供孩子们看，让他们伸着小手点画："这是大象。"

如果我们北方游动着一群大象，气候是否适合先不说，仅以吃食论，那么无须太久的时间，本来就少得可怜的一点绿色都得被它们打扫得干干净净。我们真的没有供养它们的本钱，我们的绿色太薄。

西双版纳人当然以大象为傲，在城区，街头路口都有大象的雕塑。而我们知道，通常的城市里一般要给英雄人物才塑起雕像的。这里的大象就是活生生的大英雄。

我曾参加了当地的一次泼水活动。虽然不是泼水节，但总有机会让外地人感受水的恩惠和吉祥。同样是盛装的少男少女，他们手持水盆倾水泼洒，呼号祝福，还牵出了一头大象。

大象通人语，能交流，一根长鼻子擅取物，并不时地高举过顶向人致礼。它体大雄健，步伐沉稳，一双眼睛留意四周，憨态可掬。奇怪的是在它的面前，我们这些自以为聪明的"万物的灵长"，常常会有莫名其妙的羞愧感。

我们平时对那些能做大工、拥有大力的人给予赞美，称他们为"大象"。大动物与小动物在姿态上有一个最大的不同，就是拥有一副特别稳重的外表。小动物如黄鼬之类，总是活泼机灵的。

据专家们研究，大象是动物中唯一能够追思亡故的一类：它们行走在野地里，如果遇到先辈的遗骨，一定要停下来整理归拢，久久地伫立悲悼。

大象是最配享有阔大绿色的生命。

老茶

人们熟知的有云南普洱茶，一度价昂逼人。人们还知道有一条古老的茶马古道，更早的人以牛马驮运茶叶运到西部边陲。这条茶马古道今天还在，已成为当今的一条追怀之路，散发着永久不息的茶香。

西双版纳的老茶树王绝不罕见。古老的茶林留下来，在新的时代吐发新芽，供人们品尝时光之味。好大的叶子，好苦好香，经过了特别的工艺更变得醇厚，可以冲泡出琥珀金色。

在丛丛密林间散着一间间普洱茶作坊，游人喜去，循香而至。这在外地人看来是多少有些神秘的地方，因为裹在山内，小鸟敛声，真好比古代道家的丹砂之地，不可轻易示人。不过好客的现代普洱人会引游客从路口进入，然后坐在草寮里，聊聊茶事，小口品一下他们的酿制。

我们相信，如果没有原始雨林，没有南国湿气的日夜蒸润，就不会有这种特异的老茶滋味。龙井属于西湖，那是另一片水土的精致。普洱出于大山，正得力于苍苍茫茫。杯茗与浑茫共生，才滋养出一派厚重的气象。这片大林莽中常有高达八九十米的望天树，还有繁衍成一大片的独木林。大鸟衔籽，巨鳗化龙，花腰傣歌声袅袅。

真正的普洱茶是深鏊万物的综合滋味。我们啜饮品茗，须得静下心来，让胸怀与远山一统。

有一位蓝布裹头的老婆婆，她毫不费力地攀上一棵古树，采下一兜乌叶，准备了特别的礼物。她算好了将有一群年过花甲的男人从远城来，这些人最记得当年滋味。原来他们是四十年前的支边青年，曾在此地披星戴月干了十年。这些人后来终得回城，有了儿孙，如今算是旧地重游。

老茶树王，你是深山的见证，雨林的芬芳。

2013年11月17日

辑二　思心

说到底，人类只有依仗自己的善良和宽容，才能走到美好的未来。

托尔斯泰引用一位古人的话：特别有"知识"的人都不聪明，都没有智慧。而这些所谓的"知识"，一直在网络上号叫奔涌，无始无终。

——《出发之地》

出发之地

一

写作者上了年纪，会越来越多地想到过去：过去的生活环境，过去的创作状态；不断地回忆那个出发的地方。

时间太快了，转眼就是十年二十年，好像掌管时间的上帝在跟人搞恶作剧。也有人责怪网络时代，认为这个时代把时间重新分配了，分割出一些小而密集的虚拟空间，消耗和分散了人的注意力，让人每天都在时间和空间的圈套里钻进钻出，忙得团团转，没有方向感，不知不觉中光阴就溜掉了。宝贵的日月就这样耗尽了，生命也耗尽了。想一想这真是令人惊心，也很冷酷。

我的思绪经常要返回到东部的一个半岛，那是一片海雾缭绕之地，是我的出生地。

它在山东半岛的东部，看地图，是胶莱河以东伸进大海中的一个很小的犄角，即胶东半岛。再放大这张图的局部，可以看到犄角上的犄角，它是胶东半岛西北部的一片冲积小平原，是古黄县的北部。直到战国时代，那里还是一片沼泽和莽林，经过长年累月的淤积，慢慢开发，才逐渐形成现在这片平原。古齐国末期，小平原的南部已经变成一个人口比较稠密的地区。这一带是"东夷"重要的组成部分，是古代炼铁术诞生的地方。繁体字的"铁"字一边是"金",一边是夷,就包含了夷人炼铁的意思。

童年记忆中,小平原的北部全是密林,老人对孩子们反复交代的一句话就是:一个人千万不能随便进入林子,因为会迷路走丢。真的有入林后再也回不来的孩子。有人依据现在的观察,认为海边不过是南北纵深二三公里的林带,连接了成片的灌木而已。但三四十年前,林带以南仍然有成片的原始树林,有杨树、橡树、柳树、很大的古槐和银杏。到了20世纪60年代,靠近海岸的地方才开始栽松树,称为防风林。几万亩的人工林和原来的野生林连在了一起,无边无际,成为一片真正的莽林。

我在这样的环境里度过了童年和少年,后来就离开了。再次回到海边已经是二十多年之后了。这里的一切全都面目全非,是归来者在惊讶中不得不接受的一个现实。

人回到久别之地是极重要的一件事,在内心深处,常常是十分激动的。无数的怀念和回忆不自觉地涌来,往事一幕幕从眼前闪过。我在少年时代生活过的地方不停地奔走,一遍遍地看和问,极力寻见记忆中的人和事。林子已经去掉了绝大部分,一些大树没有了。印象当中有一条路,路边的银杏树至少有近百年的树龄,它们都没有了。有一片大橡树林,也没有了。一片片大杨树、大柳树,都没有了。这完全不是我生活过的那个地方。光秃秃的沙土地上有些灰头土脸的楼房,散长着不多的小树和灌木。起风时扬起沙尘,塑料袋和杂屑一块儿飞起来。这里再也没有了那个蓊郁的世界。荒凉,嘈杂,脏乱,让人看了心上发凉,空荡荡的。

记得当年沿着一条林中小路往南,会走进"灯影",那是古代荒野上慢慢集聚起来的一个村落的名字。它离我们的林中小屋最近,所以也最熟悉。而今村子早就搬离了,问起小时候的一些人和事,只有上年纪的人才能回答几句。当年给我印象深刻的有两种人:一是在当地很受尊重的体面人,或者是很有趣的人;二是那些坏人,即臭名远扬的人。我惊讶地发现,几十年过去了,那些道德楷模、一表人才的漂亮男女大部分都不在了,有的沦落他乡,有的去世了,不少人下场凄惨。另外一些当时令人害怕的家伙大部分还活着，不过已经很老了，瞪着一双尖利利的眼睛。

说到过去，老人们感叹：原来这里的林子多大啊，就因为几十年来不断地伐树，今天伐几棵大树，明天砍一片林子，一车车往外拉木材，树就没了。不断地死人，因为战乱，因为饥饿。

每隔一段时间就有一批大树被伐掉了，树长得越大，越是引人注目。"木秀于林，风必摧之"，这句话是大家都熟悉的。在经验里，一棵或一片大树是很难保存的，它们早晚要被人干掉。我曾经在欧洲街头看到了一些令人惊叹的大树，它们的年龄比人的年龄大得多，可见要受到一代又一代的爱护才能活到这个样子。比如在阿根廷，我看到许多像一座大楼那么伟岸的大树。这在我们的城市和乡村哪怕有一棵，一定会在几十里的范围成为传奇。我们这里更多的是新栽的小树，而且是速生品种。老树没了，大树没了。我们又不是在伐木场工作，可就是爱砍树，不停地砍，性子急躁。几乎所有人都有这样的回忆：每隔几年或几十年，一个地方最令人注目的大树就会失去；同样，每隔几年或几十年，特别令人尊敬的一些人、一些杰出的人就没有了。

树和人的命运、生存与消逝的规律是完全一样的。我们不能战胜这种宿命，这是我们的悲哀。

二

得出这样的一个结论是可怕的。我们做了各种努力，兴办教育，不停地植树，倡导爱护人才，所做的一切无非就是想拥有更多的大树和杰出的人物。但是无论怎么努力，都不能阻止这样的现实：每隔几十年就有一批大树消失，一批杰出的人物消失。砍伐和伤害是人性中不可消除的黑暗，不可遏止的冲动。

我们感到非常痛苦，但是毫无办法。剩下的事情就是怀念它们和他们，一遍遍怀念。

有人认为从文学创作的角度讲，理性太强，道德感太强，情感太重，会阻碍浪漫的想象和思想的远行。但是没有办法，我们大概谁都无法忘记自己的出发之地，无法不去回忆当年的一切，那时候的状态与心情，引起一阵忧伤和沮丧。

还记得最初的写作，那是我们的开始：把书看得很神秘、很神圣，每本书几乎都是一道秘境，吸引人走进去。书对人的诱惑太强烈了，让人夜不能寐，而且让人变得心气高远。最初的文学尝试总是伴随着巨大的激动，来自他人的任何一声鼓励都会在心底溅起浪花。那些滚烫的心情后来很长时间都不能忘记，对书籍的爱，对所记述和描绘的一切的深刻情感，直到很久以后还是簇新的。

有记忆就会有比较，让我们看到昨天和今天的不同。随着年轮的增加，生活开始毫不留情地磨损每一个人，可以说印迹斑斑，荣辱相叠。一个人随着越走越远，关于出发之地的那些记忆就变得淡漠了。最初留在心中那些极强烈的东西正在一点点减弱，就像一种化学元素有自己的衰变周期一样，原有的力量正在时间里消耗殆尽。

一个写作者可能在技术层面上更成熟，知识不断增加，甚至变得像学者一样，讲起来头头是道，古今中外无所不晓，很是博学。但也许就在这个过程中，身上那颗诗与思的种子正在慢慢变质，因为它需要情感的土壤去培育和滋润，不然就难以抽枝发芽。

我们身处时下这样一个纵横交织的网络时代，太耗损感情了。小时候在林子里听到一个噩耗，一个悲惨的事件，会觉得惊讶，以至于震撼；知道一个惊喜的事件也要久久地兴奋，引出诸多美好的想象；种种刺激都会变为记录和传告的动力，然后化为一行行文字。今天却要不停地接受信息轰炸，手机和电视，一沓沓街头小报，大叠的图片，它们一块儿承载了无数稀奇古怪的消息，什么大恶大善、奇闻怪事，一切应有尽有。我们的心早已疲惫了，眼睛也酸痛起来。这些成吨抛下的信息火药把人的心灵轰击得一片狼藉，早就情感乏力，再也没有激情，没有了创造的张力。

可是怎样才能回到过去？没有任何办法。人在城市的丛林中喘息,再不能指望回到记忆中的那个犄角,不能隐藏到那片无边的莽林中。一个人一旦起步也就只能往前走,从人烟稀少处走进人烟稠密处,一直走到今天的网络时代。已经逝去的是一个沉寂的时代,贫穷的时代,也是老旧的时代,尽管这中间只隔开了四十多年。那个时代留给我创痛,还留下很少的几本书、无边的林子、一座孤屋和一盏油灯。

在那个封闭的角落里,一个文学少年情感饱满,积累着倾诉的欲望。这欲望期待着回应,回应又产生了新的动能。然而时过境迁,那种美妙的循环好像突然就中止了。

关于往昔的回忆,有一个镜头是最难忘记的。

那是渐渐长大时,我不得不离开林子,到稍远一点的地方去读联合中学。它在林子南部,是几排灰色砖房组成的一个大院落。这里集中起一大群孩子,还有十几位男女老师。有一天突然传来一个消息,说我们联中马上要来一个了不起的人,他将是新来的校长。传说中这个人太了不起了,简直无所不能,会各种乐器,还精通球类和其他,人长得也像个英雄。我们都被这消息吸引住了,天天盼着这个人来。

这一天终于来了。许多年过去,我对那一天的情景都记得清清楚楚。好像是半上午时分,校园内一阵喧哗,接着许多老师和同学都跑到了操场上。出现在我们面前的是一个三十多岁的男人,中等个子,穿着中式浅灰色上衣,笔挺的西裤,围一条深色毛巾,脚上的皮鞋黑亮。他脸色很白,多少有些苍白,乌黑的头发梳得十分整齐。浓眉,明亮的大眼睛。整个人干净利落极了,没有一点烟火气,绝不像我们平时看到的人。这就是新来的校长。

我们在心里发出惊呼,将新来的校长视为天人。

三

就因为这个校长的到来,一所乡野联中完全改变了模样。如果说这里以前是清一色的灰砖色或土黄色,那么从这一天起就变成了诱人的彩色。这里有了音乐,有了没完没了的欢笑和歌唱。我们开始觉得自己的学校是天下最好的地方。

日子一天天过去,关于他的所有传说正在变为事实。这个人真的无所不能,他竟然会演奏那么多乐器,无论什么乐器在他手里都一下神奇美妙起来,口琴、笛子、二胡、板胡、手风琴、风琴、小提琴,什么都难不住他。这些乐器发出各种奇妙的声音,简直成了神物。

他是球类运动能手,篮球、排球和乒乓球打得都好。只在不长的时间里,他就分别训练出一支篮球队和排球队,并且指挥了几场动人心弦的比赛。最出人意料的一件事,是他后来操作的一台印刷机。这台油印机平时不过是印印考卷之类,到了他手里却大显神通:他亲手刻制蜡版,一些从未见过的美术字和图画就印出来了。惊人的是他很快给这个油印机派上了大用场:印一份文学刊物。这是他亲手创办的刊物,他带头撰写作品,并号召所有老师和学生都写,然后挑选出最好的文章刊登在上面。

他还组织起一支业余演出队。校园里学习乐器的师生很多,也涌现出许多擅长表演的人。原来各种人才都一直潜伏在校园中,只等他的到来,然后被一一召唤出来。

这份诞生在丛林边的文学刊物,无论当时还是现在看,都算是一个奇迹。就因为有了这份杂志,多少人开始了发奋阅读,并尝试去做一件最有魅力的事情:写作。用文字记下心事、周边的事儿,描述一切。高兴与不高兴都可以写在纸上,使用所有我们知道的美妙词句。无论谁写出一篇有意思的文章,大家都会大呼小叫一通,从此对他刮目相看。一篇歪歪扭扭的文字一旦印在杂志上,马上变成了好看的美术字,还常由一些美丽的花纹环绕着,配上了插图,真是漂亮到令人无法相信。

很久以后我们都会肯定地说:那份油印刊物发表的作品,比后来所有铅印报刊发表的更为激动人心;那种油墨的香味也浓烈许多倍,这是一种不会消逝的文学的气味。

就是这么一个人,他对我们的学生时代产生了无与伦比的影响。我知道不仅是学生,就连当年的老师们也将他当成了偶像。在我们眼里,他是一个没有缺点的人,一个博学多能的人,更是一个品格高贵的人。他能将世上的一切事情都干得漂漂亮亮,而且只有成功,没有失败。

二十余年之后,当我返回这片土地上的时候,发现成片的大树消失了,一些人也消失了,其中就包括我们的校长。

很少有人知道他,不知道他在哪里。这里好像突然长出了崭新的一代,他们的面孔十分陌生,简直无法连接昨天,难以接通一个地方的记忆:对并不遥远的过去一无所知。他们从来没有听说这里还有那样一位神奇的校长,对所有的问讯都感到大惑不解。最后幸亏一小部分老人,是他们吐露了一点信息,尽管语焉不详。原来的联中旧址变成了一个矿山锅炉房和堆煤场,学校四周的林木被红砖垒起的破旧厂房替代。那个叫"灯影"的村子无影无踪,已经搬到了远处。

校长去了哪里?经过不少人的指点,我最后好不容易找到了几十里外的一个乡村集市。这个集市很大,但给人的印象破破烂烂,是所有东西的汇聚地和展示地。人多极了,吆喝声震耳欲聋。这里每个周三和周六是集市日,而周三的集市最大,我要找的人一定会按时出现在这些拥挤的人群中。

不知找了多久,从集市入口找到出口,总是不见人影。最后天色很晚了,我正准备起身离开,突然围在巷口的一伙人闪开了身子,从巷子里慢慢走出一个人。大家都一声不吭地退到了一边,为他让出一条路。这个人拖着步子往前,穿了一件长及膝盖的破大衣。我注视着他,忍不住跟了上去。

我走到他的对面,这才看出是一个老人,好像有七十或更大一些。

他的头发乱成了一团，上面沾满了草屑，脸上有很多灰尘，皱纹是黑色的。他一直抄起手，低头在地上寻找什么，有时候蹲下看一片菜叶，看上很久。他嘴里咕咕哝哝，听不清；有时抬起头，两眼痴呆地望着远处，半张着嘴巴。

这个人就是我们的校长。

四

人总是返回得太晚，总是错过一些惊人的场景和重要时刻。比如那些大树和林子消失的过程，它们怎样被砍伐，日日夜夜往外运；比如一个人人敬重的校长，如何离去，又如何变成了一个衣衫褴褛的痴人。所有细节没有目睹，它躲过了我，让我在暗中想象。

摆在面前的只有一片狼藉。这种情形有没有例外？我们到哪里去找安然度过百年的大树林子？还有校长，校长一样的人，他们今在何方？

一切不幸都有着复杂的缘由，但就是改变不了可悲的结局。

一个人回顾过去是必不可少的，这回顾如果不是为了获取一点悲凉和一点感慨，那就需要从头总结。站在出发之地会想：我不久就要离开这里，继续往前了，我走到了哪里？这时候才会发现自己真的走得很远很远了，走到了一个少年时代做梦都想不到的陌生地方；还有，时至今日，我们知道自己所能做的已经很少很少了。明白这些让人难过，但也没有办法，因为我们既然无法改变自己，也就只好继续往前。

我离开那个寂寞的、树木葱茏的角落将越来越远，我还要不断穿行于一些大学、城市，再不就是继续待在自己的斗室里。像所有人一样，我没法拒绝网络的喧声，也钻不出上帝布下的这个时间和空间的圈套，比如，扔不掉手机。一部手机简直成了生活之源、知识之源、欢乐之源，也是痛苦之源、烦恼之源。我们都被一个小小的物件所累，所缠，却拿它没有一点办法。

我们需要挣脱与解决的问题，正是网络时代所面临的普遍困境。这个炽热到不能再炽热的娱乐时代，欲望和商业的时代，每个人都深受其害，不能自拔。井喷式的电子信息对一个民族是福音还是噩耗，一时还无法判定。越来越多的人怀疑那些花花绿绿的闪烁的荧屏，正感受它和便利与消遣捆在一起的不安，还有显而易见的伤害与危难。我们从根上失去了安静，整个喧嚣的世界没有给我们预留一个静谧的角落。

有时候我们会觉得人类来到了一个奇怪的分水岭，一个岔路口，如果在这个地方走错了，所有的一切都会遗失。这个时期的文化土壤已经改变，它不再是我们所熟悉的传统，不再是培植一个民族的文明，而是削弱和败坏。我们甚至失去了最基本的一个条件：时间。所有的时间都被沸滚的网络给煮化了，连一点渣渣都没剩下。

不过是几寸见方的荧屏却容纳了无限的东西，它们呼啸着一掠而过。沉迷其中的人似乎什么都懂，却脆弱得不堪一击。人开始变得极为晚熟，当发觉自己长大了的时候，已经接近了晚年。最有生命力创造力的青春期就消费在虚拟的世界里。托尔斯泰引用一位古人的话：特别有"知识"的人都不聪明，都没有智慧。而这些所谓的"知识"，一直在网络上号叫奔涌，无始无终。

生活中缺少以前那样的莽林，就把自己关到书籍的丛林中。在这里，我们渴望搅了一天的浑水能得到一点沉淀。疯狂的物质主义时期，人在文字中表达急躁和绝望。质朴、诚恳、谦逊的品质越来越少，自大、狂妄和流痞越来越多。在这样的潮流中，写作者的诚恳和诚实等同于虚伪，甚至被认定是不该存在的东西。接下去仁善不存，侵犯和挑战也成为理所当然的常态。

仍然让思绪回到那个海角，在物非人也非的旧地徘徊，回想当年的一切。琅琅书声和无边的莽林一起逝去了，只有它的温情永难忘记。这里教给我们的、给予我们的，可能一辈子往昔所给予我们的一切不是博学和技巧，也不是其他任何东西能够兑换的。一个人失去了这些，也就失去了最大的依靠。我们需要不断地把昨天找回来，找回出发之地的那份记忆，沿着当年那个情感线索追寻下去。不然，前面就只剩下了一条欲望的路、一双急切的眼睛。

我们可以做证，在某个地方，一些正直而有趣的杰出人物，一些高大俊美的树木，一起消失了。而我们今天特别需要他们和它们。世界上不过有两种生命，一种是植物，一种是动物。植物自己不能动，人和动物能动。无论能动还是不能动的生命、大或小的生命，都不能因为杰出而变得生存艰难。

说到底，人类只有依仗自己的善良和宽容，才能走到美好的未来。

2017年5月13日南京大学演讲

退回到自己

自然和自我

威海地处大陆最东端,拥有最长的海岸线,无数岛屿和海岬,是半岛地区最美的城市。在生态环境普遍恶化的二十一世纪,能够居住在这样的地方已属奢侈了。一个人长期住在这里也许会习以为常,初来乍到者却一定要惊讶和兴奋。看海边原野灌木丛林,到处清新洁净,真是进入了大蓝大绿的梦幻世界。

大自然会陶冶人的心灵。一片山水总要孕育自己的文化,培育出独特的艺术个体。我们平常说的"一方水土养一方人",不仅指物质层面,也指文化,指精神的滋养和成长。

我们在主观上意识到这一点,可能也十分重要。

大概有几十年的时间了,大家最常用的一个词就是"自我",经常谈论它。许多人动辄讲到自己的苦恼:找不到"自我"。谁能找得到?这对于每个人来说可能都是一件很困难的事。那么"自然"和"自我"有没有联系?当然有。没有大自然这个母体,"我"就不会存在。"自我"这个概念几乎等同于"我"。但它们其实还是不同的,特别是从精神现象学、心理学和哲学的意义上谈论它们的时候。翻开一些词典,关于"自我"的解释也不相同,有的稍稍复杂一些。不过大致上都把"我"分为三个层面:"本我""超我"和"自我"。

"本我"大致就是那个拥有生命本能的、原来的"我"。人总不能把"本能"去掉,作为一种高级生物,他对食物、对自然环境的适应,一些自然的生理与精神的需求和欲望,都源于一种本能。这是不依赖后天学习而天生具备的一种能力,是生命的本来属性。各种动物都有本能,植物也有。比如仙人掌这种植物,它就特别耐旱,用肥厚的茎叶储存水分,可以抵抗极其干燥的自然环境。而柳树,在水里面泡半截也会活得很好。这涉及一个生命本来就有的能力和特质。他(它)来自哪里,从什么自然环境里诞生和生存,是这些复杂的因素决定了其本能和属性。

一个人诞生了,除了生活在自然环境中,还要生活在一种社会关系中。长期以来人类形成的一些文明准则、道德伦理标准,会对一个人加以改造,提出要求。社会潮流、经济、政治各个方面都会影响到一个人的趣味和观念。社会将赋予人某些责任,这会极大地改造那个本来的我(本我),超越原来的我,所以称之为"超我"。

第三个层面就是一个人对"本我"与"超我"的整合以及平衡了,是经过理性选择之后形成的结果,通常来说这个结果应该是最理想的,也就是我们今天谈论的"自我"了。人的一生都在自觉不自觉地寻找它,因为比较起来它算是最好的、最有益于自己的选择。如果人的一生只依赖本能去生活会是糟糕的,一些很原始的欲望要悉数满足,自己受不了,社会也受不了,必然会得到人类文明规范的改造与限制。但是一旦这种来自客观的牵制过于强大,走到了另一个极端,将自然人完全变成社会人,即一切按照外部世界的要求和召唤去做,恐怕也会很累很痛苦。

每个人总会有不同于他人、不同于一般社会要求的个人天地,一个人怎样保留这块天地,在本来欲望与社会要求之间做出最适合自己的抉择,于二者之间找到一个平衡点与和谐点,是最重要的事情。这就是把个人的生存利益最大化。

这里所说的"利益最大化"必须是一种理性的把握,而不是一般的利己主义,因为那样仍然要伤害他人和社会,做不到与客观环境和谐相处，所以自己也必然被来自客观世界的反击力量所摧折，产生新的痛苦。可见"自我"并不等于"自私"，而是理性和真实、合理与自信的人生选择。这里强调的是人的自由和理性，这才是幸福的基础。

失去了这个基础会有强大的创造力吗？我们可以从这里进入文学和艺术的探讨。

真正的成功者

人生总是渴望成功，这不仅是艺术创作，而且是所有工作和生活的重要目的之一，或者说是主要目的。谁是成功者？从一个重要的生命维度上考察，应该是那些活得最愉快的人，或者准确点说，是那些拥有愉快心情时间最长的人。这个标准大概不会有谁真的反对，因为实际上就是这样：人的一切作为和后果，最后不过是返回到心情，回到感受上来。感受不到幸福，幸福也就不存在了。一个人拥有巨量钱财，获得了极高的世俗地位或名誉之后，却不一定活得愉快。从世俗意义上看，有的人"成就"并不少，可惜这一切并没有使他变得愉快起来，相反倒有了更多的忧虑，甚至多半时间里被悲伤和恐惧所折磨，被忐忑不安和困惑围笼，这又怎么算得上成功？不，这样的人生已经在很大程度上失败了。

有人会问，那些"先天下之忧而忧"者难道就不能谈成功了？这些人的确常怀忧患，可他们也正是因为忧患才发奋，才创造出自己的业绩，这种人生不仅不能否定，而且还由于崇高而备受尊敬。事实上这些人的"不愉快"完全不同于人们所谈论的那些庸常琐屑，而是发生于远大的目标，所以不能混同于前面谈论的那些"不愉快"，绝不是什么"小人长戚戚"。

从世俗的角度看，有的人似乎各方面的条件都很一般，却能凭借心灵的优异，在大多数时间里活得豁达爽朗。我们于是可以说这个人是成功者，在很大程度上做出这样的界定。这种界定也许并不依赖他人的观感，不是采用外在标准，而是具体到他自己的实实在在的感受。愉快来自心灵的充实，所以他是真正的成功者。谁给了他这样一种素质和能力？或者源于天性，而天性是不能讨论的，也很难追求：有人天生就快乐，少有愁事，而有的人天生就多忧多虑。让后者像前者一样是不可能的。这就涉及"本我"的问题了。

但是如果把一切都推到天性方面，显然也过于简单了，因为事实上并非如此。人生在开始的时候总是比较快乐的，儿童像小狗小猫一样欢乐，一旦长大，忧愁也就来了。可见社会关系的"总和"是相当沉重的，它作用于人生之后，人也就不再轻松了，会增加很多忧虑和痛苦。人一"懂事"慢慢就不愉快了，这里的"事"主要是指一些社会知识。一个人"懂事"越多，莫名的恐惧和忧虑就越多，担心的东西越多，提防的东西越多。

社会对人的改造力是巨大的，它无时无刻不在改变人的心情，随着时间的推移，心里会堆积很多东西，这就是时间里的"黄沙"。人的不愉快大都是"黄沙"压迫的结果。本来一天过得很好，心情愉快，可是一个不好的消息就把这种状态破坏了。或者感受到某种力量在威胁和伤害，某种忧虑正在逼近，人也就不再愉快了。有时追求某一件事，折腾了很久还不成功，就难免会有失败感和屈辱感。除了这些还有贫困问题、疾病问题、终极问题等。财富也会带来痛苦，物质的丰富和贫瘠都可能带来沮丧。人类文明中已经形成的许多伦理道德层面的元素，也会施加一些特别的痛苦。

当然，欢乐也会来自这些方面。人的不自由是痛苦的总根源。来自各方面的羁绊太多，怎样尽力克服那些不利于心灵的因素，抛弃那些能够搅乱心情的琐屑和芜杂，成了每个人面临的一大难题。这个过程其实就是在寻找"自我"。"自我"有什么用？它的最大作用，无非就是让自己尽可能地变得自由自在一些，在最大程度上变得轻松愉快起来。

一个人大部分时间被恐惧和沮丧缠住，再要葆有强大的创造力，特别是艺术创造力，几乎是不可能的，因为心灵不自由就难以释放自己的创造力。人生当中所接受的社会层面的改造，就心灵自由来说有些是正面的，有些是负面的。有时候为了让自己服从于一个观念、跟随一种潮流、遵循既定的一些规则，"自我"就完全丧失了，这后果是极其严重的，会给人极大的痛苦。那些观念和潮流以及规则，有时有利于社会的发展和个性的成长，是人类共同的文明成果，有些则相反。我们知道有很多的原理、定理，包括一些常识，一代又一代人积累的关于科学和真理的追求，都属于这一类文明成果。这些成果对于我们个人的发展当然是积极的，或者说主要是积极的。但是潮流与观念之中会有一部分是浮浅而虚妄的，它很粗暴，将蛮横地剥夺一个人最宝贵的东西，这就是选择力和判断力，是每个人生来就要拥有的基本权利。人一旦失去了这种自由，也就失去了寻找"自我"的可能性，丧失了作为一个生命应有的立场、见解与判断，也只好随波逐流。他人的意见代替了自己的意见，个人的生活不复存在。一个人本来应该具有的、有别于他人的愿望和趣味，这时都没有了位置。人在这时候再去谈论创造和成功，就成了荒谬的事。这时候偶尔有一点快乐，也是愚昧无知带来的，是极短暂、极不稳定的。

不同的时代

现在我们打开一本文学书籍和杂志，读下来会发现很多文章的气息非常接近：造句方式、语调，都似曾相识。网络时代的传播力很强，某种流行的语调很快就能感染一大片，让许多人说话的口气变得大同小异。这是时代腔。再看下去，还会注意到许多文章主题类似，内容也差不多。文学写作一旦被统一到同一种语调里，更不要说思想内容了，肯定是没什么意义的。这等于不停地复制，是浪费。

网络时代铺天盖地的喧哗不等于创造的千姿百态，相反还会制造出新的概念化和单一化。每个时期都有这种的可能，都需要警惕。回头看二十世纪七八十年代为数极少的文学杂志和书，很容易就看出那种"时代腔"：浓浓的火药味，内容几乎全是阶级斗争。今天则走向了另一个极端：物质主义，欲望泛滥。过去的文学几乎没有性，而今天的作品中最常见的就是性。

两个时期的文学可以对照，让人反思互鉴。我们曾经经历的那个文学时代特征鲜明，用今天的文学水准和鉴赏能力来看一下，存在什么问题是十分清楚的。但是在当年，身陷其中的二十世纪七八十年代的读者却不是这样，那时并不觉得有什么怪异，相反还有过冲动和喜悦，没感到特别荒谬可笑。今天看，那种无所不在的你死我活的阶级斗争，很少个人内容的革命生活，还有极其冲动夸张的语言，足够虚假和拙劣。

每个时期的文学都有自己的特征和质地，那个时期主要写阶级斗争，写"造反"和"上山下乡"，还有"反帝反修"；而今是物质的急遽追求，是无所不用其极的欲望化表达，还有巨大失败感所带来的无条件的崇洋媚外。可见每个时期都有特定的主题、腔调和故事。

二十世纪七八十年代的舞台和文学作品中基本上不写爱情，戏剧中夫妻不能同台，性爱是绝对忌讳。今天打开一本书一本杂志，常常充斥着下流的淫欲发泄或血腥。两个时期两个倾向，都走到了极端，而且许多人步伐一致，很少有哪个人做出异常的表达和表现。也就是说，每个时期都有强大的模式、潮流和趣味在左右人，正常自主的艺术表达并不容易：或者稀少，或者很快就被淹没了。

今天回顾二十世纪七八十年代的文学，说这么多，不是因为特殊的嗜好和趣味，而是为了给自己提个醒。每个时期都有认识上的盲区，都有大潮流中流行的腔调。不自觉地跟随潮流，用一种腔调说话，是最容易发生的事情。所以说横亘在写作者面前的一个严重障碍，仍然是怎样坚持从个人出发，找到"自我"。

只要进入网络世界，嘈杂的声音就会淹没一切，这里没有一个安静的角落让我们独处和思考，所以也就没法冷静。我们在喧嚣里很难判断，因为不能清理脑子，场所不行。随着网络化的日益推进，整个社会都会成为网络的缩影，我们面临的独立思考的难度会更大。网络社会正在形成,这样说并不是耸人听闻,只要正视一下,就会发现网络语言以及生活方式已经渗透到身边来了,极大地影响到了我们的观念。

于是我们开始担心,即便是一个比较疏离网络的人,也不能保证自己的思想方式和语言方式不受它的感染。每个人都有被网络化的危险。在这时候要保持自己的生命原创力,保护朴素而强大的个性,最好的办法只能是疏离再疏离,回到真实的土地上去。这是一句老话,但并没有错。沉浸到大自然里,依赖这片土地并从中汲取力量。设法让自己在母亲般的山水里得到哺育和安慰,这在推理上是可行的。有人试着做了,发现很难:人与人的交流是容易的,人与自然的交流则要困难得多。的确,自古以来能够忘情于山水的人,都是一些极有情怀的人,他们不会是烟火气很重的俗人。

但是不管怎么说,加强与大自然的交流,疏远和规避光纤化的生活,都是现代人不可缺少、一定要修好的一门功课。这么长的海岸线,无数的岛屿,奇特的地形地貌,惊涛骇浪或水平如镜,有时候海雾弥漫,仙气缭绕,有时候又一碧如洗。这种不可思议的大自然,正是我们心灵的源泉。

属于这片山水的个性与思想是什么?答案就在时间里,在个体所组成的群体里。这样的自然环境培育出一代又一代杰出的人物,他们有独特的心灵,今后还将继续培育。只有独特的心灵才会产生出独特的艺术,心灵与自然环境说到底是分不开的,如果二者脱离了,就是不正常的。

人一旦忽略了脚下这片土地,把精神寄托全放到网络间,脑子也就乱了套。这就等于放弃了个人的创造和发现,剩下的只有尾随、服从和接受那些时髦,汇入潮流中,取消了自己。当我们长期待在网络之外,觉得太沉寂太闭塞时,觉得再也不能忍受时,倒有可能去山上海上,去田间乡野,就这样渐渐接近土地,开始与大自然沟通,感受山海呼吸。事实上,这里一直有倾心野外的人,他们待在海上和岛上的时间很长,说话也就没有网络腔。

生活方式上随众跟风,会从根上败坏了我们的创作。说到底,就文学艺术而言，对比二十个世纪七八十年代的千篇一律，我们今天也没有什么不同，仍然是大致相同的腔调和内容。作为个体，我们并没有从时代的平均值中超越出来，所以写出真正的杰作是不可能的。别的不说，仅仅从阅读上看：我们从手机上消遣，看电视，看网络，看流行读物，被各种广告牵着鼻子走，也是一窝蜂。为什么不读经典？为什么不读自己找到的书？一句话，为什么不能有自己的阅读趣味？民俗方面的，流传本土的；诸子百家、诗经，从屈原到苏东坡；托尔斯泰、但丁。那些离我们很远、离时下光怪陆离很远的正是代代传诵的经典，它对我们倒极有可能是全新的。

生活在这样一片极美的山水之间，更要有美好的阅读，只有这样，二者才能谐配起来。

退回到自己

就文学艺术而言，不同的时代比较起来是互有进退的，并不是随着时代发展什么都变得更好了。可以大胆地问一句：从有记忆到现在，什么时候比今天接触到的色情和暴力、各种下流更多？从网上，从各种有声读物和文字图片中，已经无法回避那些放肆和下流。正因为如此，一个写作者在这样的时候与他人比放肆算什么本事？这时候与他们比清洁还差不多，真要有本事，就应该写得更干净更高贵。自古以来我们形容崇高的人格很喜欢这两个字：清贵。"清"和"贵"合在一起不得了，比起这两个字，"富贵"和"权贵"在等级上就差多了。

在这个物欲大涨的年头，谁能沾上一点点"清贵"气都是特别不容易的，更不要说其他了。做人有些倔强才好，比如回头看二十世纪七八十年代，那些写作者为什么不在那个连夫妻都不能同台的时候大肆写"性"？因为胆怯。那时候这样做尽管同样不值得赞赏，但多少还有些勇气和孟浪；到了网络时代才这样做，那就只剩下猥琐和鄙俗了。二十世纪七八十年代在人性表达上虚伪的清规太多了，今天即便要反拨这清规，也不能一味地发泄，这是两码事。任何时候写性和暴力都要审慎，放肆一分需要给予十分的理由；放肆二分，需要给予二十分的理由。

写作者哪怕离开一个时期的潮流一寸，都是可贵的。优秀的作家总会与时髦和流行拉开一定的距离，最终退回到自己。举例说战争时期吧，大量的战争小说都差不多，回头看只有极少一部分不是那样的，这一部分的生命力就比较长久。孙犁的作品同样是写抗日，就和那个时期的大多数作品不一样：更多地保留了个性，有自己的内容和说话方式。他的作品中描写了大量的自然风光、女性和动物。他特别会写女性。

孙犁为什么能够持久地吸引读者？就因为他没有采用别人的腔调，而坚持用自己的嗓子发声。别人都是同一种语调，到了他这儿是独一份，所以就很新颖，很别致。孙犁满腔柔情，对自然、对女性的美满怀深情。当年我们读不到这种笔调和情怀，这是特殊的，属于孙犁个人。今天看，他也许没有脱离那个时期的大主题、大题材和大的人物关系，只不过是加上了不可取代的个人趣味，只加进了这么一点点，结果也就让人难以忘怀。

由此设想一下，一个作家从个人趣味那个位置再往后退，退到完全的个人，情形又会怎样？这样想一下都觉得陡峭。那该多难啊，又该多么惊人啊。不管一个时期大家都在写什么，都在表达什么类型、什么题材、什么主题、什么人物关系，只由着自己的心性往前，有无这个可能？当然有，但肯定是极少极少的一部分。

这一小部分能够超越时代，从生活方式、思考问题的角度和方向，一切的方面都大步退回到个人。这需要怎样的境界和情怀？首先他的阅读跟别人不一样，他的见解、文化视野、生活视野要比一般人宽得多，高得多。他知道：无论这个时期有多么强大的社会潮流，发生了多么巨大的社会事件，对于人类历史而言不过是瞬间，一闪就过去了；而他的作品却要留给未来，留给无边的时空。

这样放空了想一下，就有可能去写另一些东西了。

当地的文学兄长

许多人有搏击"潮流"的雄心,这当然好,但是却不能被"潮流"卷裹而去。先是要设法让自己在"潮流"里挺住,其他另说。写时代的悲喜剧、正剧,肯定是最有力量的,但并非每一个人都适合往大里写。面对时代洪流,如果写不出个人的独特性,还不如写一只小虫子更有价值。比如报告文学,我们这几十年来变得特别畸形,题材狭窄到几乎只写两种人:企业家和领导。其实可以用这种体裁写各种事物,一条河,一条狗,一只小虫,植物和动物,都是可以的。

威海有一个文学兄长王润滋,当年影响很大。他有一个了不起的优长,就是不断地反省自己,用今天的话说就是在始终努力地寻找"自我"。他开始的写作基本上也是跟风的,被所谓的"使命"所吸引。后来却写出了身边的海,写卖螃蟹的小姑娘。再后来他又写出了一个倔强的乡村老木匠,引起了很大的争论。这是他个人的观察与见解,是自己的声音。当年关于他的批评文章很多,有些也算严厉。那些只想跟随潮流的人认为他犯了大错,一定要将他拉回人云亦云的那个群体里去。可是这种"群体文学"是没有价值的,是打引号的文学。不要说是群体,就是两个作家也是这个道理:如果他们的题材、味道、趣味、色彩完全一样,其中必有一假。

文学是不能重复的。

在当年群起的批判声中,这位文学兄长只回答了两个字:"就不!"这文登口音很浓的两个字意味着什么,大家可能比我更明白。他在盛年之期离开了我们,这两个字就成为他送给文学朋友们最宝贵的遗产。我相信他在说出这两个字时,正处于创造状态和生命状态最好的时刻。一切真正杰出的作家都拥有这样的时刻。这正是努力寻找"自我"的结果。

理解文学写作是一个复杂的审美过程,尽管一部作品客观上会有许多功能和作用,但具体到创作中,还是要满怀诗意,进入审美之旅,感受语言之美、幽默,以及掌握那些深奥的技术层面。将文学简化为批判稿和表扬信,就取消了文学本身。我们许多年来热衷于引用"宁要歌德式而不要席勒式"的经典文艺理论,那就起码要理解一点"歌德诗学"才好。歌德是何等深奥、博大和个人化。文学艺术是复杂甚至有些神秘的审美活动,常常是不可言说的,需要用全部的悟力去感知。

什么样的写作能让我们最愉快和最满意,让我们能够极其饱满和酣畅淋漓地进入一场生命的表达?进入了这种自由状态,才有可能写出好的作品。我们常常是放松不够,回到自己不够。在这方面,当地文学兄长的经历和探求将给予我们深深的启示。

只剩下几个/不肯进入文本

文学研究与创作不一样。作家的思维需要保留更多的感性。一个写作者满怀深情追求真理,一生矢志不渝地去做这个事情,当然是没有问题的,是大作家才有的禀赋;但是不能因为这样,就用一种固定的见识去排斥其他,忽略事物的多种可能性和多个棱面。洞悉事物全部的复杂性和可能性,是一个好作家应该具有的素质。

语言的讲究,思想的深刻,启蒙的性质,是所有好作家的特征,不能以此来区分他属于"知识分子作家"还是"民间作家"。写作者对这二者的划分会感到很别扭。好作家是个性分明的,所以才有价值。将来能不能走远,作品能不能成为经典,还要看他的深邃性、独特性到了什么程度。说到独特,在中国的某个地区是独特的,在更遥远的国度和更广大的地区是不是独特的?如果有不少类似的作家,那么这里面一定要淘汰大部分,只剩下几个,那才是经典作家和杰出作家。

观察一个作家的杰出与否几十年不够,大概最少得一百年。到了一百年才会看清楚一点。但这并不妨碍对当代文学进行研究和判断。这是两个问题。

当代文学研究的复杂性就在这里：没有充分的判断条件，还得做出判断。谁的眼光能穿透十年，谁就是比较优秀的评论家；谁能穿透几十年，乃至于一百年，就是一个杰出的评论家。艺术判断是世界上最复杂的工作。有时候打开一本文学评论，会觉得评论者是在那儿进行道德伦理评论、社会政治评论，基本上言不及义。好像只有社会、道德和历史才值得一评，而文学是不必关心的，真是奇怪。评论者转来转去，就是不肯进入文本，对里面的诗意、语言的敏感把握，对于人物细节和词汇的那种感受，完全没有。他们的文学感知是没有的，艺术的维度、审美的维度是没有的。

谦虚和诚恳/好艺术的质地

是的，我们从字里行间会发现作者是否谦虚。如果是，他对正在探讨的事物、使用的语言，都会是比较谨慎的。他会极其认真地把握一个词语，希望能够准确。在技术层面，他会非常严格地对待。不谦虚就不会诚恳，所以也不会打动我们。胡乱发挥，没有把握，姿态放肆，不太可能是诚实的。写作时的谦虚是很最重要的，凡下笔之处，明白了就说，不明白就不说；无论对人物和事件，都要怀着体贴的、理解的心情去写，务求合情合理和真实，不做情感的夸张。

有的人可能讲到风格的区别，比如说波特莱尔和惠特曼，还有李白，都不算谦虚的。李白就很狂放。这里面当然有个性和审美的差异，但这不是根本问题。从一些人"放肆"的脉搏里，仍然能够感受他们过人的诚恳。那种无知的狂妄，藐视一切的胡扯，是断然骗不了人的。

谦虚，诚恳，质朴，是一切好艺术的质地；无知、盲目、满足低级趣味的狂放，低俗的描述，这些一旦出现在作品里，就一定会造成自伤。

痞子气只能满足一部分卑微的趣味。陶渊明、屈原、托尔斯泰、歌德、雨果、但丁，都是谦虚和诚恳的。说到底，浪漫与狂放也是有根柢的，而不是没有来由和颐指气使的。

我们似乎进入了一个奇怪的文学时期，乱七八糟的污浊和暴力，不堪入目之物，总有许多人喝彩。极其粗劣的文字竟然大行其道。不过，文学艺术仍然是一个很细致的活儿。

作者的功利心/人的定力

写作者一开始的功利心会比较强，渴望得奖与获得广泛的社会影响，随着年龄的增长，功利心将逐步淡化。功利心一定会扼杀"自我"，让人丧失自由。说实话，凡是奖赏必有标准，为他人的标准而写作，就不得不委屈自己。也有人为"未来"，为"永恒"，或者为"文学史"去写，看起来倒也很崇高，说到底也只是更大的功利心而已。功利心还是越少越好：既不为眼前的功名利禄去写作，也不为未来的功名利禄去写作。

真正杰出的作家一般还是要回到业余，该怎么过日子就怎么过，心里有了冲动就写，这才符合自然规律。这样的写作也是愉快的。回到这样的状态里才能写出属于自己的文字。有的朋友在写作之前先打坐半月，而后制定食谱，然后再找宾馆住下，似乎特别隆重。这样做虽然敬业，也感人，但总有些不自然。

写作中陷入漫长的激动，有时累也是难免的。但只要自然就好，这是最重要的。随着越来越走向自然，功利心越来越淡，更好的文字也就出现了。在一个纷纷追随热闹的时候，一个人还能够安静地做自己的事情，这本身就是可贵的。这是自我性很强的人才能做到的，是定力。

持续的创作力/猫找到了自我

从新时期初期就很有影响的那些作家，现在仍然不断发表作品的已经很少了。写作很难持续下来，这是常见的现象。怎样使自己保持旺盛的创造力，是每个写作者面临的一个难题。持续性固然重要，更重要的还是写出好作品。如果能写出一部真正的杰作，少写一些也不必惋惜。如果一直写，写得越来越平庸，除了浪费精力和纸张，并没有更多的意义。

争取每一个时期都保持良好的状态，做出生命表达，这是很难的。他人可以不喜欢作者某个阶段的生命状态，但是只要和前一个阶段不同，没有简单复制，这就难得。一个人随着生命的延续不断地表达自己，没有重复，这很了不起。作家写多写少都是正常的，不能以多少作为评价依据。生命不息，表达不止，这就很好了。

写作的不能持续的原因很多，既是生命力的问题，又是生活经历的问题。有人说作家后来生活优越了，所以就写不下去了。其实再优越也是生活，虽然跟困苦、坎坷对生命的触动是不同的。优越的生活转化为生命的巨大触动，做出复杂而深刻的表达，这种例子在世界上也不是没有。当然，经历了困苦坎坷折磨的人更能够持续地表达。

生命力不一样，创造力就不一样。不是说下一个阶段一定要超过上一个阶段，只要存在不可比性就是有价值的。这就不是一个简单的"枯竭"所能概括的。不同的事物间很难作比，一只猫和一条狗，哪个更好？不能类比，因为它们是不同的。

说到猫和狗，开个玩笑，大概它们也存在一个找到"自我"的问题。观察下来好像猫找到了"自我"，狗就没有找到。猫怎么高兴怎么来，有时很独立，很冷漠，有时又很热情。它把自己的生存利益最大化了：自己活得愉快，似乎也在利他。狗则不同，一切以主人的悲欢喜乐为依归，等于取消了自己。

2018年3月

保护思想的锋刃

勤奋和懒惰

有人常常谈到一个作家怎样能够持续写作的问题。写下去很容易，只要勤奋就会保持一定的创作量。但是有时候这对作家不是什么好事情。有一次作家被提问，说到同一位作家既主张"作家写作不能太勤奋"，却又写了很多，是否矛盾？这里面大概有两个误解。

一是他以为的"勤奋者"，实际上并不一定，说不定作家经常为个人的懒惰而自责。当然，也可能有人更懒惰一些。有比较才能有鉴别，和中外一些重要作家比较起来，当代作家其实是比较懒惰的。

现在我们受过去的"一本书主义"影响较深：写了一本书以后就不怎么写作了，或者是去参加火热的斗争生活，或者是其他，总之创作的文字很少了，一辈子主要以这一本书为主，或者围绕这一本书再有点别的文字，都是附加的。这就是我们概念中的一个好作家的状态。实际上不光不必如此，还多少有点不正常。仅仅个别人这样也未尝不可，因为文字生涯是各种各样的，很难讲写得多就是好，写得少就是不好，情况太复杂了。有人讲曹雪芹写了半部《红楼梦》就是一个不朽的伟大作家，有的人写了几千万字也未必留下一部，也许是。不过，曹雪芹这个人存在与否还有争论，谁也不知道他究竟写了多少、他能写多少，这都不好谈了。当代作家的主要问题，一般来讲还是不够勤奋，是写作不够努力。这种不努力一定会伴随整个文学生活的贫瘠，阅读少也是个问题，在投入生活的认真态度方面，也有问题。

一个误解，一个作家不要太勤奋，是指日常生活中不要总是围绕着"文学"两个字打转，这样就会压迫自己的思维，难以产生新的艺术冲动。不能每天脑子里总是焦灼于自己的那些文字。在文学方面不要太勤奋，不要死盯着那两个字，如此一来整个的文学思维反而活泼不起来，很难处于一种激活的状态。"创作"既然是创造性的劳动，也就非常惧怕惯性操作，这个时候很少会有出乎意料的令人惊奇的艺术发挥。要保护思维的锋刃，届时有一场漂亮的收割。

一棵树让人感动

有人走在路上看到一棵树，就不动了，站在那个地方。这让他想起小时候的一幕。是的，人这一辈子围绕树会有多少记忆，应该写一本树的回忆录才好。一棵一棵的树，都曾经在记忆里留下很重的痕迹，把它们记下来就是丰厚的一本大书。树跟人的关系、给予人的感动，都很难忘记。

这对一个写作的人来讲也是重要的指标。树能让人感动。人怀念那些树，有时候就像对待一些朋友那样，总想回到它们身边。到了那个地方发现它们不在了，就像一个老朋友离开了，会伤感痛苦。

关于动物的记忆，那种感动和怀念很容易理解，因为动物能够跟人交流，会用眼睛看着人。衡量一个写作者能不能走远，要看他同其他生命交流的能力。跟动物交流不难，跟植物交流，而且产生一种情感，比较难。如果不能，很可能就是某种能力丧失了。也许我们应该害怕它的丧失。

作品有着强烈的道德感，看了之后在心里引起一阵又一阵义愤，这当然重要；但也要从中看到绿色，看到河流、树木和动物。书中没有这些,没有绿色,会感觉缺少氧气。有人讲现在的城市树木很少,作者可能没有在林子里生活,所以很难跟大自然融为一体。可是有人从窗外看到一棵法桐树就能感动。看来每个生命是不一样的,有人就是对绿植、对其他的生命特别敏感。

还记得在胶东半岛,某一天下午去了林子里,马上闻到了一股浓烈的气味。当时正是春天,沙滩上的绿色灌木枝条往外拱动,太阳一晒,形成了特殊的海边原野的气息。脑子似乎还没有想什么,嗅觉已经把人俘获,毫不犹豫地拉到了少年和童年时代。洁白的沙子上露出了一簇簇紫红的柳芽,有十几厘米高,生旺生旺,从地表冒出。最熟悉的画面和气息就这样把人攫住,让人陷入长时间的感动。

这种感动会支持一个人。它将化为一种莫名的力量。这种力量,人在长大以后会丧失,会遗忘在路上。

写作即便看起来在着力表述眼前,实际上还是一场回忆,仔细看一下,它的整个情感重心仍然在过去,是一场时断时续的回忆。文学总是从当前出发,回到过去。

一切刚刚开始

人的生活、学习、创造,看起来由不懂到懂,一路往前,实际上前进有时也意味着一种倒退,获得就是一种遗失。人的创造力来自对这个世界的好奇和新鲜,丧失了它们,那种能力也就丧失了。因为到了网络时代,各种信息和知识的交织,任何事物都引不起新鲜感了。看得多了,所谓见怪不怪,很多东西早就习以为常了。现在有电脑和手机,各种各样的视频,各种恶性事件和娱乐、惊喜、最美和最丑、最匪夷所思的事情,从网络上日夜不停地蜂拥而至。

在这样一种状态下,人的好奇心给磨平了。人们已经知道得太多,看到的太多。我们平常讲太阳底下无新事,现在的网络时代真的没有新事，任何故事都似曾相识。有时候我们去听一个演讲，认为这次会有一场精神大餐，结果只一会儿就发现，演讲人整个的语言系统跟我们平常听到的差不太多，甚至还不如我们听到的更热闹更新异，没有什么新东西。在这样的状态下，一个人能有创造性的思维和发现就很难了。如果是一个孩子，不识字，不会看电脑，不会看网络，是一张白纸，那么他眼里的东西将是新的，都有新鲜感，就会产生感动。有时候我们也很矛盾，不知道读书多好还是读书少好；不知道不停地阅读好，还是把自己封闭起来好。怎样解决这个矛盾？有时候会想一个问题：有人也在不停地学习，不断地阅读，但是对任何事情仍然好奇，好像他的好奇心比我们大一万倍，永远不能枯竭似的，不停地把他的感动和发现写出来，而且生气饱满，没有疲惫和重复。这里边肯定有一些奥妙。

这一类人让人有一种绝望感：为自己不可改变的拖沓、懒惰和疲惫而绝望，为自己不够敏感、不够好奇、不能保持对整个世界无穷尽的新奇感而绝望。有时候看到一个孩子二十多岁，他说话、思考问题特别老旧。有时候看到一个人八十多岁了，还像个孩子一样，目光清澈，新鲜有趣，好奇地问这问那。原来生命的新旧还不仅是个年龄问题。怎样把我们身上沾裹的尘埃不停地洗涤，抖落，让自己一次次变得"新"起来，这可能是最重要、最难的一件事。

有一个说法让人喜欢：太阳每天都是新的。把每一天当成生命的开始，这个非常难。苏联有一个作家说他的身体很不好，忙了一天，到了晚上就觉得疲惫至极，脑子不转，整个人死气沉沉，觉得生命将尽；但第二天，一早起来看看太阳，又觉得一切刚刚开始，再次朝气蓬勃了。这是他个人真实的生理和精神的感受，容易理解。我们不一定每天经历那个状态，但也差不多：生命老旧，两腿都迈不动了，再也不想往前走了；有时候眼睛里突然又充满希望，看一切的眼光都那么新鲜，一切也就重新开始了。

主题思想

几十年前有关部门要创作一部大型歌剧《徐福》。当时觉得徐福这个人物很难表现,跑掉了,却又是了不起的中华传奇人物。后来只讲他强烈的开拓精神,重点放在这里,问题总算解决了。特别有意思的是,从远处请来一个大师,专门搞歌剧的,让主创人员跟他学习。有关方面发现,只要是大师沾手的项目都得了大奖。大师很瘦,很高的个子,年纪很大,牙齿不多,天热,穿了一件黑色的香云纱。他提出要到徐福生活过的地方看一看,以便提炼出一个主题思想。

传说徐福就在龙口一带出生,那里也是出航地之一。半岛人发明了缫丝技术,徐福出航前就在桑岛上领人养蚕。编创人员跟大师到岛上住了大半个月。后来年轻的编创人员找到我,说这一段累坏了,基本上不能好好睡觉,就躺在海边沙滩上。那里有"一球球"的蚊虫,大师要睡觉,他们就在一边驱赶蚊虫。老人觉很少,醒了就躺着看天,找主题思想。"找到了吗?""还好,总算找到了。"年轻人从兜里掏出一个纸条来,这是大师交给他的。展开一看,只有一句话:"朦胧啊朦胧,找到的还是一个朦胧。"大家对视良久,都有些犹豫。政府拿出这么多钱来做一个项目,"朦胧"能当主题思想?

后来大师走了,大家还得继续找主题思想。这件事非常困难,但任务总要完成。后来费了许多周折,总算勉强找到了一个主题思想,记得当时由编创人员写在了一个纸条上,也是一句话:"世上哪有不老的仙药,人间只有不灭的希望。"这是浅显易懂的。后来《徐福》这个剧本完成了,排练的时候又把大师请来,大师一直闭着眼睛倾听。这个剧参加了会演,果真得了最高奖。

有些事情很怪,拜师是必需的。有人不止一次拜师,尽管大多没有学到什么,可还是因此而进步。有时想,原来仪式本身比什么都重要。

向后取得的动力

我觉得如果没有胶东半岛的生活,什么也写不出来。虽然后来写了许多事件,发生的场景远远离开了半岛这个地理范畴,但内在的气息,特别是那种情感动力,仍然来自那里。常常要写到很多植物,特别是《你在高原》,写了上百种的植物。每一个植物名都来自拉丁文转译。它们都是小时候见过的,必须用准确的学术称谓去一一对应。写的时候会牢牢记住小时候的那一株草、一棵树,让那时的感动和印象保持在脑子里。它们的名称改变了,感受却是过去的,这个不能改变。一部作品可以写到外国,写一个广阔的世界,但其中的情感动力会连接在十岁左右。所以写作严格讲就是一次次回返,一个个追忆的过程。

回忆有时候是以向前的形态表现出来的,但用到的动力却是向后才取得的。离开了过去,一个作家不可能成立;扔掉了过去,一个作家可能会自毁路径。的确,作家的衰落、失败,创作力的萎缩,都是回忆的能力减弱了。我们强调一个作家要深入生活,跟时代同步,这是对的,因为越是深入生活,越是跟时代同步,就越是具有怀念和追忆的能力,这叫不忘初心。记忆是补偿,也是激励。这种回返的过程会产生一个推力,一种动力,使人向前。有时候我们觉得文字这样疲沓,只不过把一个故事讲一遍,缺少往前推进的一种力量。我们可能不知道,这力量要依靠回返才能取得,就像火箭轰轰往上,要靠强大的反作用力。

好奇心重的孩子

网络时代也好,过去的时代也好,总有人会脱颖而出,这是肯定的。要从中总结出一些规律性的东西。网络时代的孩子接触大量网络信息、数字化内容,但也不是所有的孩子都这样,总有一些不同的个案。整天迷于纸质阅读的孩子更有利于创造性的发展,还是埋头数字网络阅读的孩子？没有做过这种对比，这是非常复杂的社会调查。就个人简单的观察，似乎纸质书读得多的孩子、对大自然好奇心重的孩子，相对来说还是发展得好一点。一些孩子读了好多书，连麦尔维尔的《白鲸》都看过。有一些孩子还成立了登山队，还有的去搞社会调查。是这一拨孩子发展得好。

行走和不行走有什么区别？行走的时候会看到很多以前没见过的事物，就要问，就要去了解，整个过程要自己做判断，自己处理。如果总是从书上，特别是从网络上获取答案，那都是别人已经解决了的问题，个人判断（命名）的权力就被剥夺了。孩子也好，大人也好，要尽可能保留个人的权力，把最初的基础判断、把这种处理的过程留给自己，而不是拱手交给他人。我们不停地接受别人的结果，最终省了脑力，也慢慢不再有个人的见解了。

差异很大，有人对语言特别敏感，有人长于逻辑记忆。生命的特质有一大部分是先天造就的，后天会改变，但要彻底改掉也很难。

对学习的警惕

学习是一把双刃剑：一方面它使自己懂得多了，变得博学；另一方面也使自己变得陈旧，或平庸。学习不一定全是正面的。有的孩子上大学之前对文学作品很敏锐，一下就能抓住书的神采，能获得一种本质的感动，接受了高等教育以后反而变得迟钝了。家长花钱培养孩子，费力找到好的学校、好的老师，结果却不理想。但这并不是拒绝学习的理由。可以设想，如果继续学习，突破一个知识的极限，跟原来就有的先天能力对接起来，是不是会变得更强大，成为一个了不起的创造者和发现者？极有可能。一个孩子读书少，表述的时候写不成句，读多了之后套话却多了，真是两难。有的孩子套话用得很熟练，就是没有见解；有的孩子有见解，但又不会表述。孩子送到大学里去了，让他学会表述，也学来了套话。学术会有一个框架，教他怎样把作品放到框架里。

文学作品的目的，就是要保持一种鲜活的生命，在阅读者那里它是扑扑跳动的，这个时候体温不能少也不能多，要在36摄氏度左右。文学的欣赏实在是太复杂的一个问题。有一次到一个大城市去开会，听到一些人的发言，真是好极了，就像一段一段背出那般流畅。有一个边远地区来的老人口音很重，词汇重复，表达很不流畅，但是慢慢听来，会觉得他最懂。他懂作品好之为好，坏之为坏，把最深刻的阅读体味抓住了。可见文学理解，主要还不是词汇的组织能力，而是心灵的感动和感悟力。一个心灵离另一个心灵越来越近，那种能力光靠学习是求不来的。

生命一开始就具有的感悟力，后来在阅读、在所谓的学术训练当中会丧失。如果能把原来那种鲜活的不可思议的感悟力，与学来的表达方式连接起来，可能就是一个杰出的评论家了。看了无数的名著，掌握许多技术，将生命原初的那种鲜活和对世界的好奇敏感与之结合起来，大概是最重要了。警惕这种丧失，不停地回返，这或许是保持强大生命力的方法。有些东西是学习来的，有些不是；有些也可能被学习所破坏。

中国古代有一个学问叫"紫微斗数"，是很复杂的星相术，用来看一个人的命运。它研究人在出生那一刻不同星体的位置，用以推算人的性格、创造力等。这太深奥太复杂了，少不得掺杂许多芜杂，甚至是骗术。这是唯心，不，也许是极端的唯物。一个生命是可分析的，是受客观存在的制约和作用的，是逻辑的而非荒诞的。这是回到一个极其唯物主义的思想体系里考察生命的各种可能性。这跟西方的星象学是一致的，但用的术语不一样。如果很粗疏地说天蝎座如何，白羊座如何，未免太简单了。

一个生命形成的瞬间，受整个天体状况的影响当然是不同的。在生命形成的那一刻，客观物质对它具有强大的规定力。后天学习的重要，在于它会产生一个对接的过程：把先天的优势与后天的学习对接起来，这是良性的学习。如果反过来，学习把先天所具有的良知良能扼杀了，改变了，扭曲了，那么这种学习就不是良性的。

我们追求的是良性的学习，是通过学习发现昨天，悟想昨天，对接昨天，扩大昨天，释放昨天。学习是为了释放，而不是进一步地包裹，上大学包一层铁皮，研究生又包一层铜皮，博士生则包了一层不锈钢皮。这样一来，先天的能力怎么会得到释放？只会在黑暗里憋闷而死，最后什么都做不了。

很多书呆子并不是先天没有能力，而是被后天的拙劣学习封闭了。不是所有的求学都会解放创造力的，它也可以成为封闭的过程；追求文明之路也可能正在走向愚昧，它是一个悖论。可以说，我们要抱着一种对学习的警惕心态，去努力学习。

苹果和果脯

许多事情看起来是矛盾的，实际上就要在这矛盾中追求真理。专业精神固然好，但我们会发现，文学严格地讲并不是一个专业：一方面它很专业，很深奥，比如说一个写作者没有四五百万以上的文字量，笔触很难变得灵动。可见训练多么烦琐，阅读量要大得不得了，这需要专业训练。而专业训练又充满了危险，因为这是心灵之业，最害怕把它当成一个专门的学科去对待，变为刻板之物。它既是很自然的心灵冲动，又需要非常强的专业能力，这是不是有点矛盾？经过漫长艰苦的专业训练，有可能把一个人改造成彻头彻尾的专业动物，而这种专业性越强，创造力也就越弱。

文学创造者就像一个非常鲜活的刚刚摘下的"苹果"，可是我们在学习文学技能的过程中，会不自觉地把自己做成了果脯。果脯有果子的味道，可以放很长时间，但毕竟不是鲜活的苹果了。这真是一个悖论：一方面要努力写作，广泛学习，具备专业的高度和能力；另一方面又怕丧失了生命的鲜活，丧失了正常人的喜怒哀乐。如果遇到一切事情都用文学的眼光去看，那将很成问题。文学人更要保持一个正常的、健康的、挑剔的、好奇的、敏感的眼光去看问题。但事实上并非这样，有人一看到什么事情立刻用上诗的角度，结果很快激动起来了。这不是什么专业能力，而是不正常。说文学不是一个专业，是指一个理想化的社会里的人都应该有教养、有文学情怀和表达的欲望，但不一定从事写作。一个人成为专业作家了，到了八点就开始冲动，怎么可能。

其他事物也许可以专业化，唯有需要专业程度最高的工作，比如文学，不能够专业化。如果谁碰巧成了一个专业作家，也许要警惕这个身份，警惕被它所异化。一个人有再多的时间来创作，也不要把自己当成专业作家，而要让自己作为一个正常的社会人运转起来。几乎无一例外，一个人一旦需要维持工作的惯性，这个人的文字就再也没有了激情，没有了温度，灵魂会躲开他。有时候觉得一位作家真是了不起，很快写出一本很厚的书，这么大的年纪创造力还很旺盛；但极有可能是惯性写作的延续，是专业和职业带来的习惯动作。

谁能超过李白

当代作家跟读者处于同一个时空，所以有时候很多触点很准确、很新鲜，这是好的方面；缺点是当代写作没有经过时间的检验。如果经过了一百年的筛选，今天判断起来就容易得多。从更长的时间和更大的范围里选择作品，尺幅比较大，更有可能找到最好的作品。文学作品的鉴别讲究一个时空。我们有时候会觉得现在好作品太少，平庸作品太多，换个角度想想都是很自然的。对于文学艺术的判断太复杂了，谁也没有能力从眼前判定一切，因为这需要时间。当年荷兰的凡·高，都说他画得太笨拙太丑陋，经过一段时间才知道原来是那么伟大的艺术家。当年几乎没有人认为凡·高是一个伟大的画家。但是也有看准了的时候，比如对毕加索就是这样。毕加索当时就被认为很了不起。

无论是年轻人，还是有了一把年纪的人，还是要多读经典。读经典就是节省时间，就是走近路。在有限的生命中去大海捞针，太浪费。经典里有一部分不适合我们，但总是更容易找到我们喜欢的。现在这么匆忙，大家都舍不得花时间去阅读，觉得这么宝贵的时间不能整天看书。实际上最值得做的一件事就是阅读，这样才可以把一辈子过成两三辈子。人的一生亲自经历的喜怒哀乐才有多少，如果跟大师一块儿去经历、去感受，相伴第一流的人物，这一辈子会多么丰富。

比如读索尔·贝娄。这些年使人着迷的还有一个马尔克斯。索尔·贝娄未必有很多人读过。去读一下，会感到惊异：人和人的差异真是太大了。索尔·贝娄的幽默、机智、理性、对生活的洞悉、内心的丰富，让人有点不可企及。这种人仿佛不可以学习、不可以靠近、不可以模仿，不可以有一丝侥幸的心理，向他看齐。这是一个了不起的作家，虽然并不伟大。"伟大"是一个古典标准，现代作家可以超绝，却很难"伟大"。

阅读这一类人物，会觉得我们个人的生活见识太浅薄、太狭窄。我们太无趣，我们应该经历一些更有意思的事情，一天又一天不精彩，不值得，有点亏。读索尔·贝娄的时候，跟这样一个人对话，觉得太值了。类似的感觉在一辈子里多起来，堆积起来，多么重要。阅读就是寻找这种感觉。我们读鲁迅，从二十世纪中期看到现在，一直在看，看什么？看他的小说和杂文，什么都看。真的读进去才会发现，这是一个多么古怪有趣的老头，那么倔强、那么较真、那么爱开玩笑，真是一个奇人。看他的杂文，谈的都是现代文学那时候遇到的很多现象，社会、文化、文人争执，鸡零狗碎，读了之后会觉得人性是如此接近。现在到了网络时代，但鲁迅当年经历的许多矛盾、痛苦、哀伤、不幸，今天一点都没变。所以鲁迅不会陈旧。

再看古代李白的痛苦、杜甫的痛苦，多少年过去了，今天还是照旧。有人讲现在一日千里，科技好像不得了，飞船要到火星上去了，实际上人性并没有多少进步，发生的变化非常小。几千年前的大师，跟今天的心灵一定是相通的，不会有多少隔膜。

我们能够取得进步的，都是较容易积累的部分，把自行车换成摩托，把固定电话换成智能手机，登月，还要星际旅行。最难的是文学，因为它不是一个专业，而是生命之力、心灵之业，最难了。所以它要进步，求得一点点的积累和进步，都很难。比如，现在的诗人一定能超过李白？两千多年过去，没有发生这样的事，但短短几年中手机不知换了多少次。原来那些让我们欢呼的巨大进步，比较起来都不是最难的。赚钱、盖摩天大楼、上火星，都不是最难的，最难的是让诗篇超越李白他们。它们属于灵魂，而我们总是强调物质和科技，后者不难。

　　三十年前有个作者激动地写了篇稿子，标题是《待到小康时》。今天看小康可能待到，好诗却不一定。原来最难的是生命中的诗性追求力和创造力，是对它的表达以及向外投射的能力，这是人类社会里最难的部分。文学超越了专业、超越了行当，是一切生命中所固有的一种伟大力量。

2018年

一个人的特殊岁月

一

今天讲一个朋友的故事,不,是一个人的故事。因为他不愿用"朋友"这个词来界定我们的关系。我们一度往来很多,有时又许久不见,他是一个非常热爱文学的人,做事比一般人专注,有时却长时间荒疏写作。他的许多言行令人无法赞同,但又不能轻易反对。他常常让人觉得有陌生感,有异趣。在这儿讲讲他,看看他与我们有什么不同。这个人也是五十年代生人,很早开始写作,读了很多书。起步时社会上的文学气氛还不够浓,大约在初中的时候由老师带领,开始阅读和写作。到了20世纪80年代初,文学在整个社会上相当热烈了,他也未能免俗,很快把自己烧得灼烫。他在机关里工作,没有专门的时间写作。

他这个人做任何事情都很认真,遇到问题一定要探个究竟,无论是对翻译作品还是对国内比较活跃的作家,对文本的分析都很细致。当时对文本进行技术研究的人还很少,他是我所见到的一个比较早的在技术上产生自觉意识的人。我对他非常重视,也觉得好奇。那个时候中国作家苏俄文学读得多,欧美的东西很少接触。欧洲或拉美作家大约在二十世纪八十年代中期慢慢热起来,像米兰·昆德拉之类才得到翻译。记得当年人民文学出版社出了一本舒克申写的短篇小说集,热得不得了,是苏联文学。都是社会主义国家，那里竟然产生了这样的作家，跟我们大不一样，气象清新。他继承了俄罗斯文学的强大余脉，所以尽管是同一种社会制度、社会内容，如集体主义和人民公社等，他笔下的感觉和我们完全不一样。类似的一些作家，如柯切托夫等，是写工业题材的，影响也很大。我们现在的眼睛更多是看欧洲，看拉美，当年由苏联文学再上溯到俄罗斯文学，找到了最伟大的作家托尔斯泰他们。

那个时期人们很愿意讨论文学。我们常常找到那样一个地方，很时髦，类似于咖啡馆之类的，聚谈文学。这一座城市里自以为优秀的人物都在这些场合出没，在这里打转，很有意思。现在情况变了，可能一个城市里最优秀的一拨人物是另一种了，去另一些地方了。

我们就在那个环境里认识，也在那个环境里有了一份友谊。也同样是在那里，他找到了自己的爱人。他长得比我高，稍黑，头发浓密，就像《艾约堡秘史》里的主人公一样，牙齿内扣。我写作时不自觉地想到了这个人的形貌，特别写到了他的牙齿。我观察过，长这种牙齿的人往往都精力充沛，几乎无一例外。

我们在那儿讨论文学，喝一点啤酒、咖啡和茶，很时髦，像是流行的一种小仪式。通常那里灯光偏暗，直到今天，这样的场所灯光也不是贼亮，它要稍微阴暗一点。日本一个有名的作家称之为"阴翳之美"。我们今天在瓦亮的灯光下面惯了，对蜡烛和油灯就不习惯。我们小时候如果点一根蜡烛就觉得屋子里真亮。日本那个作家发现一个问题，来到电灯时代以后就没有萌翳的地方了。他发现阴暗连接着自己的昨天，还有许多消逝的美。人在这种光色下有一些特殊的想法。就是在那种"萌翳之美"下面，一拨人经常聚会，而这个人往往是聚会的中心。

就在这个阴翳的环境中一个更阴翳的角落里，总是坐着一个姑娘，所以谁都不太注意她。许多天之后她才从阴影里走出来，让他一下就喜欢上了，原来是一个微黑的美人。他俩就结婚了，一起爱着文学。

结婚后他才发现，她并不写什么，但总能提出一些生僻的文学问题。他告诉我，她脸上那种特异的神采打动了他。我见过，这姑娘的确与众不同，心气很高。

随着时间的推移，聚会越来越少了。我是极少数与那个人保持联系的人。他讨论文学的热情降低了，但仍旧阅读和写作。有一天他说正在思考两个问题，把它们想明白了才能好好做。第一个问题是这一百多年来文学到底发生了什么，第二个问题是为什么要写作。

我也觉得这两个问题真的非常重要。第一个大概主要关乎技术方面，第二个则影响到我们写作的理由和动力。这放到谁身上都要考虑的。但问题是我们没有集中地想过，只有这个非常认真的家伙在那里琢磨。

生活当中可以用不同的标准分开很多人。有一个东西可以把人分成两拨，即认真的和不认真的。做文学的也是这样，有人非常认真，有人总是游戏；有人内心里认真，外表却做出一副满不在乎的样子，有点表演。我说的这个人是真正的认真，而且跟所有不认真的人都不愿交往，认为凡不认真的人无外乎两种：一是没有内容，没有思维力；再一种就是志大才疏，骄傲却无本事。他眼中的这两种人都不诚实，没有交往的价值。

大概就是这一段时间，他跟人来往极少，活动半径大大地缩短了，似乎跟我也不愿见面，整个人变得内向，独来独往。过去我们都熟悉的那个聚会的热闹场景一去不复返，时代变化，他也在变化，好像经过一段时间的思考和沉淀，走向了毫不做作的孤独。我是这样看他的。

更有趣的事情发生在后来：有一天他的爱人找到我，让我帮帮他，适当的时候再规劝一下，已经有点危险了。我问什么事情，她告诉：在离他们家那条街不远的一个十字路口有一家不大的饭店，里面有管发票的一个女子，他和她有点暧昧。我觉得很有意思：他生性孤傲，还会有这种事？他与爱人非常好。

我找到他，问了一个傻问题：为什么爱现在的妻子？他说因为她懂文学而不从事文学，提出的所有问题跟文学既疏离又根本，很值得讨论。这个理由太理性了，肯定不仅如此。世界上没有什么比爱情的发生更复杂了，如一种特别的神气，特别的气质，包括心灵和形体，都会滋生不可分离的爱情。我找时间去了那个饭店，碰巧遇到了他，正送给那个女的一张俱乐部的门票。他看到我，瞥一眼就走开了。

这个女子我以前见过，但没注意，现在才发现她个子很高，脸很白，鼻梁挺挺，眼睛很大，眼窝深凹，有点像外国人；头发披散，气度不凡，给人以深刻的印象。我那时觉得他喜欢这个女子自有原因，但后来怎么发展的，没有留意。

又过了大概三四年的样子，他的爱人又找到我，说有一个事情得注意一下了：部队文工团一个跳舞的女子，他又与她好上了。这个女子与原来那个完全不一样，非常娇小，穿了牛仔连衣裙，真是可爱。我似乎无法调解这个事情，他的妻子说这个不解决不行，瞧他整个人都有些恍惚，写作谈不上，读书还马马虎虎。她说："我们住在一个平房里，中间那儿有一个小北窗，从那里能望到星星。他半夜起来就看着小北窗，发出低沉吓人的声音。"我马上觉得问题严重了，半夜里发出豺狼般的吼叫，不好了。

我终于下决心找到他："你对妻子造成了多大的痛苦，这到底是怎么回事？"他直截了当地说："我和她们没有什么更深刻的事情。非常想念，想起来半夜睡不着。"我问他准备怎么做，他说："还没想好。""准备和妻子分开？""这不可能。"他认为以后还可能喜欢上别人，如果遇到一个就要与原来的分开，人会疯掉。"我离不开妻子。"在这种真实的痛苦和矛盾当中，他们一起生活着。

再后来他要离开这座城市了。那时有一股辞职风，他随着这阵风气找到了很远的一个乡下，承包一大片山地养鸡栽树。出城时两人高高兴兴，因为妻子特别希望离开这个是非之地。

二

两年之后，我去看了他们的新家。见面仍然要谈文学，这才知道，他还在思考那两个老问题，就是这么认真和执着。他说第一个问题似乎懂了一点，第二个还没有头绪。为了弄清一百多年来文学到底发生了什么，他做了诸多准备，比如自学了英语和法语。他的英语会话一般，阅读能力比一般翻译家都好，还动手译出了三本英文小说。以这个人的倔劲，只要给他时间和健康，什么都能做得深入和完美。他一直研究古典文学，古汉语功底扎实。这些条件使他能够广泛地阅读，进一步打开文化，特别是文学视野。他始终认为，在文学方面，不了解一百多年来发生了什么，就不知道今天该做什么。

他说经历了一百多年，从十九世纪到二十世纪，文学发生了很多大事，但根本的大事要说也非常简单。我急不可待地问："发生了什么？""就是写作者们挨得太近了，太拥挤。"我笑了。我那会儿还在想现代主义、先锋派，从无意识写作、结构主义、意识流，再到表现主义、后现代。他语气淡淡的："其他都不重要，只有这一件事是最大的。"

他的意思是作家们失去了必要的空间，于是一切都搞糟了，很难挽回了。因此我们将很难产生托尔斯泰、雨果，更不要说但丁这一类大师了，就连屠格涅夫的《猎人笔记》、莱蒙托夫那种诗意作品都不再可能。太过拥挤，无法腾挪。心灵、脑力、精神，与物质的创造一样，需要起码的场地去施展手脚。我还在思考。精神方面的拥挤需要分析。他说十九世纪、二十世纪至今，由广播到电视，再到网络，传播技术的发展非常致命，后果严重：看起来一个人居于千里万里，其实近在咫尺。作家们彼此想了什么，如何表达，很快熟知并相互感染。交流迅捷而且过于频繁，简直是耳鬓厮磨，以至于眼前没有任何新的东西。从此一个人要做出新的表达，就只有形式上的大胆探索了，这就有了所谓的"现代主义"。"实在没有办法，绝望之下的精神突围既有效又无奈，仍然不能从根本上解决问题。大师不再，实际上是永无可能。也出现了一些个案，像令人惊艳的索尔·贝娄和马尔克斯这些超绝的匠人，已经是奢望了。不过他们怎么可以跟托尔斯泰、陀思妥耶夫斯基、歌德这一类人相比？"

我在想"太拥挤"几个字。好像真的没有足够的精神空间，任何人都无法独处。传播工具无限发达，而且越来越发达，连风中都是它们的喧器。现代人不可能有闲暇,脑子要不停地跟周边的信息发生关系,丝丝接通,回答和对应。"我们无数次地强调了交流的意义,但很少去考虑它的负面。一个人一天到晚不停地回应,无论愿意还是不愿意,每天都被大量形形色色的信息包围,是不是够倒霉?"他沮丧无比。我没有回答。我知道人处在这样的境况之下十分被动,一切都无法拒绝,又不可能无动于衷;是的,回应,或深或浅,心灵再无闲暇。我在心里叹息。

他由自己的劳动举例:挖一个水坑慢慢渗水,得给它时间,这才能积起一些水以供使用。但是刚刚渗进了一点就舀出去了,不停地舀,水坑里永远都是一点点泥汤。精神和思想的积累也是如此。"我们耗得太重了,相互耗损,毫不留情。"他说。

我端量他的新居。这个地方很偏僻,他们显然也很孤独:随身带了一点书,都是老书,家里没有什么现代电器设备。大概他想尽可能地隔离自己,只跟遥远的文学和思想发生联系,让自己寂寞。他妻子说:"现在好多了。"这使我想起城里的事情,私下对他开玩笑,说总算离开了她们。他沉默了一会儿,说:"我爱她们,那些日子茶饭不思。我知道大麻烦会来的,还是离开吧。"他说自己是个热情好奇的人,一度不能自拔。他接着告诉说,幸亏在山里认识了一个人,这人学历不高,是比较孤僻的人,他们成了朋友。朋友一辈子只做两件事:自学中医,再就是研究"箍"字。朋友得知他的痛苦后,看了他的舌苔,还号了脉,说这严格讲是一种病。"爱情是一种病?"我大惊失色。他并不回应,语气平淡地说下去:"大概吃了两个月的药,安静多了。我的病基本好了。"

我忍住好奇听下去。他说:"那天晚上一起吃饭,有一本黄色小说,朋友只看几页就判定这书的作者有病,然后顺手开出了几味中药,有煅龙骨等。""这有点玩笑了。""这不是玩笑,这是在说进入事物的不同途径:从中医,从诗学,从写作学,从心理学,从不同的途径进入,方法是不一样的。从中医这个角度进入,就会觉得是一种病,而且还能医治。"

我顺着他的思路说:"作家之间的拥挤也会带来一种病,一种现代病。"他没有吱声。我明白，这种拥挤当然不是指居住的距离，而是信息传播的后果。每天接触海量信息，人人疲惫不堪。结果是惊天大灾不再为奇，正常的人类情感已经丧失。在文学表现上，为了能让人看一眼，只有追求技法和内容的千奇百怪：或颠三倒四，或无比下流。这个趋势只能愈演愈烈。

　　如果这稍稍算是一种现实，那么作为一个写作者也只好尽可能地躲闪。可是风里吹挑着一切，现代人已经无法拒绝。这使我想起了二十世纪八十年代初期的一次经历。那是年纪比我稍大的一个文学朋友，他从北京出差回来，脸色阴沉且有些慌乱。我问他怎么了？他沉默了一会儿说："到了信息时代了！"那时"信息"这个词很少有人提到，他当时的脸色、造成的气氛，让我觉得非常可怕的大事就要降临。不过我冷静了一下，觉得即便真到了那样的时代也不必吓到脸色蜡黄，那又能怎样？那是我忘不了的一个场面、一个记忆。我当年在心里嘲笑他被一个"信息时代"吓成这样，有点浅薄。今天看不是朋友浅薄，而是自己太过大意了。我们终于见证了信息时代令人恐惧的一面。

　　就为了躲开无可躲避的时代，这个人住在山里，没有手机，也没有电脑电视。他在倾力筑起篱笆，与世隔绝。他每天干活，业余时间写一点东西，发表时署上附近一座水库的名字，后来又改成旁边一条河的名字。

　　那次见面几年后再次相聚，我发现这个人更加冷淡。但一谈起文学还算好一些，话也多了。我忍不住问他一直思考的第二个问题怎样了，他点点头。我以为他免不了要谈一个写作者对于生活的责任、人的责任，谈到审美的功用和力量。这其实是不可回避的，我们多年来也为这种积极的美学主张所陶醉。结果却完全不是如此，甚至相去甚远。他竟然从动物开始说起：世界上有很多动物，狼和狐狸，还有非常聪明的狗和猫，好多。

　　他的大意是：人与其他生命根本的不同，就是拥有复杂的语言系统和表述方式。其他动物也有自己的语言，但要简单得多。人是一种语言动物，以此跟所有生命拉开了距离，拥有了尊严。所有的生命自发生到鼎盛，到死亡，是一个非常具有悲剧性的过程。人这种语言动物稍有不同，他们可以运用语言进行诗意的表述，能够自嘲和幻想，深刻描述自己的生存状况，在那个必将来临的结局面前赢得了一点尊严。既然如此，那只能把语言发挥到极致，同时也把智慧和思想发挥到极致。这是人的自尊，是与其他生命的区别，是活着的意义。文学是各种语言方式当中最别致、最深入、最高级和最不可思议的一种表述，所以这事关绝望中的幽默、诗意以及风度。只有文学能够做到这一切，能够抵达，能够改变渺小的生存。

我在思索。我说："也许是的。作者写下这些文字的时候，总会想到施惠于社会和他人。"他摇头："不，只有专注于刚才的意义，才会施惠于社会和他人。"他如此爱惜自己的语言，专注于语言，从中寻找最高的意义，并且上升到非常严苛的伦理内容：不专注、不忠实于这种表述，简直就是一种不道德。从这里推导下去，所有粗疏的写作，粗枝大叶和庸俗的文字、语言的垃圾，都是有损于尊严的，是与人类生存的最大利益背道而驰的。

这是他的发现。我经常去想这两个问题，却不愿完全苟同。我或者觉得一切都更加复杂一些，结论或应放缓。不过我愿意将其当成最严肃的思考、最好的参照。我暂时也不想采纳他的生活方式，我在城里有许多事情要处理。但是闲下来时，一想起与他相处的日子，就觉得比周围的庸庸碌碌宝贵多了。我觉得从某种程度上讲他抓住了根本，思考的是一些很大的问题。他没有现代主义的复杂说辞，只以极其朴实和诚恳的方式启发我：拥有独处的能力，摆脱信息的包围，然后去尝试创造。

三

他们夫妇对那个搞"箍"字研究的朋友有些依赖，特别是脸色微黑的妻子，一谈到那个人就喜上眉梢："那是个高手，常言说得真对，高手在民间。"我知道她感激这个人给予的最大帮助，即让她的丈夫安静下来。其实我心中疑惑这主要还不是治疗的问题，而是年纪的问题，他这样的年纪应该不再顽皮了。他们对眼下的生活似乎也非常满意：鸡鸭繁殖很快，山坡下的速生杨一片浓绿，收入稳定可观。"现在更能读得进书了，不再走神。"她说。

这里的生活状态对一个城市人，一个知识人来说，尽管少见，却也似曾相识。这是另一种概念化的生活：脱离大都市，重返耕读岁月，与大自然亲密无间。好像仍旧是梭罗那一套。好在这幢小房子的主人善于思考，并得出一些结论，把自己最关心的当下文学问题化繁为简，有了与众不同的收获。他的妻子也"不再走神"，无论如何这都是重要的收益。

我知道要做到这一切既困难又极有意义。因为人的耳朵里、眼睛里，甚至鼻子里所嗅到的气味都似曾相识，很难有什么创见。就阅读来说，随便打开一本杂志就是相似的语调，写作者差不多都用同一种口气说话。可以说，一个人不可能与这个时期的流行之物有什么区别。山下小屋的主人起码摆脱了一种流行语调，这是他解决的第一个问题，这在我看来真了不起。

城里一个作家曾对我开玩笑，说：时下要写一个很差的作品，比写一个很好的作品难多了。他在自嘲和自警，害怕跌入惯性写作的泥淖。当写作者把一支笔用到娴熟的时候，笔下流淌的东西大概不会差到哪里去，但这种"好"的结果，一定是对自己的最大毁坏。文学故事也就那么多，生老病死，爱恨情仇，加点黄色和绿色，谁把谁杀掉，成功与失败。情节随便组合，故事容易堆积。这对于职业写作者太容易了，但没有多少意义。对自己没意义，又要浪费他人的纸张和时间。惯性写作是非常可怕的庸俗之事。

要破坏这个惯性，首先就要废除惯性的生活。正因为这样，这个人才走到了山下小屋之中。他在种树，许多的树。他谈到语言的严苛口气，令人为之动容。他考察语言与工具：古人写在龟板上，写在竹简上，或者写在树叶上，工具何等简陋。再到后来由毛笔到自来水笔，直至电脑，文字就开始泛滥，人也轻率轻浮起来。"顺着这个速度繁衍下去，最后的结果只能是人类自己将最宝贵的东西，也就是语言，完全毁掉。"我似乎能同意他的判断：人作为语言动物，正开始不可逆转地通过毁坏语言，进而毁掉自己。

我想起古人的一个说法：文章不读秦代之后。这是极而言之。不过先秦的文学力量大极了，那时候一个字等于后来多少字。它内在的那种含蓄多义、包容和重量，有一种不可企及的高度和美。秦代以后的文字是逐步草率和繁殖的过程。就留下的痕迹而言，自来水笔和毛笔不一样，电脑则更为不同。可见形式一定会影响内容。写作工具的演变，带来了信息的泛滥，改变了人和自然的关系。

现在只要打开视频系统，多么残酷与华丽的场景都在淋漓上演，而且日夜不息。过去战争的死亡是与敌人的近身搏杀，是倒在血泊里，而今有可能只按下一个发射钮，千里之外的几十人、上百人就没了，像玩电子游戏一样。冷兵器时代的确过去了，情感的接受与记忆也的确不同了。这种改变将打败靠灵魂支撑的那种表达方式，让一切在无察中就完结了。

这个在小屋中生活的人正努力扭转着什么，比如重新建立跟万物交流中的命名能力。他耕种，抚摸，一棵树长得很快，他用尺子围一下，隔一个月再去围一下，在本子上记录生长和喜悦。所有的绿植除了拉丁文转译的名字，还有当地土名，这要一一对应。他养了一匹马，跟马朝夕相处，有一天它很深情地看过来一眼，让他心里一动。他觉得它的眼神像人一样。它为什么要这样看我？包含了什么意思？一直琢磨。这就是一个命名的过程。

从此使用文字的方式会有所不同：极力寻找个人的贴切和真实，所用的字词一定是不可取代的。他举例说，一部分作品离开了写作者的语言，再去复述人物与故事并无妨碍，损失是很少的；而另一部分作品除非使用作者自己的语言，不然就无法转述。我想了一下真是这样。原来真正意义上的文学，比如说诗与思的创作，语言是没法跟故事和人物剥离的。

他的思索抗拒着这个商业与物质主义时代的宽容与混浊，为自己建立了一个苛刻的标准。他回忆自己译出的西方作品：那些语言与故事剥离的写作，译起来是非常容易的，因为质地粗疏，把故事和意思转述明白也就可以了，不需要进入语言艺术的层面。"有一部分作家是名副其实的，他们与自己的文字结成了一体；有的则不然，他们留下的文本并没有相应的品质和内容。"他说。

我不再说什么。我觉得他说得挺好。但这只是山里的讨论，是在两三个人之间进行的。他说的，我就做不到。他让我看到了从事文学的不同方法、不同的文学观与世界观。他谦和的语气中充满了自尊与轻蔑，这样讲了一会儿，起身去喂鸡。

那个夜晚起风了。我独自一人躺在那儿想着我们认识以来的交谈、重逢和分手。还是那座闹市，他走开了，我留下了。我写了四十多年，有辛苦有收获，也染上了很多毛病。我明白，今后安静下来的时候，自己还会思考他这个人和他说的话。我珍惜这种面对面的交流，知道说真话有时候是危险的。但事过之后又会觉得舒服。说假话保险一点，但事后会觉得空虚。没有什么比朴素的真话更能安慰人的了。所有的人都不喜欢欺骗。我马上就要回去了，回到这个人为之痛心疾首的那个拥挤的世界里去。

走前我留下了自己最新的两部长篇：《艾约堡秘史》和《独药师》，算是交上的两份作业。写它们的时候，我经常想到这位住在山里的人。

2018年

辑三 融境

传说猎人去林子里打猎，他们见了动物马上端枪，这时却发现自己面对的竟是自己的亲人；放下枪，那亲人又变成了动物。巨大的物质诱惑最终还是让他勾响了扳机，结果却真的打死了亲人。

——《半岛渔村手记》

默默挺立
Momo Tingli

犄角：人事与地理

我多次讲过，这儿从地图上看就像一个犄角，小得可怜。可是当你走进来，当你面对它的时候，又会觉得自己十分渺小了。它像我们经验里的任何土地一样丰腴、复杂、烦琐；你像一条鱼跃入了海洋，一天天与它耳鬓厮磨。当你想到有一天会离开它，疏远它，记忆它，那么你就想在手边画下一点什么。

匆忙的生活常常让我们张皇紊乱，可我们还是有对付生活的一套完整的办法。所以我们才活下来，痛苦下来，也欢笑下来。我们过得可真不容易啊。

我们又是谁呢？是大家，是这个犄角吗？

黑松林

有人总愿把这片林子说成是什么防风林，还有人说成是国防林；而通海的宽一点的路也被叫成了国防路。这提醒我们是来到了大陆边缘。

黑松沿着海岸生长，密匝匝，黑乌乌，没有尽头。也许从空中往下看，它是一条长长的带子；可是当我们走进了它的内部，却感觉不到纵向和横向的区别，总是一片浑浑苍苍：浓绿、苍黑、幽暗。动物咕嘎大叫，里面有兔子、鹰，各种鸟儿。鸟窝就搁在头顶的枝杈上。这里几乎看不到人。当然最多的是松树。

在松林的某个局部，冒出一片槐树或杨树、柳树——像是一个完整的民族板块中得以繁衍和生存开拓的少数民族。但这儿几乎所有的北方植物都能找到：灌木、小草，甚至是一部分浆果和百合科植物。洁白的沙子上散落着一颗颗野兔粪便，说明它们"人丁"兴旺。有一些植物的茎秆被兔子们啃去了皮。一个刺猬死掉了，一个兔子显然是遭了鹰鹫。

这里最多的是一种钢蓝色的鹰。它们远远看去很像温顺的鸽子，体形也大不了多少，只是飞起来，一展两翅就显出它的野性和勇捷。这里很少能看到苍鹰，但那种钢蓝色的鹰是否就是袭击野兔的鹰，还不能让人肯定。

我自己，或约上一两个朋友，每星期至少要到这片松林里来一次。

小时候，我在松林南部的一所小学上学时，常被老师带领来海边参加林场劳动。那时就在沙滩灌木的空隙里插种小小的松苗。浇水、掘坑，许久之后再回来补种那些没有成活的松苗。这样一直到毕业上中学。

当时记得灌木丛中就有一棵棵茂盛多杈的长成的松树，推算起来，现在它们应该是很大了。可这会儿就是找不到它们。

我和朋友讨论了一下，他说当年我们栽的那片松林或许在更西边一点，离这儿还要有十几公里。

记得当年主要不是松树，整个荒滩上更多的是杨树和槐树。它们有时密得不能下脚，要穿过就得耐心地寻一条小径。这儿纵横交织的小路都是由打鱼人踩出来的。那真是细如羊肠。

冬天，厚厚的大雪覆盖，你要寻找这样的小路，摸到通向大海的渠岸，真得小心翼翼，试探着往前走。那些寒冷的、一生都不会忘记的、呼出一团团白气的早晨和傍晚，我常常在此地流连——只有我一个人，现在也想不起是来寻找什么，在这片荒原上徘徊。我一次次纵向穿过整个海滩，走到白雪皑皑的高耸的沙岸上，望着没有一只帆船、没有一点人影的海面，看着海浪在沙岸上的拍击、伸缩不停的水……

南风吹起，林子发出了呜呜的声音，这就是松涛。仰头看微微摇晃的松枝上刚结出不久的松塔，心里涌起一股爱怜。往前走，红色的尖顶别墅出现了，会享受的当代人并没有放过这片松林。一路上不断发现被砍伐的松树——那一刻的巨大疼痛使它渗出了泪滴。这黏稠的泪滴就是所谓的松脂——或者也可以理解为精髓和血液……还有随处可见的一个个偷沙者掏出的沙洞——这些沙洞坍塌的时候，四周的松树都要遭殃。这显然是那些建别墅者留下的痕迹。

我们还遇到一只死于难产的母兔。当时它伏在那儿，刚死去不久，笨重的身子还是一副正在用力的姿势，胸部是变大的准备哺育的乳头。我们双手托着它，找一个沙坑掩埋了。

我们的鞋子上落满一层黄绿色的花粉，鼻孔里全是各种野花的香甜气味。

我觉得这是整个海滩平原上最让人留恋的地方，它代表了我的过去，甚至是未来。比起这儿，一切都显得微不足道了。得失荣辱，一切都不那么重要了。在这儿回想过去，设想自己的老年，在这儿劳动和追忆。这简直是了不起的奢望。想得太多了并不好。我为这儿付出了什么？将要付出什么？一切也都要好好去想。

由于没收了枪支，打猎的人没有了，所以各种动物，特别是野兔，能在这儿纵横驰骋，扑棱棱飞动；但由于没有收起一些人的铁锹、锯子和斧子，松林于是还在死亡和伤痛。

我总是把它看成自己的松林。追溯到许久以前，从老人的口中我们得知，原来的这片荒原上，林子比现在高大茂密一百倍。那才是无边的森林，很可能是原始林。经历了几场战争：民族战争、国内战争，一次又一次的政权更迭……各种各样的政权尽管差异很大，可都没有保住浓密的林子。结果它们还是没有了。许多神秘的故事，伟大的人物，不可思议的向往，都随着这片林子一起消失了——甚至没有多少人去记载这一切——它的历史。

最美好的事物，就这样湮没了。

夜哭

告诉这神奇故事的，是几个神情沮丧的男人。其中的两个二十多年前我就认识。他们显然不会说谎，不会骗我。

果然，在后来的另一个场合，我又听到其他人讲了相同的故事。

几个中年人因为要为一个养殖海产品的老板打工，大多数时间住在海边的一座茅屋里。他们在那儿养了鸡鸭，陪伴他们的还有一只大狗。这当中有个十八九岁的男孩，皮肤黝黑，细细高高，头发黄而柔软，大眼睛。那只大狗是他最好的朋友，只要有这个柔软纤细的男孩在，那么它就一直偎在他的身边，仿佛压根就想不起还有另外的人。

小伙子水性特别好，他离不开水，从初夏到深秋，劳动之余有一多半时间是泡在水里——人们一抬头就能在长长的沙岸上看到一个穿着短裤的细细溜溜的小伙子，他在水中出没、在岸上走动，那条大狗就在身后追逐跳跃。到了播种和收获养殖品的时候，这儿的人要比往日多上几十倍。大多是女人，是姑娘和媳妇。她们一个个围着头巾，戴着胶皮手套，在海边舢板上不停地劳作。

她们其中的一个或两个姑娘，最愿和那个细细溜溜的小伙子说笑打闹。

特殊的季节过去了，女人们又回到沿海村庄去了。从那时起，茅屋里的中年人都发现细细溜溜的小伙子常常走开，要在深夜才回到茅屋。那只大狗总要焦急地等待，发出一声声低吠，长长的鼻梁指着月亮。

大约一年之后，他们都听说村里的一个姑娘死去了。她长得太美，太特别，神情举止、衣着，还有性格，几乎每个地方都招人议论……有一次老板在酒后长时间地盯视她，那目光啊，他们不敢想。

那只大狗环绕小伙子跳跃，他再也不理它了。大狗只得沉默下来，坐在那儿一声不吭。

还是日复一日的劳动，还是一次次摇着小船到近海巡视，料理那些养殖品。

一个很平常的中午，几个人正在茅屋里午睡，忽然听到那只大狗猛烈扑打门板，凄凄狂吠。他们惊坐起来，一开门，那只大狗就往身上扑，吼叫，有好几次还把前爪搭到他们肩上。

它领他们冲出屋子。

他们很快明白了。茅屋西边，一百多米远的地方有个蜷曲的黑点——这时候他们记起那个小伙子已经好久没有回来了……他们跑过去。不出所料，正是他。

海边阳光强烈，盐水在他的头发和黑色皮肤上已结出白色颗粒，嘴唇焦裂——那曾经是一双怎样招人疼爱的嘴唇啊。他眼睛紧闭，长长的睫毛根根直立；蜷在那儿，身体仍然是那么柔软。

几个人把他抱起来，好像第一次发现这个伙伴的体重这么轻。

几天之后，他就待在离海岸几公里远的一片灌木丛中，那个崭新的坟头下面了。他们故意把他埋得远一点儿，他们都知道他该离茅屋远一点儿。

大约过了半年。有一天晚上他们正在睡觉，半夜，其中的一个被一阵哭声惊醒。这是女人的声音，好像就在茅屋旁。其他三个人也都惊惧坐起。那只大狗当时正睡在屋内，它一声不吭，竖起两耳，像他们一样坐着。

他们带上手电筒，特意给那只大狗拴上链子，牵着它一块儿走出。茅屋旁没人，哭声仍然在响，可是前边也看不到人影。他们循着哭声往前。记得当时明月高悬，海浪平静，沙滩上什么也没有。他们先是往西，然后又往南，走过浅浅的一层树林，就忘记了方位，忘记了要往哪里走。只是这哭声吸引着他们，走进一片浅浅的草地。

茅草被月光照得煞白，四个人心上猛地一动：是那片灌木丛。他们把手电揿亮——其实根本用不着,月光亮着呢。那只狗瑟瑟抖抖,毛发直立,后来干脆一动不动了。

都止住了脚步。手电筒掉在地上。

前面就是那个坟头,坟前有一个女人,穿着洁白的衣服,长长的头发从肩部披散到后背。是她在恸哭,一耸一耸地哭。她像丝毫没有察觉走近的四个人和一条狗。

那狗仍旧一声不吭。

他们离那个女人仅有十几米远,都看得清清楚楚。就这样站着,忘记了时间,全身僵直。不知过了多久,哭声戛然而止。

再往前看,只有一个坟头——女人没有了,什么都没有了。

他们仰头看看月亮,再看看那只跳起的狗,捡起手电筒。

这就是整个事件的经过。他们忘不了那月亮,那哭声……

两个岛屿

它们是在这个犄角行政区划内的两个岛屿:一大一小,大的实际上也小得可怜,大约只有两平方公里;那个比它更小的岛就在半里之遥,是它的卫星岛。这两个岛与犄角离得很近,大约只有一刻钟水路。大晴天里,站在海边看去,那两个岛屿近在咫尺。

岛上的人要到大陆来,大陆的人要到岛上去,结果在水上交通很差的年代里,就发生了很多悲惨故事。午夜接送病人,新婚夫妇往来……总之,围绕这一类的事情常常发生一些可怕的灾难。也正因为这样,那么美丽的两个岛,直到现在还有人惧怕去那里居住。出于自卫和自守的心理,岛上的姑娘也不轻易嫁到岛外去。而这个犄角上的姑娘没有极特殊的原因,也是不会嫁到岛上去的。

岛上百分之九十都是渔民。男人出海打鱼,生来就是这样的命运。女人在家里补缀渔网,料理家务,或者种一点小得可怜的菜园。

男人的性格个个强悍粗放，而女人却出奇地绵软贤惠，几乎个个如此——起码在我所遇到的人中，是个个如此。

读高中时候，有一次为了完成一个写作任务，我和另一个同学在海岛上住了半月。我们同班的一个女同学恰恰在这个阶段因事返岛。她很高兴我们能来岛上，特意为我们逮了不少螃蟹，采来海贝和各种海菜——记得她当时提着一个瓦罐，瓦罐的系子是草绳做成的，就这样把煮熟的海鲜提给我们。

彤红的螃蟹，以前从未见过的大海贝，冒着热气的瓦罐，一起摆在桌上，鲜气逼人。她在旁边微笑，很少说话。偶尔说一句，声音软得像南方人，可又比南方人更低更细。

她那双美丽的眼睛看着我们。我们把她的礼物打扫一空。

后来我们大约两三次跟她到海岛的最东部去玩。那儿退潮时有一片青色的石头，搬动那些大石头就能找到螃蟹，甚至是海参。海参是这一带最珍贵的海产品，它不同于南海和东海，以及其他各地的海参。在人们的印象中它是最名贵、滋补性最强的一种海珍。记得那一次我捉到了一只海参，握在手里不舍得丢弃。可只过了一会儿，张开手掌一看，它差不多全化掉了。

后来，高中还没有毕业，我就去了南部山地。我成了一个山里人。

再后来我又去更远的地方读书，反正是离这个犄角越来越远了——当有一天我归来的时候，站在海边，看着海雾蒙蒙中的那两个岛屿，突然想起了当年那位女同学。

我发现自己今天还在怀念她。我记得以前从山里回来时也曾想起过她。

人的一生最大的幸福也许就是争取和真正温柔的人生活在一起。生活的风雨总是太猛烈了，在这种猛烈中，应该有那样的一个人在身边。

我多次去那个岛。过去的一切痕迹大约都在：岩石，稀疏的麦苗，还有靠在海湾里的大船，铁青色的大船，一闪一闪的灯塔，忙碌的头上包着纱巾的女人——此地唯独没有她的影子。

她离开了，她到海岛以外的地方去了，到很远很远的地方去了，带着她哈气似的声音，带着她绵软的性格和那一双特异的美目。

我为什么没有及时返回？坎坷的生活啊，人要挣扎，一挣扎就要耽误重要的事情……

那个卫星岛听说至今没有一户人家，是个荒岛。人们为了救助海难，曾在岛上盖了一座茅屋。后来茅屋也塌掉了。有一段时间听说岛上有很多野猫，又过了一段听说猫也没有了。

我要到那个卫星岛上去，渔民说不行：两岛之间有一股激流，除非绕过这股激流，绕很远才能到那儿去，很麻烦。

岛上只有一口淡水井，却是一口最甜的井：犄角上所有的井都比不上这口井甜。

蓝眼老人

我第一眼见到他实在是吃了一惊。如果他在蛮荒里出现，那我准会把他当成一个外星人。老人个子很矮，不会超过一米六五，而且真正是瘦骨嶙峋，衰老不堪。实际上他只有六七十岁。他走起路来蹑手蹑脚，像踩在云朵上一样颤颤悠悠。我注意到他露在黑色袖管外面的一双手和一截胳膊，其皮肤皱得厉害，近乎透明，青青脉管清晰可辨。整个的人都说明营养极差，手无缚鸡之力。他的体重大约还不足四十公斤。他身上最显著的部位是头颅，从整个身体的比例上看它显得有些大，圆圆的。

他戴着一顶破旧的鸭舌帽，非常爱干净。一副眼镜属于古老的样式。最使我感到异样的是那双眼睛：竟是蓝色的，或者是灰蓝色的，很大很圆。可能给我外星人那种感觉的，首先就是这双眼睛。他看着我，神情非常专注亲近，但带着一丝警觉。他伸出手，用力握住我的手——手力很大，就像整个人一样令我吃惊。

我见到他的时候，他正经人介绍，受雇于某个部门做史志编撰工作。这使我们有机会相识。

很长时间以来他都是独身一人。好像他在这个犄角上来来往往，干什么都可以，干什么都可以活下去。难以想象的粗活，以至于眼前这种需要文心纤细的工作，对他来讲差不多都是一样。我常看见他手里拿着一个阔口搪瓷缸，在长廊上旁若无人地走着。如果我们偶尔打个照面，他就赶紧扶一下眼镜，伸出那双瘦削有力的手。

他曾经是一位教师，教过小学和中学，后来又不知什么原因失业了。在混乱的年代，原因总是很多的。有很长时间他不得不流浪打工，甚至靠讨要度日。他在教书的时候结识过一个女人，但她不久就离开了——同时还让他失去了住所，所以当年有一多半时间要在牲口棚、打工者的通铺，或田野的草垛中、庄稼地和泥沟里过夜。秋天的泥沟往往铺满了落叶，那真是流浪汉的好去处。

人们说最奇怪的是，当这个人从一些肮脏不堪的地方钻出来时，身上总是非常洁净。他全身上下未沾一丁点草屑和泥土。他常常几个月的时间弄不到一分钱，但即便这样，也没人发现他从果园和庄稼地里偷过一点食物。他的食物都来自劳动，或直接的乞讨。在他眼里，乞讨同样是一种体面的、讲得过去的职业。

也就是在这样颠沛流离的岁月中，他遇到了又一个女人，一个命运和他差不多的女人。他们一起游荡，找事情做。这时候他才觉得应该有一个固定的居所。于是他就立志要盖一座房子。这对于他简直是个太大的奢望。可是他执拗得很，每天有一点儿时间，就在收获过的庄稼地里忙碌。原来他在寻找遗落的砖块石头。他不停地收集，大约用了一年多的时间，就攒起了足够的砖石。接着就开始垒屋。有那个女人做帮手，但大多数时间还是他自己。自己设计，自己打基，一点一点砌墙。他还去海边，以惊人的耐性等候潮起潮落，寻觅海浪推拥上来的一些木杆，作为梁木和檩条。

墙砌得很高了，要开始上梁了。这倒是件难事。他琢磨着，琢磨出一种最原始的办法：堆起一些沙土，堆得像梁头一样高，然后再把木杆费力地滚移上去。

当所有的工作完成之后，再把围在四周的沙土一筐一筐移开。就这样，三间屋子盖起来了，他没花一分钱，却耗去了两年多的时间。

新房落成的同一个月份里，他们有了自己的孩子。女人没有奶水，他就到海河沟汊里寻一些富含蛋白质的动物。那个饥肠辘辘的年头，他为养活自己的孩子真是费尽了心思。而他自己吃的多是菜叶，是一些食物屑末。有一次他发现了一只中弹死去的野兔，就把它腌制起来，每天割一小块给哺乳期的女人做汤。一年之后，他的女人还是死去了。他把女人亲手埋葬在离新房子不远的地方。孩子由他一手抚养，也成了他的全部心愿。

孩子好不容易跟他长到了三岁，最后却因为一次严重的食物中毒，抢救未成死亡。孩子也埋在了母亲旁边。

像刚开始一样，剩下他一个人在大地上徘徊。

在贫困到极点的生活中，他仍然想为别人做点什么，一直想。因为他觉得自己不能这样白白度过宝贵时光。做点什么？他简直是挖空心思。他认为最难的，是做任何有意义的事情都需要花钱，而自己却一贫如洗——那么在没有钱或钱很少的情况下又能做什么？他想了很久。

有一次，他在一个村镇夜晚的场院上看到了放幻灯片，似乎从中受到了启发。

然而放幻灯需要一台机器，需要电，这些他都没有。想来想去，他用捡来的木头做了一辆地排车，又像琢磨盖屋那样动用巧思，在车子上做成一个暗箱，两端再挖上方孔。当这车子支起时，两个方孔就与太阳形成了一道直线——光源有了。他又把自己收集的一些碎玻璃片切割成大小统一的一叠，细细绘上故事，一一插到暗箱的方孔上——这就可以在遮光的一面墙壁上放出幻灯。

这奇特的装置被他拉着走遍了大街小巷，吸引了一批又一批孩子，当然还有许多老人、成年人。他在幻灯片上绘制的都是一些科学常识、模范人物。

犄角：人事与地理一

他这个工作做了很久,人到哪里车到哪里,一场接一场放幻灯片——这样一直延续到被聘去做史志编撰。

于是他有了一点儿工资。微薄,却令他极为珍视。他从食堂打饭,从来都是一块咸菜一个窝头,几乎把所有的钱都省下来。一年多的时间里,他竟买来了成套的外语教学录音带和课本,以及其他书籍。他把这一切都小心地包好,放在柜子里,说将来有一天要把它们送给一所学校。

因为机关减员,到处人满为患,这个老人的去职只是个时间问题。可他自己并没想到这些。因为他在走廊上步履依旧,神情依旧。他根本就没有失业的忧虑。

到时候他又要回到野地里去了,回到那个空荡荡的屋子,像过去一样:身上没有一分钱。

这是肯定的。但同样肯定的还有,他仍然会活下去;而且只要活着,他就会想方设法去做一些对别人有用的事。

到现在为止,我走过了多少地方,遇到了多少人,各种各样的人;但仔细想了一下,还是第一次遇到了这样一个人:在努力活下来的同时,只想做一些对别人有用的事,只为不能更好地帮助他人而忧虑。

大写家

许多人都向我介绍:河边的某个村子里出了一个会写书的人,他写了很久,很多,看样子还要一直写下去。这当然引起了我的好奇。结果我就认识了这样一个人。

他有五十多岁,长得出奇地健壮,头颅很大,几乎呈四方形;脚大手大;说起话来声震屋梁;目光尖利,生气勃勃。他留了板寸头,几乎没有一根白发。他走起路来,脚板跺地咚咚有声,别人要一溜小跑才跟得上。

说到写作,他几乎对一切写作者都持怀疑态度:在他看来那些人不过是写写玩玩，没有多少意思的；而只有他所进行的工作——不停地写作——才无比神圣。

他写的书从未出版过，好像也没有这样的打算。他只是写。据他最亲近的朋友讲，只有他们这些身边的人才能一饱眼福。

他写得到底怎样呢？我问他的朋友，他们都毫无保留地点头，流露出无比的钦佩，都说："那才是个大写家呀！你去看看就知道了，那是大写家！"

我们结识后，直过了很长一段时间，才可以和他讨论一些具体问题，可以从容地交谈，彼此再没有多少防范。

他的家紧靠河边，在桥与河相交的直角位置上建了一座小土屋。这是土坯垒成的一个地堡式建筑，从外面看主要是一个长方形的大窗子。墙很厚，做了大窗台，上面摆着各种各样的小商品。从窗口那儿望进去，里面黑漆漆深不见底。最奇怪的是根本就没有门，你要进入他的家，还要从这个地堡式的四方窗洞爬进去。

他有老婆，一个孩子，孩子像他一样留着板寸头，头很大，身体却非常细弱；也像他一样，长了一对尖利利的大眼睛。大写家一多半时间就在这个四方窗洞前坐着，招呼过往行人，卖一些零碎商品。他起身招呼我的时候，就让孩子顶替自己的位置。在他的帮助下我才爬过了四方窗洞。我往里看去，努力调整自己的视力，这才看清里面还有很远很大的一个空间。我不明白的是，他为什么不多开几个窗子。

原来这个地堡模样的屋子内，一角有一个很大的土炕，这是用来过夜，看护地堡里的商品的。再往里才连接着这个平原上最常见的那种小房子——可能是一个南北向的厢房；穿过厢房东拐，这才到了一个稍微高大一点儿的正房。这是他真正的居所。

从地堡到厢房，再到正房，其间没有一点露天的地方，全由过道、门和窗串联起来。所以很像走进了一座迷宫。

他的爱人长得也像他的孩子一样单薄，齐耳短发，圆脸，笑嘻嘻的，露出一对豁牙。她总是怀着无比敬慕的心情看着自己的男人。从她说话的口音上可以判断出，她是从南部山区来的，那儿是极为贫困之地。当她的男人与我讲话的时候，她就自觉地退到黑暗里去了。

我们每次总要先在厢房里坐一会儿。这里摆了大大小小的木箱，仍然有一个地堡里的那种大土炕，炕上是油黑发亮的被子。我们一起上炕，盘腿而坐，中间就是那床被子。他挥动着手掌给我谈写书的事情，谈到高兴处把那些木箱一一拉开——真正的奇迹出现了。

原来所有的木箱里都装满了他写的东西。一叠叠纸用黑线白线仔细订好，积了一摞又一摞。看那字迹有大有小，但一律工整。有的写在糊窗纸上，有的写在信笺上，但更多的是写在一些包装纸上，甚至是写在水泥袋上撕下来的皱牛皮纸上。从写作时间上看，越往后他的用纸越趋于讲究。但总的看还是五颜六色。我发现染成红色或绿色的标语纸用得最多。这些文字可以看成小说，也可以看成散文，更多的是各种文体混用。这么大的文字量，我想任何读者都要望而生畏的。我暗自把几个木箱简单估量了一下，认为这儿至少要装了上千万字。

我问他平时做些什么——除了坐在窗前？他说写呀，白天和晚上都是写呀。

从屋内的情形来看，他的生活简单到了极点。这使我又一次想到，人的生活有时候是可以极其简单的，人为存活而需要的物质，有时候是极其简单的——而这时人的劳动量却常常是真正令人惊讶的。

我们很少讨论这些文字的用途和动机，因为这似乎都不重要了。

时间久了，当我们更熟悉一些的时候，他才较多地把我领到他的正屋——那儿稍微明亮一些，使我可以更清楚地看着他那张又生动又严厉的脸。我发现这张脸至今还没有多少皱纹，油亮，闪着光泽。近一些看，他的神情原来是这样的善良而诡秘。

正屋里还有几个花布包裹，他在把它们解开。

我吓了一跳：又是一些写满了字的厚厚的本子。

南山四月

在那个犄角上,我从小看到的南山就是蓝色的,像天空一样的颜色,或者更蓝。它是整个犄角的最南部,像最坚硬的一道镶边。南山对于童年是一个美丽的想象,而对于成年人却往往是一个贫困的象征。"山里人""到南山去过山里日子",这样的讲法让平原上的人都多少觉得有点可怕。我后来当然不止一次到过南山,为生存而去,为跋涉而去。当然我不得不和大多数成年人取得了一致的看法。

山地需要攀登,需要付出更多的力气。在这里收获食物要比平原上困难多了,这就使我们无暇顾及它的美,它的特别的美。

这一年四月有外地朋友来,有人提议到南山去看花。他们的热情使我不好意思拒绝,但一路上却想:这会是一次无聊的南行。那里又不是花园,有多少花可看?那里顶多会有几蓬野花、几株果树。

汽车往高处行驶,渐渐进入丘陵。公路爬上山的隘口,一瞬间让全车的人眼睛一亮,几乎一齐脱口喊了一声:"看!"

高高矮矮的山岭上到处一片雾霭——不,那是繁密的花海迷迷蒙蒙,它们正顺着山岭起伏,很像流动缠绕的雾气。只是它有灿烂的颜色,有芬芳的气味。洁白的梨花,红色的桃花,稠稠的李子花——主要是梨花,所以我模模糊糊想起这儿有"四月看梨花"的说法。

这种美是人工造成的,由山里人一手培植。可这需要时间,需要耐性。山里人花了多久的时间才在这贫瘠的山地上培植出这么大一片花园。这样的光色只有在图画里才有,而且我相信,任何一个高明的画家也画不出南山四月——它的大幅轴画这会儿呼啦一下展开在这个山地隘口上。

大家走下车来,一时目不转睛地看。我好像觉得自己内心深处一些特别的追索,一些不可企及的需求,都在这时候得到了某种印证和满足。它仿佛在给予提醒:有一些境界是存在的,有一种表达是可能的。

全是花。山岭上没有人,只有花,只有安静透明的阳光和流动的气味。偶尔听到水声,细小的水在山涧,在石板的空隙中。有些石板像一张张巨床，不规则地罗列在那里，水就在这些巨床缝隙间流过。

只有四月才是这样。那么五月六月或金秋时节呢？那时候是浓绿，是果实，是成熟的负载，是绿色的屏障，是另一种美。

南山好像一种浪漫艺术，比如说一台浩瀚的歌剧：先是喧叙的冬季、合唱与重唱的初春，到了四月就有了长长的激越人心的咏叹。

它美的重心和力量放在这里了，让你激越，让你领略它的不安、颤抖和深邃。

它在让我想起小时候，还有，想起成年的印象和感觉。

无边的喧叙过去了，四月的咏叹来到了。我远远地跑来犄角，又跑到它的南部山区，原来就为了这场倾听……

水怪

这件事也发生在南山。所谓"南山"这个概念，在犄角平原上有一个固定的指向：南边那一溜深蓝色的镶边；它的后面差不多等于异国——一个特别偏僻和陌生之地、神秘之地。直到交通特别发达的现代，犄角平原上的人提到这两个字，还时不时地流露出一丝轻蔑。

我有时想，生活在山地的人要获得一种尊严可真难啊。因为在这儿，所有的尊严都被高耸出地表的坚硬岩石给领受了，在它脚下活动的一些生灵就难以享有了——他们在高地上摸爬、攀登，还有，为了维持自己的生命所投入的一代又一代的拼力挣扎，都成了某种低下和卑贱的证明。

大约是1957年和1958年间的事情吧，那时候动员起千千万万的人，在南山一条纵向大谷里实施了一个惊天动地的工程：修建一个蜿蜒百里的大水库。

工程完成之后，即便是干旱季节，这里还是水汽缭绕。因为山落水，溪水，各种各样的水，都在这儿打住。一条水坝使四下的水在此储存起来，不到万不得已是不会被放掉的——现在放水的机会更是越来越少了，因为天越来越旱。雨雪的减少，在犄角之地是人人谈论的事情。上帝很神秘很缓慢地进行着这个过程：削减雨雪。

反正是离开了水，这个犄角就会失去丰饶；而丰饶，从来都是这个地方的自尊和自豪。但南山那片大水还在，我去看过。它走近了像一个湖，离远些像一条江。没人听说这片大水有干涸的时候，所以它的基底，深处，就足以掩藏了什么——这让人去想象，甚至不仅仅是想象——因为不止一次，居于大水两侧的山里人发现了从水中冒出的怪模怪样的东西。他们笼而统之喊它为"水怪"：巨头，粗颈，从未见过的五官和肤色。有的描述成狰狞，有的则说它憨态可掬。但致命的问题是，所有的目击者都只看到了它的一个头颅，顶多是一段颈部和浅露的一小块脊背。

冰山的雄伟是因为四分之三在水下，水怪也是一样。它巨大的躯体只好留给想象了。

这片大水由一个水管所管理，有一些国家正式工作人员为它服务。可这些人却没有一个见过水怪，但又没有一个没听过它的传说——看来一切都要依靠群众，不论是战争年代还是和平环境，就连对待自然现象的诠释也不能例外。群众见过水怪，而且言之凿凿。

我怀着朝圣般的心情看着这片大水，因为它凝聚的劳作，它的辽阔，还因为这个传说。我也询问了一些目击者——其实真正的目击者微乎其微，但总还算有。

夜晚我住在那儿，享受着从大水中漫过来的湿气，嗅着浩瀚的淡水所散发出的特殊气息，听着"嗵嗵"鱼跳，还有不知名的傍水而生的动物的"咕咕"叫声。环湖有多少奇怪的生物，它们在不停地奔走、窥探。像海边和湖边的渔民一样，它们也在打这片大水的主意。有一次我甚至在湖边上看到了一双蓝幽幽的眼睛，那是豹子、山狸或其他？都不知道。它悄然消失在无边的黑影里。枭鸟孤单的鸣叫声让这里变得可怕。有一些甲鱼爬上岸来，一直逗留到清晨，让沿湖散步的人把它们赶到水里；而有一些贪婪的人就随手捉走了它们。据说甲鱼是有灵性的，犄角上的人，特别是老人，对其心存敬畏者不在少数；而那些新兴的现代青年，还有所谓的企业家和小官员，只是将其作为营养美味和增加力量的滋补品，大啖一通。

这个水怪如果真的存在，那么它让人产生疑问的至少有这样几点：一是它从何而来，是否在此繁衍？再就是它到底有多少？是不是河马、鳄鱼或类似的东西？

但即便是后者也足以让人称奇。因为从来没人听说过犄角上的任何一个地方出现过它们的踪迹。

高山水库

不同的时期总是产生不同的奇迹。奇迹无不打上时代的烙印。比如说这座高山水库——它在这样的一个时代也许不那么时髦了；可是正像许多不时髦的事物一样，它曾经是，至今也仍然是生活中必不可少的一种存在，而且随着时间的延续将越来越证明其强大和不可取代。

时髦的事物往往是新颖的，快速流变的，大多数时候也是缺少根柢的。比如说它就不像这座水库，像它高大的石坝——那是用最优质的青石一凿一凿凿下，由众多的人非常耐心非常齐整地在两山之间砌起来的，它的高度比北京的工人体育馆还要高上许多。让人难以置信的是，它就是由山脚下那个不大的村庄，或者再加上另一边那个小村庄——就是这两个村子的人亲手设计，亲手开凿石头将它垒起的。那是几个严冬和几个初春的故事，或许还包括了一个夏天的故事。

这些小村里有一两个坚韧不拔的人，他们有些特别，执拗得很，要改变山地。上帝说：还应该有水，于是水就有了。但上帝让水自由流淌，这就损害了山里人的利益，使他们更加贫瘠。于是他们想说：我们村子里要有水。

于是水就有了。

几个山峰之间形成一条沟谷，他们就在沟谷的一端垒起了这个高大石坝——走近了让人望而生畏，退远些它又像是垒在山中的一个巨大石碑。

它上面真的好像写满了密密麻麻的字，记载着什么；当然，那只是勾对严谨的石缝，是交错的纹路，是凿子的印痕。有多少印痕谁也数不清，不过每一道印痕都是一连串的击打，都能听到砰啪锤声，都能看到火花四溅。当年的男女老少就由那一两个特别顽强的人率领着，到大山上来了。

据说在冬天，这儿扎下一片营地，扛石块的人排成一队往上攀登……完工之后他们又垒起了长长的石阶，顺着这石阶可以走到大坝顶端，在坝上看这一片蓝幽幽的可爱之水。多么清的水，碧蓝碧蓝。只有大山的落水才会这般清澈，只有这一片秀美干净的山才会积蓄起这样多的好水。这是我在很长时间里所看到的最美的一片水。

看来，人世间有一些精神可以集中起来使用。精神集中起来，肉体再跟上去；肉体跟上去，力量就跟上去。就是统一的力量才修起了当年埃及的金字塔、不可思议的宫殿；还有长城，还有精巧而巍峨的石刻艺术。这些都不需要说明，因为最简单的例子就在眼前。现在的山区和平原再也难以出现这样的大坝了，因为人们把精神分散开来：有时候它们各自独守，有时候它们又合成一小股一小股，从事与其力量相匹配的那种创造，或是游戏。

有人讲，集中起来的精神会产生极为悲惨的故事。当然是这样。不过也可以不产生。比如说修筑这座水库的时候，那么多的人，那么多的欢歌，那么多的辛苦。这里包含着那么多的友爱，甚至是爱情。有些爱情是很美的，人们至今铭记。还有在营地里讲述的故事，人们也仍然记着。

有一次我和朋友从水库大坝上下来——我们扶着栏杆小心翼翼地走，踏着精心修筑的台阶。朋友吓得手足都抖，我也有点害怕，尽管这是多次攀登大坝了。从上面下来，走到下边的小村里。我们要找当年那个特别顽强的人，听听他的声音，和他坐一会儿。我们达到了目的。

在一个低矮的山区小砖房里，老人把我们让到了炕上。他身体不好，咳嗽，但仍然要吸烟。他盖着一床薄薄的小花被子，把花被子的一边搭到我们腿上,让我们也像他一样盘腿而坐。让烟,我们没有吸。很平常的一个老人,可就是他带领众人做出了朴实的大事情。可能他也有许多缺点,正像所有人一样。可是他做出了朴实的大事情。他很执拗,对事物有很难更改的固定看法。他的一些看法很少受到时风的影响。那些在风中流传、随着风气变异的东西,很难改变他,很难吹动他。我知道在这个世界上,需要很多他这样的人——需要多少,我讲不清。

离开村庄的时候我想:我们现在正是得益于这一类人,得益于他们留下来的创造,是他们当年在工地上修筑、打造,才有后来者的享用。就像水库,没有积蓄,就没有流淌。人们有时候只歌颂流淌、狂泄和放纵,而忘记了积蓄,忘记了怎样才能够积蓄。

收敛的时代是不让人愉快的,可是没有收敛,放纵也不会长久,放纵不等于创造。

沙

没有什么比它更常见,我从小到大,一睁开眼就看见沙。细如粉末的沙,粗沙,望不到边的沙原,高高堆起的沙岗。在白得像面粉似的细沙滩上,留下了多少记忆。那上边长出的一丛刺蓬,一株槐树,特别是春天里刚刚生出的小桃树苗,在暖融融的沙面上蠕动着的一个甲虫,都那么生动感人。沙滩和潮棕壤与褐土壤所不同的,是它更适合嬉戏、躺卧,它真正是童年的无边的席子,是他们的大炕和被褥,是他们欢乐的温床。

这片犄角有很大的一部分是由沙子组成。在临近海洋的地方,在犄角北部、东部和西部的边缘,都是各种各样的沙子。还有,在滋生树林和灌木的地方,也往往有很多沙子。

一年冬天,我看到一支"深翻"的队伍在无边的沙原上开始了挖掘。他们挖出一排排的长沟——原来几米之下就是乌黑的泥土。他们把泥土翻上来,把沙子再翻下去,这就是所谓的"深翻"。一条一条深沟挖开来，后面的沙子正好倾进前面的沟底，这样轮番倒腾，就有了一片黑色的泥土——付出了多大的劳动，可是一片黑壤竟然造出来了。在这上面几经改造，不久的将来又会出现一片真正的良田。

如今已经很难寻找人们用手营造的那样的良田了，倒时常可以发现沙子的珍贵。原以为取之不尽的沙子，竟是一种奇珍异宝。有人花高价让人从海岸上偷沙，偷到海港，然后一船船运走。运到何方不知道。反正玻璃厂、建筑工地，到处都离不开它们。那些偷沙者有许多发了财，他们就像西部偷猎者那样面目可憎，躲闪着追捕。在夜深人静的时候，常常是下半夜，他们才把车开到海滩上去偷沙。天亮时分，那些巡视的看护人会看到一个又一个湿漉漉的沙洞。

有人曾觉得保护沙子十分无聊，认为沙子反正是海浪从大海深处推拥上来的，取之不尽。他们不知道沙子也是一种十分有限的资源。实际上，它是由千万年的河水从高山上一路冲刷到大海里的，大海再用左右漩流把它们推到岸上——这就形成了所谓的海岸沙坝。

据那些管理沙石的人讲，沙子的优劣差别很大。比如这个犄角北部的一些沙子，可以说是世界上最优质的沙子之一。这是指制造玻璃器皿和搞建筑而言。它们纯度高，含土少，随便抓起一把在水里一淘，即会发现每个颗粒都晶莹剔透，让人一下想起珍珠。从北往南，整个的沿海一带沙子越来越细，越来越白。这是由于细细的沙尘更容易被吹动，它们随着北风南移，渐渐覆盖了一片膏壤。这就是细沙的来源。它们是大自然的威力，是筛选和摆布而成的。这种粉细的白沙有着更特殊的用途，也仅仅为这个犄角的北部所独有。

我在许多地方都很少看到这样大面积的粉细的白沙。这样的白沙上所生出的每一株草，每一丛灌木，都显得格外绿，格外干净和清爽。我看到：就在这样细细的白沙地上，播出了一片又一片的红薯、花生，甚至种植了葡萄、西瓜和其他水果。这儿结出的任何一种水果都有超乎想象的甘甜和香气——因为沙子把阳光反射出来，把光和热分赠给水果；原来这儿的土地上所生出的植物，都可以获得阳光双倍的恩惠。

夏天的正午，人们不敢赤脚在沙地上走，到处滚烫烫的。还有，即便戴着斗笠，不长时间皮肤也会被沙土烤红。每个人都变成了烤红薯，回到阴凉下彼此看一眼，都觉得对方比过去可爱。

地有三分

这个犄角总的来说属于半岛的一个角落，一个边缘，只是它更加凸出在海里。然而要仔细划分起来，它的整个面积有三分之一属于山地，三分之一算作丘陵，三分之一则为平原；另外还有两个岛屿，有它自己的一个半岛。自然地貌的主要属类在这儿被悉数囊括，所以它是一个完整的自给自足的世界，它有自己的丰富性和多样性。不仅是物产，而且还有文化和风习的互补。比如山里人和海边人，口音相异，举止做派与志趣都大为不同。山里人强悍保守，而海边人灵活多变，时髦，也多少有些傲慢率性。所以当地人流传着"山霸王海贼"的说法。而中间的丘陵地带，由于同样像山区一样，有一些凸起的岩石，人要爬上爬下，所以生活起来就更多地像个山里人，他们也自觉地把自己归于"山区一族"。犄角的边缘才是平原，而平原上的人格外富裕和强大。他们差不多自成一个世界，是犄角上名气最大、最具有代表性的族类。他们无论年长年幼，一概将南边山区的人叫作"山里老大哥"。由于过去交通不便，山里人很少吃到海鱼，沾不到腥气，这在海边人的眼里也就分外可怜、愚笨和不够开化。而沿海一带的人有鱼类的帮助，磷和蛋白、钙质吸收得多，就似乎有体力和智力上的优越感。他们往往是开放的先驱，是风气的制造者和率领者，往往最早享有一些洋玩意儿。

其实山里人也有自己令人羡慕的优势。比如说山里人更长寿，更老实，也更本分，人事关系也远不像海边上那样混乱。山泉的甘甜，山果的鲜美，这都是平原人难以享用的。

土地生人，改造人，教导人，决定了人的一切。所以我大致可以说犄角上有三种人，他们分别是平原人、山里人和丘陵人。

作为土地过渡带（丘陵）的这一部分人，在最近几年变得越来越像平原人了。而真正的山里人却变得很慢。奇怪的是越来越多的从海边上到山里工作的人愿以山里人自居，动不动就说"俺是山里人"。可是族居的山里人却往往回避这个词儿。

近几年山里发现了金子，平原上的人就进山帮他们开采，连犄角之外的人也远远赶来了。金矿四周盖起了一片又一片别墅。也有很多人死在大山里。

而很早以前，山里人认为海边上才是最危险的，因为许多打鱼人死在了海里。现在他们才知道，大海和高山对人都是一样的危险。

丘陵地带的人在慢坡地上一辈又一辈耕种土地，悠闲而贫困。但他们今天越来越不安分。

他们过去是往北，现在是往南——去寻找那种危险。

月主

不知太阳神住在哪里。月亮神呢？查查典籍就可以知道，原来她住在莱山。莱山在哪里？原来就在这个犄角的南部山区。秦汉时期，莱山曾是天下驰名的几大名山之一，而如今却湮没在众多的名胜里了。比起其他名山，它不够高大，似乎也有些偏僻。天下是否有比它更早的、被月亮神选作居地的山峰，不得而知。

当时的千古一帝秦始皇在两次东巡（也有人认为是三次）当中，曾亲自登上莱山，拜了月主。当时的月主祠的基础，至今还留在莱山上。秦始皇东巡的壮举留于正史，所以没有一个历史学家提出过怀疑。

其他的都是传说。

比如说那个欺骗了秦始皇、率领三千童男童女和五谷百工东渡瀛洲的徐市，就是在这儿拜见了秦始皇，领受了采长生不老药的命令，得计而去。还有，离莱山不远的那条黄水河，一直流向渤海湾，在海湾那儿形成了一个有名的古代军港；而那个港湾如今已是淹没了大半，成了沼泽——当年就在那里，徐巿造船，集合船队，弄足了粮草和各种各样的重要人物、精巧器玩，然后扬帆起航。这一伟大事功的准备时间可能不会少于三四年。

今天看，这座莱山似乎已经不堪重负，加在它身上的那些重大的历史人文似乎太多。月主祠果然列入了重新修复的计划，这座草木葱茏的秀丽小山很快就要响起一片建筑的嘈杂了。

在整个南部山区，莱山是植被最好的一座山。山上有采不尽的各种药材和奇花异草，有人在这里甚至发现了成片的百合，发现了大得惊人的杜鹃树。莱山的秀丽，它的规模和姿容，的确让人感到了阴柔之美。它真的应该属于月亮神。在许多时间里，它在太阳光的强烈照射下，显得欣欣向荣。可是在黄昏，在清晨，在绿色笼罩的浓荫下，仍然能够感受到那种阴凉和幽暗的温柔，感受到这座山所特有的那种温煦可亲的气息。

攀登莱山有许多道路。除了其中的一条可以勉强开进汽车外，其他都是踏出的小径。登上这座山的主峰并不累，但一路上却可以饱览秀色。即便是冬月，仍然有绿色的松树。干枯的草藤附在岩石或山土上，显得那么朴素和安静。何首乌、地黄，还有蒲公英、拳参和枸杞，它们在这个季节里叶子枯黄，紧伏泥土，等待又一次苏醒和生长。

登上山巅北望，可以看到渤海湾。如果是一个晴朗的天气，还可以看到海湾里三三两两的岛屿和渔船——同时想到月亮为什么会选择这座山作为自己的栖身之地。这儿离月亮神的出生地实在是太近了，我们都知道"海上生明月"。不难设想，月亮神一定要寻找一个离大海很近的山，作为她陆上的居所。莱山的月主祠，实际上就是月亮神的别墅、驿站，或是行宫。依此推理，她当还有另一些类似的地方；但起码在古代，在很长一个时期里，莱山是最有名、最重要的一座月亮神驻地。

秦始皇当年登过泰山，拜过泰山神，进一步东巡。到达烟波浩渺的东海，其中最重要的事情之一就是登临莱山。拜过月主之后才去更东部，即荣成的"成山头"(所谓的"天尽头")。从"天尽头"往南,沿海略作徘徊,又往蓬莱、黄县一带海岸游走——即"过黄陲"。就在这里,他射杀了大鲛,留下了传说当中最具神采的一笔。

实际上,亲手射杀大鲛的更有可能是他的随从,比如说那些渔夫和武将,而并非帝王自己。但任何事情不附加到帝王身上,就难以流传。征服和剥夺的力量才让人津津乐道——历史上似乎从来如此。

而这一切都是在温柔的月亮神的注视下发生的。

尽管太阳是万物生长的依赖,是热力的来源,甚至是月亮光泽的来源,但月亮神比起太阳神,却让人更为向往、依恋和亲近。

这儿常常能够看到那些衣衫褴褛的农民攀登莱山——在一些固定的日子和节令,他们来这里许愿、叩拜,把信赖交付月主。

半岛

它从犄角上伸出来,像一把剑柄一样插入大海,结果构成了这个犄角上的半岛。我们字典中有一些字是专门为一些地方而造的。比如说"屺姆"两个字,就是为这个半岛命名。自己的"己",母亲的"母",各加一个"山"字,就构成了它的名字——"自己的母亲"。当地传说:自己的"己"本是寄托的"寄",是远征的将士把母亲寄托在这个半岛上的一户渔民家里,然后出征打仗——名字即缘此而来。我觉得并不可信。但岛上的现代人还是为这个出征的将军搞了一个石雕像,并且为他从典籍上查了一个名字,全不在乎是否牵强。

近来这个岛上又有了徐市的雕像,而且出自名家之手。雕像上徐市的气质的确不凡,是一种庄严、忧愤的神情,不像现代人所搞的一般历史人物的塑像,不似那般平俗和过分装饰。但在我看来,这个雕像也仍然有些毛病——作为秦人,他的裤腰似乎过长了些;这么长的裤腰簇在胸腹,起码是汉代以后的事。在我看来,他的裤腰去掉半尺也就完美了。

按照传说推算，那个将母亲寄托在当地渔村出征打仗的将军，他当时背着母亲寻找此地，也只能坐船——因为那时候这儿还不是一个半岛；这里成为半岛只是近一千多年的事情：海水漩流把海底的沙子不断推拥过来，在小山和陆地之间缓慢形成了一条沙坝。

如今这个连陆沙坝平展展的，海拔高度不足两米，连接着尽头那个岩石山包。整个沙坝上全是松树，一片可爱的绿色。在去屺姆山头的路上，尽可以领受一种特殊的感觉：两边都是海浪，中间则有微微的松涛与之呼应。

就在这个沙坝上，十几年前还可以看到一个小小的庙宇：它供奉的不是任何大神，却是蚂蚱。所以这座庙宇就被称作"蚂蚱庙"。传说历史上这儿蝗灾严重，一群蚂蚱像乌云一样卷来卷去，地上颗粒不收，所以当地人就像惊恐雨神、雷神、水神和土地神那样，为蚂蚱盖起了一座庙宇。他们认为一定有一个主管蚂蚱的神。

不知道这在全国是不是唯一的一座供奉蚂蚱神的庙宇。但我由此知道，当恶的胁迫力的确形成并不断加强的时候，崇拜者也就相应地产生了。崇拜往往是超越道德的，崇拜在许多时候是和恐惧连在一起的。

为了开展旅游，当地人在半岛上搞了各种各样的塑像、建筑，而且还发掘和制造了一些传说。这儿既有海蚀洞，那就刻上"神仙洞"三个大字，再塑出各种各样的鬼神怪兽，塑上拙劣的牧羊女和群羊。他们急切地要给一个自然美丽的半岛附加文化和历史的重量，增加其曲折性和神秘性，制造一些幼稚而粗俗的思维迷宫。实际上，这一切不过是事倍功半的一些游戏而已。它所固有的一些自然的地理的魅力，历史形成的一些痕迹，比如说蚂蚱庙，比如说在国内战争时期，这儿作为一个港湾所发生的那些渡海军队的集结和牺牲的故事———一切原本是足够吸引人的了。

十余年来，不知多少次去这个半岛。有时候是陪客人，有时候是自己。现在那儿有部队，有一个很大的渔村，还有旅游机构、气象台和高高的灯塔。我从费力筑起的、沿石壁下到水边的台阶上，绕到陡直的海蚀崖下边。脚下是拍岸的水浪，往上看则是随时都会吹落的、看上去有些松动的石壁。实际上,即便在呼啸的大风天里也很少有石块脱落。石壁上有一个个海蚀洞,这些在千百年里形成的大大小小的洞穴,如今成了海鸥最好的栖身处。有一次我从海蚀崖转弯的时候,有一群海鸥从洞里猛冲出来,其中的一只翅膀似乎还扫了一下我的脸颊。

记得我还在海蚀崖下捡到了一个不大的海蜇,捧着它往前走。可惜只是一会儿,这个海蜇就化掉了大半。大约在三四年的时间里,每年夏天,半岛附近都涌上一片又一片的海蜇,数量之多,来势之猛,让海边的人目瞪口呆——过去捕获海蜇的船,常常在一天多的时间里也不过捕上几只,而现在它们却自告奋勇地送到了海边,前仆后继,挤得船都开不动,网都无法拖。人们不再用大扣眼的渔网到海里围堵,而只用铁爪钩往上捞。海蜇在海边堆成了山,还在源源不断地汇集。一连三年,或者四年,都是如此。一时间,整个犄角的公路上都挤满了运海蜇的车辆,到处充满了海蜇的腥气。

女人都扔下了手头的工作,到海边来炮制海蜇。

这种百年不遇的收获季节,让人喜悦的同时也悄悄埋下了一个恐惧。许多人都认为这是一个不祥之兆——跟在后面的也许会是某种灾难。他们的这种怯懦和担忧是有来由的。

四十多年前,也是一个夏天,也是一连两年的时间,海边上突然出现了源源不断的青鱼。它们一群一群、重重叠叠往岸上涌。当时的青鱼就堆得成山成岭,海边的女人同样也是拥到这儿炮制青鱼。那时候到处都是熏人的鱼腥味,是彻夜不息的灯火。而后来,大约是一两年之后,就发生了异族人入侵的悲惨事件。这场战争一直持续了六年,给这个半岛、给整个犄角地区留下了永久的创伤。那些异族人在这里留下的建筑,至今还能看到。

屈指算来,从海蜇不顾一切地涌到陆地到现在,已经五年过去了。好像还没有发生什么足以让人记取的灾变。人们暂时扔掉了恐惧。

有一天,我在半岛南面洁净美丽的沙岸上散步。黄昏时分,大概人们都回家吃饭了,海岸上没有一个人。正走着,日落的方向出现了一个小黑点,它在晃动,远远看去像一个刚刚上岸的海物。我迎着它走去。那黑点在逐渐扩大,在向我走来。

只有几百米远了,我看清那是一个人,准确点说是一个孩子。更近一些我才看清,那是一个扎了两条小辫的可爱女孩。她顶多有七八岁,稚气可爱,圆脸,鼻中沟很深,眼睛又大又圆,黑黑的。令人惊异的是,她怀里抱着一条大鱼:不是横着抱,而是头朝上,像搂抱一个婴儿那样。鱼太重了,她不得不用力地腆起肚子,紧紧地抱住它——一条银鳞大鱼……这时我才注意到,不远的海湾里是一条条归来的铁青色大船。

这个可爱的小娃娃,肯定是在那儿流连的时候搞到了这条大鱼。

沿海岸往东,是村庄的边缘。这孩子大概要把鱼抱回自己家去。我一直看着她的背影,看着晚霞把她映成了红色。

大鱼和孩子都离我远去了,这真像一个美好的传说。

昔日花

记忆中的过去,这里给人印象最深的就是花:到处都是花,真正是花的海洋。我这里指的是春天来临的时候,是成片的洋槐花、海边果林一夜之间绽开的杏花,还有接踵而至的苹果花和桃花——这一切交汇而成的气味和色泽;是逗人的喜气,节日的嬉戏,是它所促成和焕发的那个年龄所特有的敏感与欣悦。

每年都开始盼望温暖的春天,盼望沙岭上的积雪融化。当雪水顺着高坡哗哗流下,把细细的沙末涂成美好的图案时,我们知道绿蓬蓬的季节就要来了,花的海洋就要来了;蜂子和蝴蝶纠缠一起,它们与我们一起玩耍,或是向我们发起挑战的季节就要来了。那时候,我们的视野还没有现在这般开阔,不知道南部山区也有一片花的海洋;我们眼里只是这个犄角的北部，是这个平原。

随着季节的深入，各种各样的野花在灌木丛中盛开，它们取代了槐花和果花。这些花多得叫不上名字，但它们更奇特，也更引人注目。后来又是每一家院落里长起的一丛丛蜀葵和美人蕉。这儿的蜀葵和美人蕉最多，我简直不记得在其他地区看到过这么多的蜀葵。那时这儿家家院落都很大，院内院外都长起成片的蜀葵，成了蜀葵林。我们就在蜀葵林里捉迷藏，吐露着过早来临的心事。一想起成片的蜀葵，我就想起了小时候的伙伴，想起在花丛中奔跑的男女同学。

他们常常把一大簇一大簇的蜀葵花带到学校，还有木槿花、菊芋。菊芋花连成一大片，望不到边，它们是繁衍得最快的一种花。在饥饿的年代，人们不是像现在一样把菊芋做成酱瓜，而是放在锅里，像蒸芋头一样蒸熟。实际上它是蒸不烂的，永远都是脆生生的。一大束菊芋花抱在怀里，然后再用一个水罐盛上，放在桌子上，那就是最美的一幅图画。

我所待过的那个小学种满了白菊花，它在果林间隙，到处都是。还有，在果林灌渠旁，总是野生了一大丛一大丛的金盏草，又名千层菊——它有一种奇怪的邪味；但我们都愿伏在它的上面深深吸上一口，然后抱怨；不断地吸，不断地抱怨，学大人说一些难以入耳的粗话。在水渠下面的低洼处，是成片的粉红色的小蓟花。小蓟花不起眼，可是连成一片多么美丽，简直令人神往。还有荒滩上的茶花，一眼望不到边，它们在微风中摆动起伏，真正是如火如荼，来势汹汹。这种花在开春的时候可以吃，它刚刚长成一个花苞的时候，我们都伏到刚刚返青的草地上寻找这种花苞。揪花苞时要发出"咕咕"的声音，当地人就叫这种花为"咕咕老"：因为这种花一老就不能食用了，只能吃它娇嫩嫩甜丝丝的花苞——可能是对"老"的厌弃吧，所以就在"咕咕"后面加一个"老"——"咕咕"是声音，"老"是担心。

不知多少次到昔日的荒原上，到记忆中那些小径上寻找。没有了，没有了小径，也没有了花。起码是没有那么多花了。只看到了洋槐花，它们偶尔有一丛在松树间闪烁。至于成片的果树，特别是记忆中的山岗、随山冈起伏的烂漫桃花，那一棵又一棵巨大的李子树——世上有什么花比李子花的香味更浓烈，更密集，更不吝啬，简直是疯狂一般地开放——再也看不到了。

没有了，这里只有一些丑陋的红砖建筑，有挤挤歪歪的烟囱、工厂，特别是熏人的化工厂。很明显，是时代的诱惑赶走了鲜花。丑恶的物欲总是鲜花的敌人。

农民诗人

我相信"农民诗人"是一些天生丽质的人。我们曾经宣传过很多"农民诗人"，他们在底层，在艺术特别是诗歌艺术的罕至之地——是在这些地方出现的一些奇妙人物。但是后来，许久之后我们才发现，这些人中的一大部分往往很难被称为"诗人"。不是因为他们的作品表现形式上的粗疏，而是其他，是因为其中最致命的东西的丧失——缺少诗意，缺少生命和个性的魅力。作为一个诗人，这都是最迷人的部分。他们更多的倒是一些巧言趣话的制作者，一些滑稽人，一些善于说顺口溜的人。

在这里我们必须指出：要让一个自然而然地生长起来的农民诗人丝毫没有顺口溜的倾向是不可能的，也过于苛刻；但我们必须透过这一切屏障，望到那对在欢乐中燃烧的眼睛，感知其羞涩而激越地跳动着的一颗心脏。他们贴近泥土，颜色相近，可你只是凭感觉，而并不需要逻辑和学术方面的推导辨析，就能一下知道他们是否正是我们所要寻找的——诗人。你被他们打动，而这恰恰是因为可以称之为诗的那种东西的缘故，正是它的力量——是它们在出其不意地突袭过来，掀你一个趔趄，你站稳之后，定定神儿，就不得不在心里发出一个肯定的低语，说：我遇到了一个诗人。

到现在为止，四十多年来，我相信我的确是也仅仅是遇到了一个农民诗人。当然这个地方不是别处,就是我一再提到的那个渤海湾畔的"犄角",是这片很小的土地。

当地人一直传说有这样一个"出口成章"的怪人:他记忆力特别好,荒诞,不正经,只是构成了一个村庄或是更大一片地方的欢乐的来源。人们对他钦佩,但绝谈不上尊重。当时这儿并没有"诗人"这个概念。他们把一些说快板的、能言善辩的、说数来宝的,以及所谓"死人也能说活"的一些人,统统称之为"嘴子客"。说某某人是一个"嘴子客",一个"大嘴子客",或者说"神了,嘴子客"。

在沿海的一个村庄里,我第一次见到这个"嘴子客"。这个村庄现在看人烟稠密,大约有四五百户;作为一个基层行政管理机构,它负责的范围还包括周围三四个更小一点的村庄。这个村庄的全名必须冠上两个字——灯影,正式的村庄普查书里都有这两个字。可以想见很早以前,这里还是大片荒原,人烟稀少;想必是远方的人往大海方向走,走到黑夜,模模糊糊从丛林缝隙中看见一线灯影。很诗意。

一个诗人在灯影里,这本身就很诱人。

就在那个较大一点儿的村庄里,也就是灯影里,我遇到了那个人。那时候他很年轻,但由于我更年轻,所以看上去他是真正的大人。今天屈指算来,他当年也不过三十多岁,是一个成家立业的人,即所谓"拉家带口"的人。

那个年头仿佛人生孩子很容易、很快似的。记得他当时已经有了三个孩子,两男一女,一律淌着鼻涕。他的老婆是一个身材细小的人,心直口快。给我印象最深的是她那一双美丽的大眼睛和发紫的显得不甚好看的两个高颧骨,以及同样是紫色的肥厚嘴唇。用今天的眼光看,她也许并不难看,有点像亚热带的女人。可是在当时,谁都知道"嘴子客"娶了一个丑老婆。

无论是当年还是现在,人们对于美都有一些固执的特殊的规定。比如说在五六十年代,人们眼里的美女必须是圆圆的大脸盘,只要有了这样的大脸盘,眼睛和嘴巴,更不要说鼻子和其他了,倒不再重要。人们看到大脸盘的女人就说：瞧呀，美丽大姑娘！而且在犄角一带，从过去到现在都不时兴娇小的女人。他们希望她的身材相对高挑，粗一点不要紧，只要匀称、健壮就好——再配上那样的大圆脸，也就十全十美。

由于诗人的老婆完全不是那种类型，所以人们都认为她丑。要从今天的角度看，她的肤色、脸型更有个性；她的身材，用当代人的审美标准来看，那也是时髦的。可惜当年大家都不以为美，诗人也就不以为美了。

他们经常吵嘴，但关系总还过得去。生活艰难，吃地瓜干，不停地劳动，清晨和夜晚都要赶到田里。在那种枯燥但有时也显得过分热闹的集体劳动中，无论是家庭生活还是其他，都容易处理得多。忠诚和团结来自相濡以沫的生活，富贵和金钱，物质享受，的确可以让人心涣散，让亲密无间的朋友、让异性之爱腐败变质。

当时我是被嬉皮笑脸的一圈人推到了前面，因为在那儿，就是这个所谓的"大嘴子客"在即兴表演。

他穿了一件藏青色的衣服，一条有点短的黑裤，裤脚很宽，腰上用布条紧紧系了几下。那种老式上衣穿在身上，真像某种拘束衣，看上去两个肩膀被绷得很紧，两条胳膊往一旁翻着。他在人们闪出的一小块空地上，仰头、眯眼，进入了沉思。这时候大家都一声不吭，有的还半张着嘴巴盯着。所有的人都在等待，等待那突如其来的、一连串古怪而有趣的、让人沉醉的话语。这个人真是貌不惊人，矮小，不，是粗胖：典型的五短身材。他的头有很长时间都在忘情地仰去、仰去，两眼迷蒙，嘴巴抖动——抖得越来越厉害；后来，他的两手突然拍开了肚子，一下一下拍打。就这样拍了一会儿，才渐渐睁开了眼睛。他在轻轻转动头颅，好像在寻找天上的星星——大白天什么也没有，只有一轮太阳在稀疏的云里。他开始数叨起来，一句一句，越数越快，越数越流畅。

我发现他说的都是一些合辙押韵的话。他在诉说一场战争。这场战争年代模糊，在他嘴里变得多少有点逻辑混乱。我听着，觉得一会儿像朝鲜战争，一会儿又像是跟日本人打仗，还有时候几乎就是一支部队在怎样巧妙地围追堵截一股可怕的土匪——这股土匪就在古代的这片平原上，在荒野里出没，伴着老虎、狼、猞猁等等凶恶的野兽。这场酷烈的战争中，战士手持矛枪、机枪、手榴弹，甚至是一种特异的神奇的飞弹，坐着飞车……总之，战争中运用的不同手段在科技程度上相差悬殊，更说明了他的编排正处于混乱状态。可恰恰也就是这种混乱，使他获得了更大的自由。

他说得有趣极了，大家一会儿发出"喔！啊！""啊哟，他妈的！""混蛋，真是大混蛋！"之类的喊声。每个人都忘记了一切。高潮一次又一次来到。也就在这时候，我发现诗人做出了一个奇怪的动作：他扯住藏青色的衣襟，猛地一拉，发出了啪啦啦的响声，衣怀一下子敞开了。原来他的衣服钉了一排暗扣。随着这啪啦啦一声，胖胖的肚腹完全袒露出来，油光锃亮，像他的脸膛一样，都是黑红色。他两手拍打肚皮的时候就发出了乒乓声，伴着吟唱、数叨，真是显得格外来劲。

一会儿他的脸上满是汗珠，一首诗吟诵完了。

大家鼓掌、跺脚，看着他大口喘气。

只是一会儿，有人就喊着他的名字，让他再来一段，再来一家伙，快些，再来！

我也跟着喊起来，忘记了一切，忘记了对方刚刚经过了一场激动，十分疲劳——人们在索取快乐的时候总有点儿贪婪，我也一样。

他显然没法马上满足大家，他在喘息。后来他蹲下，坐在了半截土坯上。这时他又变得和大家一样了，笑眯眯的，懒洋洋的，显然不准备"再来一家伙"了……

就这样，我记住了这个人。

当时，我只知道他是一个说快板的，一个"嘴子客"，一个头脑特别机敏而又多少有点儿失了正形的人，却没有想到他是一个诗人。要知道在平原上，一个男人的本分是田里的劳动，一个好男人要有劳动方面的超绝技能，因为他要忙生活，要顶着一个屋顶，率领一个家庭；他对于妻子和后代的责任，就是不仅能让他们在自己身边幸福，而且还要给他们打好未来生活的基础。像我遇到的这个诗人，他的嘴巴和头脑没有为他获得任何物质上的利益，所以人们在内心里并不看重这样的人——虽然要时时想起他，需要他。因为人们也可以忘记他，忘记他又不影响自己的生计——像那些村边的树木，某一棵因为长得特别高大或特别好看，他们有时候就会想起它，偶尔还会拿来夸耀。但这些植物，它们的命运，毕竟还不能与村民的命运连得更紧，二者之间也难以找到切近的因果关系。他们很容易就忘记自己在酷热的正午要在它的阴凉下获得宝贵的歇息，或在这儿思索，倚靠；他们更不去想：整个村庄都因为这些植物的生长而变得美丽，变得让人更加向往。这些树木与他们的村庄在平原上构成了非常和谐完美的存在。

当我长得更大一点儿，懂得了一些事情之后，开始用研究和探询的眼光来看待这位农民诗人了。我开始有了"诗"的概念，并且在正视这样的一个现象。我想了解他识多少字，他那些脱口而出的像泉水一样奔流的妙语到底来自何方？是来自心灵，还是来自他的记忆和阅读？探询中我终于明白了，他一个字也不识，是真正的大老粗，连自己的名字都写不好。而他吟诵出的那些词句，一大节一大节从没有人记录过。有的他自己能记住，有的时间一长连自己也忘记了。而且其中的一部分，的确是他在参加晚会或到别的什么地方听来的，比如快板、数来宝之类。农民诗人当然没有什么版权意识，他并不认为由自己拼凑改装和转述会是一种抄袭。但可贵的是他在转述过程中总要做重大修改，大把大把掺进了自己的喜乐哀伤；他把它们串在一起，结果原作就给搅得混乱而有趣。比如说我小时候听到的那一场长长的吟唱，就是这样的产物。

时至今日，我后悔的是没能够帮助他，帮他把那些复杂多变、令人眼花缭乱、其产量大得惊人的吟唱记录下来。晚了，一切都晚了。他随着年龄的增长，吟唱的数量越来越少，记忆力也自然而然地开始减弱，诗句变短，美好的段子也在遗忘。而这个村庄里最喜好听他吟诵的一些人，也在开始死去；剩下的一些人，他们只能记取一点点片段和个别的句子；因为那些吟唱毕竟不是来自他们的心灵，那是别人的，是他的，是那个五短身材的贫困的人。

这里必须指出：诗人一般而言是必要贫困的，农民诗人更是如此，或者说农民诗人也不例外。在城市,甚至在国外,也并没有多少特别富裕的诗人。变质的诗人可以过得马马虎虎,纯粹的诗人好像就必要忍受贫困。像我所看到的这个诗人,就是这样。我进过他的院落、土坯房,亲眼看过他的生活。他的房子甚至没有砖石做的墙基,瓦顶刚刚换成,前不久还是草顶;土坯院落上,是没有上漆的一扇薄板门——而在不久以前这还是一扇柴门;泥院坑坑洼洼,上面满是鸡粪和草屑、一些灌木枝条……我不知这样的小泥坯屋,一旦来了大一点的雨水会不会坍塌。好像这儿近些年不曾出现过那样的雨水。

我曾在诗人热乎乎的土炕上攀谈过。当我郑重地请他把那些我印象当中最有趣的诗句复述一遍的时候,他显得作难了。他说得断断续续,远远不及在田边和村头那么精彩。我知道他需要激动,而我唤不起他的那种激动;他需要迎合,需要刺激,需要群情振奋,需要这种所谓的"场"来给予刺激和配合。

尽管如此,他还是吟出了很多。我问他那些听来的部分——如何记住?为什么能够听到一次,就几乎一字不差地转述?他的脸红了,好像我是第一个指出他是"听来的",是转述。他说:那怎么会忘呢?那比自己编还不是容易得多!我当时听了觉得有道理,可后来一想还是费解——这需要多么好的记忆力,这简直有点神奇了。但我又想,这种超群的记忆力可能更多地来自他对一种艺术形式极度的出于生命本能的挚爱——是巨大的挚爱才让他焕发出巨大的捕捉力和记忆力——他觉得听到的这一切是如此有趣,简直不可多得,也就紧紧揪住,使它再也不能失去……这个情形在一般人身上也同样可能发生。

我指出他是一个名副其实的农民诗人,是指我亲眼所见、亲耳所闻,特别是身临其境的那种感悟和判断——我知道他会沉浸,会感动,会深深地感动;他会追逐一种意境,用自己所习惯了的形式来加以表达。而这形式更为直接明了,更能达到他所神往的那个境界。有时候,他的吟唱还具有一种史诗意味:这正是生于民间、土生土长的一类艺术家的共同之处。他们编年史式的诉说和记忆,有时候会不知不觉地踏入史诗领域。

一个宗族，一个村落，一个地区，所发生的一些大事，险峻、怪异，值得被后代人所记起的一些事物的关节，都在这种吟唱中被如数地穿起。他们在诗的丝线上娴熟自如地拨动那些彩色的珠子，一串又一串。有时候他们添上一两枚，有时候他们减去一两枚——一首长长的史诗就这样诞生了。而且他还在接续上去，没有头尾……这就是所谓的民间文学，所谓的诗和史的结合。

最后——现在——当我终于记起他来，终于让兴趣、好奇心以及工作上的闲暇凑合一起，催促我去认真探究和寻找的时候，才发现真正地晚了。农民诗人不在了。

他好像不是直接死于贫困，而是死于沮丧。因为后来电视机有了，通俗歌曲有了，牛仔裤有了，录像机影碟机有了，什么都有了，钱也有了——这是指周围的人——当他们一切都有了的时候，往昔那样的聚会也就没有了，村头和田边地垄的集体劳动也就没有了。诗人再不能把他的吟唱和冲动完整无损地交给身边的人，即便是他的妻子和三个孩子——他们也像别人一样忙，没空听自己父亲的"穷说"。他感到无处吟哦，就只能自言自语；偶尔一两次有几个听众，也不多。今天，他的吟唱更多换来的倒是嘲笑和怀疑的眼神。

这个时代，好像从城市到乡村，都无一例外地丧失了欣赏诗的能力。诗人寂寞了，沮丧了，后来也就死去了。

他死去很多年之后，人们好像才突然记起了什么，有人一打听，他们立刻一齐大声感叹：他呀，那个人，哎呀，不简单！

就这样一个不简单的人，当年却没有人帮过他，不论是物质还是精神，都没有给予他什么援助。真的，他是寂寞而死，忍受而死，特别是——沮丧而死。他对许多许多都感到沮丧。如果我能及时赶来倾听这吟哦，就一定会听到他吐出的沮丧的内容、沮丧的节奏……这同样是诗。没有了，来不及了，我赶不上他的吟哦了。

我去看了他的坟头，很小，在荒野里孤零零的。奇怪的是这个村子的坟头大致是垒在一处的，那是所谓的族坟地；而这个诗人明明属于他们一族，坟头却孤零零的。它这么矮小，上面的荒草长得稀稀疏疏——好像荒草也不愿到这儿来生长。我不知道，也不想问。生前给别人带来那么多享受和欢乐的人，到了晚年，特别是死后，却要如此孤寂。

看来，现在，即便是另一个世界的人，也不需要诗了。他们不需要一个人激动的吟唱，不需要倾听。

不知是后人的决定，还是他生前的遗嘱，让其做出了这样的身后选择：孤独。

盯着这个坟头，蓦然想起了他的音容笑貌：激动的样子，头颅向上仰去，眯着眼睛，嘴巴颤抖；他黄黄的脸色——还有，我仿佛在什么场合见过他头上捆过一条土黄色的粗布……这个平原上的人是没有这样的衣着习惯的，但我越来越认定，没有错，他头上的确系过那样的粗布：这使他看上去更像一个弄小杂耍的，愈发滑稽和无足轻重，不过也更加让人难忘。

我长久地看着他的坟。我在想：如果有人把他所有的吟唱都记录下来，那该是多么了不起的一个长卷。那种丰富、瑰丽、斑驳，是足以让好多领受风骚的所谓大诗人感到脸红的。

真的，我见过这样的一个人，我跟他交谈过，他的家在一个叫"灯影"的地方。我现在不过是记下自己所看到的一个奇迹，如此而已。

失冬雪

记忆中那个犄角，那个平原，特别是近海平原上那漫天铺地的大雪，是非常令人害怕的。有时简直不敢回想。可是后来，越是接近现在，越是怀念那样的大雪。

好像那时候更像冬天，那才是真正的冬天。大风，大雪，雪的山冈，雪的茫野，雪的故事。这是欢乐的故事，也是悲惨的故事，不敢回想的故事。我很难划一条界线，指出从哪一年开始，我们失去了那样的大雪。不过真的会有一条界线，跨过这条界线，就进入了无雪或少雪的冬天——直到现在。

而界限的另一边，仍然是漫天大雪……雪把一切混淆了，弄成一个颜色，铺展到天边，而且融化得很慢。整整一个冬天都是雪的世界，洁白的世界。春天来得很慢，但春天真正有一场大融化，大复苏，有一场冷热大置换。在暖流扫荡了一片寒冷堆积之后，烂漫的鲜花开放了——那该是怎样振奋人心的一件事情。

就在那条界限之后，一切都截然不同了。整个犄角上漫成一片无边无际、像海洋一样的鲜花没有了，它们变得寥寥无几。雪花和鲜花之间好像有着某种默契，做着历史的配合似的。失去一起失去，稀薄一起稀薄，丰盛一起丰盛。在失冬雪的同时，我们也可以说失去了鲜花，失去了一个盛大的春天。现在的春天温温吞吞，不急不躁，不浓烈，也不激昂，平平淡淡地开始了。是的，没有冬天的峻厉和残酷，就没有春天的浪漫和温暖。总之，让人铭心刻骨的东西，正在渐渐丧失。

这或许是一个时光运转造化的神奇隐秘的规律。可叹人生短暂，我们无力做出这种大观照，只得在记忆上寻找一点对比，发出一点慨叹而已。斗转星移，光年计算，古代蛮荒与现代文明，石斧石镰与计算机软件——这当中经历了多少，转化了多少。这一切绝非个体的生命所能够把握。

在这儿我只是回忆小时候的新鲜记忆、新鲜视野；是那个时候所摸到、感到、看到的一切，是其中的一件，比如说再平凡不过的雪。

记得傍晚只要看到天气不好，家里人就赶紧把一张锹收到了屋子里。为什么？就因为一夜的大风雪会把屋子埋去半截，门窗堵塞，人出不了门。这时候如果没有一把锹，该是多么危险和费事。我记忆中常常就是雪满院落，窗户堵塞大半，怎么也打不开门。那时候就得费力抽开门闩，从门缝里伸出铁锹，一点一点铲，一点一点活动，渐渐门扇开了半个；再铲，直到铲出一条通洞，一条雪的隧道。这样钻出门去，哈一口气，又冷又热。

愉快是孩子们的愉快，蹦跳呼喊，在白雪地道里游走。慢慢，许久了，如果我们不是自己把这条隧道捣破，那么太阳就会在上面留一层融雪，夜间再变成一层冰的硬壳——雪的隧道要过很久之后才会被太阳搞上一个溶洞，开一个天窗。

在海边，除了密密的丛林，再就是风和水的通道，大雪的通道。雪随着飓风奔涌，它们攀上沙岭，或干脆形成另一座高岭。而雪岭白天被太阳融化，夜晚又被寒气封住，这样交替的结果就是形成一座硬壳雪山，让我们在上面攀登、打滑，从这一个上坡出溜到那一个下坡。就这样滑动，哈气抵御寒冷，最终耳朵、手背和脚全部冻坏。我们就在这种多趣和折磨中挨过了童年的冬天。

冬天的乡村和原野，大小城镇的交通中断是再正常不过的事情。仿佛在当年交通没有变得像现在这么急迫和必要，现在如果有两三天交通完全中断，会造成多大的损失，成为了不起的大事。而当年几乎没有听说过这方面的焦虑。封路了，人们就抄着手偎在家里烤火，读一点儿书，讲一点故事，到近一点的地方勉强走动走动。最后实在忍不住了，才有一些人呼喊几声，领人带着铁锨或其他家什走出屋子。疏通道路蛮有趣，那时像切大豆腐一样，一块一块把厚厚的雪切开，再一方一方运到田里。一条窄窄的路就这样开通了。刚刚通了路人们就急于行走，快速地行走，不停地走，到深夜再顺着这样的路回家。

大雪常常把路边的井、田野里的窟窿，如数封住，于是就常常发生一些跌进雪窟窿里的悲惨事故。那时候走路都要带一根长长的木杆试探，探到沟渠、窟窿、水井等，就赶紧躲开。那时候的飞鸟和动物真是遭殃啊，它们很痛苦，要忍受寒冷和饥饿。这时候麻雀跑到院子里，我们就赶紧扬出高粱和玉米、饭菜渣屑，给予施舍。

因为很久没有看到那样的大雪，于是不再抱有希望。如今的情况是，常常整个冬天只落上薄薄一层，落上一两次、三四次就已经蛮不错了。没有大雪的擦洗，天空，即便是原野海滨的天空，也要变得脏乱不

犄角：人事与地理

堪。要知道今天的犄角平原已完全不是昨天，滚滚浓烟需要更多上帝的抹布。而大雪就是最好的抹布。没有了，上帝收走了。上帝也很吝啬。

记得有一年我在外地，从犄角上来了一个客人，他一见我就马上瞪大眼睛，像报告一个重大事件，说：快回去看看吧，多少年没有的大雪了，完全像过去一样了！他伸手比画了一下。记得他是在腰部那儿比画了一下。我也给震惊了，这么说一场深到腰部的大雪又开始降临那个平原了。

正好有事情，我就随他一起回到了故地。越往前走越是失望。齐腰深的大雪在哪儿？的确有一场不算太小的雪，但顶多也只小半尺。由于没有风，大雪很均匀地铺在地上。见不到过去那种高高耸起的雪冈，倒是平坦、安静地盖了一层。还好，几天过去之后，这雪并没有减去多少。要知道雪原的融化在冬季非常困难，只有到了春天才会加速消失。

一直往前，从犄角的东南部往东北走，然后到达从小生活过的那个海滨。

那里的雪也没有大上多少，仍然是不足半尺。我笑了，后来我谅解了。完全是出于对过去的记忆和某种企求和盼望，朋友做了夸张。这不过是一场中雪或大雪，很平常——在过去很平常。

尽管这样，我仍然在为这场雪庆幸，因为值得。要知道我们在失去冬雪的同时，也失去了夏雨和春雨。一般而言，我们这儿越来越干燥。失冬雪意味着什么？意味着失去丰饶，失去清洁，失去季节，失去一些带根本性的宝贵的东西。

所以我很害怕。我常常害怕地想到这种失去。

祷告

因为浅薄无知，很早以前我对于祷告，对于那些忙于祷告、遇到某种场合就一定要祷告的人，总是报以游戏和嘲笑的态度。他们的这种举止究竟包含了什么，意味着什么？它与生命的关系……我却很少思索。实际上我是没有能力去做这样的思索。

直到后来，直到前几年，我在这个犄角上遇到了一位可敬的老人，听到了她的祷告，才感到了什么。我觉得内心里有什么在摇颤。我想说，我有了一次非常重要的经历。这个经历甚至可作我的某种纪念。

长期以来，我们很难在宗教与迷惘之间做出判断，很难在有神和无神之间做出判断。实在讲，这种判断直到今天对我来说也是非常困难的。

老人七十多岁，十分健康。她的全部都是积极的、向上的。由于有了这一切，她的人生在最困苦的时候也显得不那么困苦。她一生所经受的煎磨，是人类经验中所认定的那种最可怕的煎磨，不仅贫困，还有屈辱，有各种各样的挣扎。这些都难以细数，但有一点可以肯定，她从未屈服，也没有简单地忍受，而是在信仰的指引下，坦然向前，勇敢面对。就这样，她料理好了自己和身边人的生活，帮助了他们，同时也帮助了自己的灵魂。这漫长的人生经历，这种有神的岁月，使她的双眼放出明澈自信的光，那更是善良的光。

她顽强地向我做出规劝，引导我，但并没有强迫我。她是一个信徒，却并不妨碍自己与那些心中无神的人的正常交往，尤其是不妨碍她向他们施予善良与恩惠。

她衣着简朴，为着一种使命，风尘仆仆地来往于城镇乡村。她蹬着一个三轮车，从城市的中心向海滨进发，一口气可以行驶二十多公里，到她要去的村子里去传播认识，去送达神的意旨。

当她的亲人病了，或者是谁遇到了艰难险阻——她的孙子、她周围的人、朋友，或者毫不相干的人，她都会在心里为他们祷告；为民族、为国家，她祷告；为天运时势，她也祷告。从巨大到细小——说起来也许没人相信，她都为之祷告。

有一次我的电脑出现了故障，那么急于排除却又不能。当时我身处偏僻之地，找不到一个专家。我一筹莫展，真是抓耳挠腮，焦头烂额。就在这时她知道了，立刻从很远的地方赶来——她一进门就充满深情地看着我的电脑，然后开始了祷告。

她说："电脑啊，电脑啊，你呀……"她用这种口气开始。当然她仍然要说到她的神，而且重要的是说到了我——说我是一个善良的人，神对我的拣选和爱……她寻找一切理由诉说。

我被感动了，这感动变得越来越深长。

临走的时候，她让我相信，让我等待；她说一切都会好的，让我增强自信。最重要的是，她让我面对这一困难，在任何时候都不要颓丧和失望，让我多想办法，行动起来，振作起来。

她说对了，几乎一点也没有错。

她走后，当然，电脑故障仍在；不同的是由于她的祷告，我的颓丧没有了。我开始变得轻松，携上它迅速离开。

后来当然是找到了一个人，当然是他帮我排除了故障。

如果没有那个老人，我是不会这样做的，我只会弄得一团糟，会把身边搞成一团乱麻，会像过去一样用拳头去擂我的电脑——而因为她的缘故，我却能用慈祥的目光看着这个曾经给我很多欢乐和帮助的辛辛苦苦的电脑。我看着它，知道它有生命，它仿佛正与我对视——它祈求我的帮助，它病了。我不能拳打脚踢一个病人，不能对它粗暴。就这样，我伴着它，坐着我们的"救护车"去找"医生"，找"医院"……这就是整个过程。

我现在进一步认定，对于时下、对于我们所处的这个完全陌生的"现代"，无论对于有神者还是无神者，祷告都是一件善事。祷告有时候是勇敢的——不，许多时候是勇敢的；祷告让人坦然、虔诚、善良。信仰本身是伟大的，我们如果陷入一个没有信仰的群体，那其实是很不幸的。

信仰是多种多样的，多种形式的。信仰是一种纯粹，有了纯粹也就有了信仰。在这里，纯粹可以带来各种各样的祷告：有声的、无声的，有形的、无形的。纯粹的人才可以创造，可以生育，可以硕果累累，更可以健康，可以享用和欢乐。因为纯粹的人知道这一切意味着什么，它的源泉在哪里。

正是这样，我会一直记着这个老人，记着她祷告的声音。她是我生活中的又一面镜子。

我的这个认识将使我走向深刻，而非其他。

1999年6月1日

1999年6月24日二稿

松浦居随笔

葡萄园

我不知还有什么比一座葡萄园更好。拥有这样一片园子将是幸福的。它是生机盎然和甜美的代名词,是和平与安逸、勤奋与劳动的代名词。如果这片葡萄园在半岛地区,享受了湿润的海风和明丽的阳光,那么简直就是无与伦比的美好了。什么人拥有这样的一片园子更好?首先是种植葡萄的行家里手。半岛上有许多这样的人,他们的一辈子劳作就为了北风吹出的葡萄香气,为了人们口中的甜汁和酒厂的佳酿。他们因为日日操劳而变得肤色黢黑,脸上闪着光亮。

如果一个读书人做了葡萄园,那可能也是上上之选。为了不致太孟浪,这样一个人最好和老葡萄把式合伙干,这样才稳妥一些。这种工作不像想象般的浪漫,它甚至一点都不浪漫。这是一种辛苦的农活,也是技术含量很高的园艺。如果只看到一片茂盛的葡萄树而忽略了其中的奥秘,那是太天真了。以为施用了充足的肥水就可以享用适时而至的收获,那也太过奢望了。这是古老而神秘的种植,从地球的另一面算起,关于它的记载汗牛充栋。圣经典籍上的尤其要注意,葡萄园会被学贯中西的人士看成某种象征。这个意思自然是存在的。这不是书生意气,更不是偏见。有葡萄园的地方该有完全不同的气氛,似乎属于另一种生活。这种生活质地甚至在现代工业化浪潮中也无法改变。

大量收获物都运到了酒厂。这是葡萄的合理归宿。也有一部分运到了鲜果市场上，由包着头巾的妇人看护和照料，向客人时不时地夸耀。葡萄产自哪片园子是重要的，葡萄摊前的人从不忘申明这一点。有一些很大的园子工业化的痕迹很重。这除了它与酒厂有一种联合的关系，再就是整齐划一的机械化操作、一望无际的矮架，一切都给人这样的感觉。现代化的工业生产形式将古老的葡萄园的诗意冲洗净尽，这里就像大农场上等待大型收割机的麦田。

开进畦垄里的小型施肥机、一架架自动喷雾器，都向人展示了规模生产的最新方式。这样的葡萄园告别了古老的诗句，也从圣典记录中剥离了。我们在心底奢求的那种葡萄园还有吗？它在何方？在半岛地区的确还有一些小型的葡萄园，它们安安静静地待在一些角落，同样茂盛或更加茂盛。由于拥有园子的人往往把这里当成了自己的家，所以总有一幢不大的屋子，有水井，有碓房，有看护园子的狗和无所事事的猫。这儿鸟雀比较多，它们好像更喜欢这里的烟火气，这里的错落有致。它们或许在这里看到了古老记忆中的园子。

小型的葡萄园一般并不使用中、大型机械，所以并没有统一的矮架，而是矮架与高大的棚架兼备。比如那些园中的宽道就由高高的棚架罩起来，这样既可通行车辆又可收获果实。这样的棚架使园子看上去更加神秘庄重，增加了层次感和立体感，绝不像一片矮架那样单调，一览无余。一座园中小屋就紧依在一道道棚架旁，像童话中的情形。绿色移到和攀爬到高处，人们可以更好地享受它的荫护。夏天和秋天都是这里的好季节，园子凉爽、繁茂，朴素而静谧。每一座这样的园子都有花椒之类的矮树围成的栅栏，上面还有密密的蔷薇或凌霄。这是一道厚实的彩色镶边，加强和美化了一座葡萄园的概念。

侍弄这样一片园子，因为更多地依靠传统的手工，所以会更加辛苦。这辛苦本身也透露出一点古典信息。辛苦是愉快的组成部分，正像劳动是幸福的组成部分一样。夜晚，点亮一盏桅灯，在小屋的白木桌前记下一些文字。粗手捏住小小的笔杆有些吃力,但显然有力了。一笔一笔划在厚厚的笔记本上,像是刀子刻字一样。许多事情需要写下来:园子里的事,往事回忆,某本书,对朋友的思念,愤愤不平的心绪。很多很多。只有葡萄园而没有记述,这对于某些种植者来说是极大的缺失。除了夜晚还有雨天,只要是不适宜在园里劳作的时刻,种植者都要在屋子里书写。

消逝的灯火

现在的灯比过去更亮,也更多了。城街的灯璀璨逼人,形状各异,是现代城市最得意的装饰,已经超出了实际照明的需要。这是一种浪费,还是适得其所的艺术,还得好好讨论一下才好。增多的灯饰使一切场所变得更亮,在给人方便和享受的同时也似乎有了另一种不适。白天无阴之日就已经很亮了,夜晚如果太亮,就使日与昼的区别减少了。我们还会想念朦胧的灯火,想念街巷里的阴郁感。大树滴着夜露,月亮爬上来,地上的一层荧光。这一切都会被强大的现代照明给破坏。

另有一些灯火消失了。它们曾经也是先进和文明的象征,不久又成为落后的代表。煤油灯、罩灯、桅灯、油气灯,它们当年使人产生了多少惊喜,连关于它们的回忆都是温暖和亲切的。在野外,那些远远闪亮的灯火可能是看林人的煤油灯,也可能是鱼铺老人的桅灯。在瓜田里,看瓜老汉的灯也是桅灯,它就挂在草铺的柱子上。神秘可人的夜之原野,有多少美好的感觉是源自这些闪烁的若有若无的灯火?如果没有它们,那么原野就是空洞的,没有眼睛的,没有召唤的,夜晚的点点灯火从遥远处透出来,那是多么好的安慰和期许。只要走近它就有故事,有水甚至有吃的东西,有未知的一切。孩子们像天上的星星一样单纯,他们不会过多地想到其他危险,而只会热情地兴冲冲地走过去。如豆的光明也有更大的感召力,他们只需迎向它。鱼铺里的老人是最有意思的,他们让童年百读不厌。老人日夜伴着海浪,听着噗噗的声音,孤独了只会抽烟喝酒。太孤独了,所以他们的酒喝得太多,烟也抽得太多。他们的酒气直顶人的鼻子,见了小孩子两眼发亮,像打鱼的人发现了大鱼。他们捉住小孩,想让他哭。小孩不哭,他们就掀开羊皮大衣,把他收到衣襟内,然后往他头上喷出浓浓的烟。一番捉弄之后,小孩就哭了。为了哄得小孩止住哭声,他们就拿出鱼干和地瓜糖之类,小孩就笑了。

之后就是讲故事,讲有头无尾的妖怪的故事,小孩又吓哭了。看林人的铺子比鱼铺高大,主人个个有枪。他们的故事总是与枪有关。这些人的枪筒子上堵了一撮棉花,这个印象让人永远不忘。看林子的人身体比鱼铺老人强壮,因为他们常常要离开铺子去林中追赶什么。这些人到了夜晚就把大狗唤进铺子里,让它挨紧他睡觉。大狗偶尔抬头谛听,嘴里发出一声:"唔!"大人就丢下一句:"毛病!"大狗于是又垂头睡了。主人讲故事时,大狗又抬起了头,听着,再高一点抬头,叫:"唔?唔唔!"主人于是说:"又来人了。"他迎出一看,又来了几个少年。瓜铺里的老人烦烦的,把一切夜间来玩的人都当成了不怀好意的人。他们吝啬之极,这是职业的特征。来的人逗他说:"口渴了,给咱点水喝吧!"他说:"喝水水不开。""那就给咱个瓜吃吧!"他恶声恶气地说:"吃瓜瓜不熟!"不过他偶尔也有高兴的时候,那会儿整个人就像全变了似的,轻手轻脚出去一趟,回来时就抱着一个又大又亮的瓜。在灯光下,这个瓜真好看,还散发出浓浓的香味。他不是用刀,而是用拳:嘭一声将瓜击碎。不规则的瓜片格外甜。看瓜老头说:"知道吗?瓜一沾了刀,就有一股馊味儿。什么都不能沾铁器。"

桅灯是野外才有的,它不怕风。它挂在木柱上,提在手上,无论怎样都让人喜欢。

我有三十多年没有见过桅灯了。

一些美好的树

相信人人都有关于树木的记忆，或一片，或一棵，或几株，是它们的故事和印象，甚至是一份情感。它们大半在远处，在依稀可辨的遥远之地，或早已经模糊了，消逝了。一些美好的树留在了昨天，在原地，而我们自己移动了。有时候正好相反，是我们自己留在了原地，而树木离开了，不见了。

总之我们与它们的故事，是分别离散的故事，是伤感的故事。这种分离往往是人间最不幸的，它或许根本就不该发生。想想看，当我们离开一片土地很久之后，归来时一眼又看到了它们待在原地，那是怎样的欣喜。这时会有一句滚烫的话在胸间泛动：又回来了。它像昨天一样沉默、含蓄、深情，也像昨天一样细语和注视。你想听清它的每一句话，你抚摸它，亲近它。它从不主动对你说些什么，现在仍旧如此。但是它镇定自尊地站在那儿，满怀期待或一无所求。

我还记得少年时代的那片白杨。它们高大，洁净，挺立在白色的沙滩上。每一株都英姿勃发，树干粗粗的，泛着鸭蛋青色，叶片油亮。它们相互之间并不密挤，而是恰到好处地疏离，相距有五六米或十几米不等。它们组成了不大的一片疏林，自成一个世界。这是我度过了许多美好时光的地方，我迷恋关于它们的一切。冬天春天，夏秋，它们都有自己的故事，自己的表情和模样。洁净的沙地上偶尔走过一只小虫，它在树下徘徊一会儿，然后就沿树干爬向高处。蝴蝶飞来了，从这一棵飞向那一棵，亲近过一株白杨才离开。有五个大喜鹊窝建在了树顶，这些一尘不染的大鸟与这些白杨是最好的朋友。牵牛花开了，一朵朵仰向天空，似乎要与高大的白杨对视。如果穿过这片白杨树往西北方向走，大约是五六华里的地方，还会遇到七棵高大的橡树。人们都说这七棵树是年纪最大的了，到底多大年纪谁也不知道。它们是兄弟七人，从很远的地方走啊走啊，一直走了几千里，直至看到了这片沙滩。它们大吸一口清新甘甜的空气，看看脚下和四周，决定就生活在这里了。它们驻足不前，从一棵棵不到碗口粗的小树，长成了如今这样的苍劲大树。它们不像白杨那样笔直，而是略带弯曲，看上去就像探身说话一般。它们相距也有五六米的样子，每到了风大起来，就要大声地费力地说话。它们是兄弟，它们总是有说不完的话。

在我的心目中，没有什么树比橡树更严肃的了。它们黑黑的粗粗的皮肤，说明这是一种在风霜里毫不畏惧的生命。它们一律都是男子汉，刚直，坚定，眼神沉重。树木像人一样，有目光。我试着感受过不同的目光。柳树的眼神是顽皮的，白杨的神色是温暖的，槐树的眼睛是闪烁的。橡树有时严厉地看着我，让我小心翼翼地挨近它，或退开一点。但我喜欢它们，有些离不开它们。我每隔几天一定要来看望这七棵橡树。我们居所正北方是园艺场。在场部的边缘那儿有东西两排大银杏树。它们奇异而旺盛，漂亮极了，那么神奇的叶子，简直是画出来的一样。我看过了多少树木的叶子，就从来没见过一种叶子像银杏的一样美丽。每一片叶子就像一面小小的扇子，又像一只小巴掌。它有均匀的掌纹，有涩涩的手感。银杏的表情就来自叶子，这叶子是娟秀而羞涩的。银杏树从我第一眼看到就是那么高大。它们一定是先于我很多年来到这片沙滩上的，那时这里可能是清静的，没有多少人烟的。它们见证了这里的一切，将所有的故事都记在心里。我不知道它们与那片白杨和橡树是否互通消息，只知道不同的树林是难以相见的，因为它们无法像人一样移动，只要生在了那里，差不多也就要待在那里一辈子，直到生命的结束。

我认为银杏树全都是女性。它们温柔细腻，有和善的面容。它们的身材高爽而美丽，几乎比人世间一切的生灵都要好看。是的，植物和植物、植物和动物，所有的都可以比较，比性格，比容貌和身材，比力气和品德。当然这种比较是十分困难的，有时真的难以判断。比如一只洁白的小羊和白杨之间，它们谁更洁净和可爱？再比如一头青牛和两棵橡树，它们谁更有力和顽强倔强？还有，我们班新来的女老师，她不知为什么越看越像一棵银杏树。

在离我们家不远处有一棵紫叶李。它长得有屋檐那么高的时候，简直茂盛到了极点。叶子浓浓的，枝条疏密有致。我几乎每天都要从它身边走过，除了高兴也没有什么其他的感觉。可是这一年夏末的一天，大约是黄昏时分，我正从它的西面走来，当走到它的旁边时，突然就将脚步放慢了。我在看它，渐渐一动不动了，我觉得它太美了，太可爱了。我这时才意识到：我爱上了这棵紫叶李。一连许多天，我都要远远近近地望向这棵紫色的树。我甚至觉得我们之间彼此拥有。我有许多话要向它倾诉，而它也不停地向我诉说。我在依偎它的时候，感受到了来自它的痒痒的抚摸。那时我已经清晰无误地明白了，这是发生在人与树之间的一场爱恋。这也算初恋。

时光飞逝，转眼十年、二十年过去了，三十年、四十年过去了。我走向远方，树木们留在原地。我向它们告别，然后一步步远去。我在几年后也曾回过那片沙滩，那时就有一次难忘的相逢。后来我越走越远，返回的机缘越来越少。我在异地他乡特别想念那棵紫叶李。我想念我的白杨林，七棵橡树和一排高大的银杏。我想念所有的树。直到有一天，我又一次归来了。这是可怕的遭遇，因为那无边的沙滩上所有的一切都在改变，时代之劫终于开始了。我看到了塔吊、围墙、人流。唯独没有了树木。荒原被剖开，一条条壕沟里是铁锈色的水，让人想起血汁。那棵紫叶李早就没有了，我甚至无处指认它原来的、具体的生长之地。七棵橡树没了，一排银杏没了，一小片白杨没了，一切都没了。那些可爱的树都没有了，人世间的杀伐是如此惨烈，以至于没有留下什么。当几十年过去之后，谁能在故地找到记忆中的大树？一片，一株，一丛？都没有了！

管理一片林子

看来我这一生是没有这样的幸运了。人生来可以做许多工作，它们对于一个人的意义是多么不同。比如说如果有这样的机缘，我能否拥有和管理这样的一大片树林？拥有是一种自由，是为了更好地管理；不拥有而管理，那也不错，但会发生与管理者的意志相去很远的事情。那将十分痛苦。这片林子很大很大。多么大？开车或骑马走上一会儿才行。树木很高大，树种很杂，有的地方稀疏，有的地方密挤，密挤处望上去黑乌乌吓人。有林中空地，那是到了冬天泛出金色的草地。所有的植物都长得健硕生旺，因为这片土地太肥沃了。剖开泥土就是油黑发亮的所谓膏壤，有一种沃土才有的美感逼近。林中气息厚重而沉郁，是大林子大树木大沃土才会滋生孕育的，走贫瘠之地是绝不会有这种嗅觉感受的。柳树林有一种闲适感，让人想起春天，想起朴素的民居和不远处的庄稼。松树沉穆踏实，冷，和冬天的意象混在一起。多么好的威严的大橡树，至少有五十年的树龄，苍黑的枝干给人无以匹敌的力量感。没有大橡树就让人想不起北方，想不起严肃的辽阔的北方。最美的树木大概是白杨，它的挺拔和树干的颜色，都像英气勃发的一个青年。白杨既不过分严厉，又没一丝嬉闹，温煦而庄重，是最舒展最优雅的树木了。

　　这是一片北方的树林，大部分树木冬天都要落叶。在秋天的苍凉里，如果没有风，就会感受一种异样的肃穆。即便是夏天，浓重的荫色深处也不会有令人烦恼的湿热。林子里时常看到深棕色的兔子，还有在枝叶下闪烁一双美目的狐狸。黄鼬胆子很大，许多时候并不怕人，在离人十几米远处提起一对前爪观望。野鸽子在远处鸣叫，这使林子变得更加幽深。

　　有一条浅渠从林子里流过，清澈见底，渠边长满了长胡须般的草叶，那里藏了各种鱼。一些大一点的鱼如河鳗在渠底无声滑过，水面的小蜻蜓循着鱼迹飞过。渠水在最茂密的杂树林那儿拐弯，旋出小小的半月形的沙地。这片沙地洁净得一尘不染，是最适合驻扎帐篷的地方了。在不冷不热的中秋，一顶小帐篷坐落在渠边。帐篷里有折叠床，有一些日用杂物，有老茶和烈酒，还有一只装满了书籍的木箱。在帐篷处边一点，离开渠水三五米的地方有一只炉灶，它用来兴炊。老茶煮得发黑了，浓浓的香气一直飘进帐篷。帐篷离林中小屋有六华里。那座小屋才是主要居所。小屋由老树桩做墙，内壁涂抹了厚厚的草泥；屋顶是用苫草做成的，风雨把它洗成了苍黑色。院墙由碗口粗的木桩和砖块一样厚的木板围起来,将小屋和一旁的碓房绕在一起。鸡舍也离得不远,它们需要依傍着主人。鸡舍旁的一条小路连接起一片空地,那里是一个打理得很好的菜园,里面的豆角和韭菜长得油旺旺的。

在这片树林的东南部,有一块更大些的空地,那里经过了几年的操劳,已经成为一个人人羡慕的葡萄园、一个小果园了。这是林子里的大芳香和大甘甜,是让林子主人最骄傲的地方。主人有几个帮手,这些人和他的家里人是同样亲密无间的。从形貌上看不出哪个才是主人,因为林中生活让这些人变得皮肤一样,黑中透红。他们都常常打赤膊,绑裹腿,手粗,眼亮,口角常常被野果染上颜色。在靠近葡萄园处有另一处稍大些的屋子,它也是草顶,只不过是粗石做基的泥墙,窗户开得也大。原来这个屋子除了住人,还包括一个小小的葡萄酒作坊、一个豆腐坊。一条和善的大狗在屋子近旁走来走去。因为要在这片大林子里做没完没了的工作,所以每个人都很忙碌。这种忙碌也使他们心情愉快,只偶尔有些小厌烦,比如不小心被马蜂蜇了、一些有害的杂草疯长之类。常常有一些外面的人走入林子,他们一般都是采药人、养蜂人和猎人。猎人是不受欢迎的,结果总是被不无严厉地劝走。还有采蘑菇的,这些人都受到了和气对待。其实在林子里常年劳作的人最擅长采药之类,他们知道怎样医治自己的病,很少到林子外边求医。在外来养蜂人的帮助下,林子主人也有了几箱蜜蜂,于是也就有了吃不完的甜蜜了。

他们还尝试过做了个很大的暖窖,这样就能在冬天栽种嫩绿的蔬菜了。除此之外还试种过茶,结果失败了。说不定什么时候会有一两个有趣的客人。这些人来自天南海北,大致是主人的朋友。他们需要和林子里的主人席地而坐说说话,或者在木桌旁喝茶聊天。最受欢迎的礼物是客人的新茶和书,主人回报的大致是蘑菇和草药之类。那条日夜不息的水渠在林子北部积起了一个大水潭,经过林中人几个季节的挖掘修整,已经成为一个水面开阔的小湖。湖边林木蓊郁,湖心水浪微微,时不时还有跳鱼。夏天的小湖是大家的最爱,几乎每个人都能横渡湖水,顺便逮一两条鱼回家。小湖中有蛤蜊和毛蟹,有细细长长的银鱼。林子主人有忠诚的大狗,还有顽皮的猫儿。猫儿分别在主居所、葡萄园屋安家,还随主人蜷在帐篷里呼呼大睡。这是林子里最幸福的生灵,它一天到晚工作清闲,尽情玩耍,爬树或钻灌木丛,有吃不完的东西。所有的猫儿都洁净、聪慧,有一张俊俏的脸。

春天繁花,夏天浓绿,秋天果实,冬天冰雪。比起前三个忙碌异常的季节,冬天的林子要悠闲多了。不过在北方的冬天,的确需要好好对付这些极严肃的日子。大风吹拂几天之后,严寒就凝结在白杨树梢了。大橡树愈加沉默,它们脸色如铁。柳树、白蜡树、火炬松、苦楝、洋槐,都抱紧了自己的衣服。渠水结冰,一路结到那个小湖。小湖亮闪闪的,真的成了一面镜子。林子里的人有一两个会滑冰的,他们试着滑到湖心,听到嘎嘎一响,又赶紧滑向岸边。小屋是不怕严寒的,因为里面有一个泥坯垒成的大炕,它连了灶口,并且有长长的烟道通着墙壁的空腔。灶火燃起来时,半个墙壁都是热的。灶口上滚动沸水,煮了糯香的吃物。白天在暖融融的屋子里喝茶,讲前三个季节积累的故事,真是惬意之极。冬天的夜晚太长了,这样的时光被一盏枪灯照亮,让人尽情享受。该把自酿的米酒和葡萄酒端出来了,还有自制的鱼冻和香肠。

身上的热力

从心上漫开来,继而涌遍全身的一股热力,会让人坚持和不倦地去做一件事、做成一件事。这种热力是由生命力的强弱来决定的,拥有强大的生命力,涌遍全身的灼热感就会频频出现。这也可以看成是生命的冲动。但冲动的性质和结果是不同的,强有力的冲动会把一个人的行动推向很远。

随着年龄的增长,人会变得沉稳和迟缓。一般来说年轻人是更长于行动而少些顾虑的。从生理上讲年轻的心脏推动血流更有力,生命还是簇新的，外部的世界也是簇新的。一个人在渐渐走向衰老之后，会涌起多少年轻的记忆，总是回忆翻过的一座座山岭、跋涉的一条条长路。

为什么要动身？就因为心头一热，再也不能停息，于是就行动起来。去结识、去倾诉、去辩论，去劳作、去寻找、去歌唱。汗水浸湿了浓密乌黑的头发，迎着冰凉的北风毫不畏惧。这就是青春的优势，青春很少叹息。还记得那些黑漆漆的夜晚，因为月光还没有升起，所以丛林和沙地显得神秘吓人。听多了鬼怪故事，认定所有的鬼怪都在这样的夜晚。可是心口发热，这热力一点点散到全身，当从胸部扩展到双腿双脚的时候，也就再也按捺不住了。不管随时从黑暗里溜出的鬼魅，也不在乎荆棘刺破双腿，翻过一座座沙岭，穿过一片片丛林，还要过一条河，去对岸找一个能够聆听的人。这个人是少年伙伴，他能够欣赏我刚刚写出的这篇文字。

一路上想象着灯下诵读和倾听的情景，那是多么有趣又多么幸福啊。不记得还有什么比这样的经历更诱人，它可以深深地吸引我，并让我久久地记在心底。因为走得急促，我的衣服很快汗湿了，头发黏在前额上。月亮刚刚升起，黑影处有什么沙哑地叫了一声。不知是否看花了眼，好像有一只大鸟扎到了旁边的灌木中。天上的星光渐渐稀了，这个夜晚清明极了。

终于踏上了窄窄的独木桥。这小桥滑滑的，走到中间就颤颤悠悠的。因为心急和兴奋，我几乎是跳着跑着过了河的。小村紧紧伏在河岸不远处，差不多没有什么灯火。我多么喜欢这样的小村和夜晚，甚至喜欢它的气味：有一股白杨花的气息从小巷里飘出，一直钻到鼻子深处。鸡鸭入窝了，它们为了缓解一天的辛劳而不断发出哼哼声。狗打哈欠的声音尽管不大，但十分清晰。猫在院墙上守候了一会儿，开始扭动着走路，偶尔止步，自信地望着远方。敲开了朋友的门。啊，不吭一声，一只手搭到肩上，就接通了最隐秘的暗号。我们急急地奔到小屋的东半间里，脱鞋上炕，炕上有一面小木桌，桌上是如豆的油灯，我们盘腿相对坐下。

我读起来，声音不高，就像深夜里的溪水在流淌。他垂睫倾听，一会儿发出轻到不能再轻的一声："啊！"他的嘴巴微微张开，露出稍大一点的门牙。我只停了一秒,然后又让溪水流动起来。当诵读完毕的那一刻,我已经知道了他将说出的一切。他的话在腹中跃动时,我就能一字不差地捕捉它们。这事多么奇怪,可差不多是真的。他赞叹,重复我说过的一些句子,找出我自己最得意的字句和段落。我知道,任何有趣的字眼儿和意思,都别想逃过他的耳朵。有时我想把最好的东西藏在文字的丛林里,再盖上一层茅草,可是一切都没用,他全能翻找出来。

这是少年的至宝,彼此都将对方作为至宝,珍惜,庆幸,依赖,羡慕。真不知道人世间还有什么能够抵得上这种相知和友谊,和这一切的价值。一人因为感激和幸福,鼻尖上生出了汗粒;另一个在特别的冲动中,使劲扭动着双手。夜深了。但是必须离去,因为第二天还要起早上学。再说家里大人一旦发现孩子彻夜不归一定会分外焦急。

就像去的时候一样,回程再次经过那条河、那些起伏的沙岭,还有丛林。不过最大的不同是月亮更高了,整个大地都笼罩在晶莹的光色里,而且四野愈加安静了。我心上充满了异样的感觉,这是语言难以表述的压抑了的冲动,一种表面上的满足和平静。我正为自己的创造而自豪和得意,并像一个领取了最大奖赏的人那样,用自信和欣喜的目光打量周围的一切。

道德楷模

几十年之后,我再次回到这个镇子。街巷变化不大,这让人一下想起往昔。匆忙的生活让人无暇回返,甚至连思绪也要紧随脚步。我熟悉这里的人和事,许多故事在短时间一起涌入心头。这是一种热辣辣的感觉。

镇子上中年以上的人才认识我。这里出现了这么多青春的陌生的面孔。于是我只能和中老年人说话,共话当年。那些熟悉的人和事成为今天的话题,说了一件又一件。令人神伤的是,那么多人死去了,他们已经永远离开了这个镇子。这是我始料不及的。扳指算一下,他们的年纪的确不小了，大约在六十至七十之间，个别是八十岁左右。可是我发现有一些年纪更大的人还活着。其中的几个还出现在街巷上，张大嘴巴看着我，然后就笑了。他们的笑容还像昨天一样顽皮。

这些人的记忆力都很好。在镇子上度过的第一个夜晚久久不能入睡。我在想往事，想那些离开的人。我后来突然觉得有什么不对劲，就打开灯坐起来。我在想：真是奇怪啊，这简直有点巧合了。我发现那些离开镇子的人，大多都是中规中矩的人，他们口碑很好，受人尊敬，可以说是镇子上的道德楷模。而今天仍然健在的几个老家伙，当年都是令人厌恶皱眉的。这几个家伙几乎个个不太正经，时常流出不雅的传闻，简单点说就是有"生活作风问题"。可就是这样的几个人，他们尽管年龄这么大了，还要赖在这个镇子上，久久不愿离去。

如果说生活中有太多的不公平，那么这个镇子就是最好的例子了。平时常说的一句话是"仁者寿"，难道这几个行为不端的家伙是"仁者"吗？我想不明白。

遗弃与忠诚

黄昏时分的岔路口，有一只土黄色的小狗在遥望。这是一座矮山，石砌的三岔路口上，这只小生灵在专注地望向一个方向。它大概记得主人是从那个方向消失的。它望得那么专注，歪着头一动不动，以至于我们叫了它第二声时才转脸看了我们一次。它依旧定定地望向原来的方向，竟丝毫不顾我们怎样从它身旁走过。

我在不远处观察了一会儿，认为一定是它的主人让其待在这儿，他（她）要离开一会儿。我们疑惑的是，这位主人为什么要让它独自等待？要知道它和儿童是差不多的，如果在山野上独处的这段时间走丢了，或被他人哄走了怎么办？我们还不忍心想别的，真的没有想过它会被主人遗弃在山路上。我们的同类会做出这样的恶行，但最好先不要这样想。

我们往前走去，在山路上游玩了一个多小时才转到原路。我们发现那只小狗还待在原地，还在望向那个岔路口。我们终于怀疑，可能是主人把它扔在了这儿。那个可怕的时刻主人也许欺骗了它，让它先在这儿待一会儿，说自己很快就回来，然后就溜掉了。

它于是等下去。它牢牢记住主人还会返回。它以为人类像自己一样，一定会信守诺言的。我们仔细端量了这只狗。它的体量比中型狗小一些，已经成年，也许有两三岁了，总之是很成熟的样子。严肃，善良，无助和可怜。它很有自尊地看看我们，然后仍旧看着那条岔路。天色很晚了，山路上已空无一人。

在它身旁耽搁的半个多小时里，我们开始讨论怎么办，是不是将它领回？当我们之中有人试图这样做时，它严厉地表示了拒绝。它还在等待那个人，等它的主人践行诺言。

来了一群大清的人

比我年长四五岁的朋友告诉了一个令人吃惊的故事，这是他亲自经历的，没有一丝夸张的。他说：有一年秋天，是初秋，天还有点燥热，六七岁的他正在一家路边饭店里玩。那饭店空空荡荡，食客不多。大约是接近中午时分，突然杂杂沓沓进来了一帮挑担子的人，一色中青年男子，都很壮实。他再次注目立刻有些惊讶，还有点小小的害怕，因为他看清了，这帮人打扮差不多，老式布扣衣，宽松的黑裤；最主要的是个个剃光了前额那儿的毛发，扎了长长的独根辫子；这辫子有的缠在颈上，有的搭在背上。

他这样端量时，店里一点声音没有。所有人都在看着这群客人，见他们轻撂担子，擦汗，坐下来准备吃饭。旁边有人半晌才轻轻吐出一句："大清的人！"

这一伙打扮完全是清朝式样的人不是来自舞台，而直接就来自现实之中，这在现场的所有人看来都是新奇而怪异的。听口音这伙人其实并不远，问了问，原来来自泰山周边的山村。我的朋友说，他和身边的几个人好奇极了，一直盯着这伙人，看他们怎样吸烟、买饭，怎样说话和吃饭。他发现这伙人礼礼道道的，互相像敬酒那样举碗，然后才喝下一口白水。这些人不太笑，嗓门也不高，话不多。

后来时间长了一点，他和几个人才试着问他们话，这一问才知道是进城担东西的。他们常年住在偏远的山村里，那里交通不便，这回是头一次被人领出来。原来在当地，许多人都是这样的穿戴，所以这对他们来说一切都是自自然然的。这个故事让我久久难忘。像朋友说的那种装束，而今只有在电视剧中才看得到。这真是不可思议。要知道朋友口中的那个场景，就发生在二十世纪五十年代初的济南，具体点说是靠近城市西郊的一家小吃店里。这使我想到了服饰的演变，它的许多诡谲之处。服饰与方言古语一样，只保留在商业文化活动不够剧烈的偏僻之地，在那里留下几处标本。时间在那里不是停滞了，而是大大放慢了。

不同的时间流速，使历史的印记更清楚有序地展示出来。不同的印记叠加在一起，让匆忙的历史从容一些，驻足观察的机会也就来了。比如说，除了大清的人拥入五十年代的街头，更早的人可不可以？如果仅从观感而论，我们不少人都喜欢明代的服装，赞叹它的五光十色、华美和大方。我们街头出现一些明代打扮的人，且又不是为了表演而来，那该是多么美、多么动人。看来这是不可能的。人总要趋新就时，要跟上时尚，只要时新就是美，美没有什么固定不变的客观标准。人如果能真正自由地选择，真正独立持守地生活，将是难而又难的事。仅仅就服饰打扮来说，人也不是自由的。

一位兄长

因为一次工伤，他成了瘸子。那还是十八九岁的时候。这个英俊的青年从一个大工业城市回到了故乡,可能认为一个伤残之人更适合生活在乡村吧。这种认识大概是一种错误。反正万般辛苦都让他经历了。他的一生实在是不幸的。我认识他的时候他已经二十多岁了,真正算得上一位兄长。他结婚很晚,主要原因是他长得十分俊美,但却是一个瘸子,这就有碍于农事生产,所以极不利于婚配。他虽然伤残,但人还没有彻底颓丧,心气也算高,在择偶方面也就挑剔了。

这位兄长的女人肥胖和善,面庞淳朴,大概这是最可爱的方面,也由此而博得了男人的爱护。他们一生相伴相持,非常和美。但是这并不意味着这位兄长的始终专一。随着日月的延长,风气多变,风俗也不尽相同,喜欢兄长的女子终于不少。她们与他交往和爱恋,因为没有了不利劳动生产的担心,只专注于爱的本身,所以也就觉得这个男子卓越了。男女之爱没有附加地位及其他条件,这爱也就单纯了。于是这位兄长在海边,在河的两岸,都有一些爱慕者。这些女子在许多年后议论起他,还咂着嘴说:"那真是一个好人!"她们越是到了年长,越不忌讳什么。

这位兄长善良,自尊,热烈,拖着一条瘸腿在人世间寻找爱情的样子,许多年后都让我记得清晰。开始不知道是怎么一回事,最后才明白其目的所在。因为观念的不同,个别时候他会受到严厉的指责,这时他就表现出了巨大的痛苦。他不安而胆怯地问我:"怎么办呢,我?"我认真地批评他,自认为有责任保护他的贤妻,让她免受伤害。他叹息说:"我这方面到死才能改吧。"

对于善良的妻子,他无微不至地关怀,嘘寒问暖,唯恐她悲伤。她也多少知道男人的行为,却并不狠责,只皱着眉头对我说:"愁死人了啊。"

这位兄长因为青年时代在工厂工作过,所以对一切机械都表现出热情,也比大多数人显得内行。他懂电、拖拉机、压面机、钟表,对一切有齿轮的东西都大感兴趣。儿童的电动玩具坏了,必定要找他修,他会将一些小小的齿轮摊在桌上,非常享受地忙上半天。对于机械方面他确有专长,这更多的不是知识的多少,而是一种罕见的天赋。

比如当时极为少见的手表戴在一位女教师手上，它坏了，对方就找到了他。没有修表的工具是不可能完成这次修理的，但这位兄长毫不畏惧地收下了它，然后闷在家里琢磨工具。我亲眼见他怎样打开了这只表，马上对复杂无限的精微内部感到了恐惧。我知道，这一次兄长遇到了大麻烦。谁也难以想象后面的事情。兄长笑眯眯地看了一会儿，用一根细小的铁锥触动了一下，说："看到了吧，这么多小齿轮！"我听明白了，正因为齿轮多，他的兴趣才大，也变得信心无限了。他从一旁取出一个不大的油布包，打开它，是一小堆长长短短的工具，如小螺丝刀、小镊子、小钢针之类。他还取来一只长柄放大镜。从镜子后边看着他的眼睛，真是大得吓人，就像牛眼。

几天之后，手表修好了。他将手表戴在自己手上，去找那位女教师了。对方是因为丈夫出身问题遣返到农村的，从打扮到长相都美得出奇。兄长把修好的表还给她，她感谢了他。

后来我不止一次看到黄昏的光色里，兄长一拐一拐地陪女教师散步。他们竟然好上了。当我知道这个之后，简直吃惊极了。我第一次觉得兄长配不上女教师，因为对方不仅美丽，而且芬芳四溢。而这位兄长，在常年的奔波操劳中，已经相当憔悴了。他的指甲因为经常摆弄机械的缘故，差不多天天都是黑的。我表示不解，说："她怎么会同意、愿意？"兄长咬咬嘴唇说："这个，需要好好商量的。""这种事也能商量？""能，总能的。"我因为上学和工作，离开兄长很有一段时间了。

这中间回来几次，因匆匆来去并没有见面。大约相隔二十多年了，我总算有机会好好地看一次兄长了，问了问大吃一惊：人早不在了，他和妻子都不在了。原来那位女教师随着落实政策就返回了城里，兄长失去了她。这中间他虽然也千里迢迢去寻过她，但总是难得一见。就这样，兄长的身体一天不如一天。他的妻子用各种好饮食滋补男人，结果还是无济于事。在一个冬天，兄长去世了。他离世前手腕上戴着一只表，那是女教师赠予的。

夜访

在荒野上有一座小土屋,它的四周光秃秃的,少树木,更无邻居。土屋平时静静的,无声无息。一天里的某个时候,会有一个老男人从屋里出来,在屋外忙些什么:搬搬屋旁堆的碎木,从屋前的土井里提一桶水。

这个老人脸黑黑的,戴了一个黑线小帽,嘴闭得紧紧的,看上去有些吓人。谁也不认识他,都认为这个不属于任何村庄的人太奇怪了。我们几个一直观察他的少年觉得,这人足够可怕。大家甚至打赌,说谁如果敢于一个人进到他的小屋,那就是极了不起极勇敢的;谁如果敢在夜间进屋,那更是了不起的。大家谁都不敢逞强。

我从未想过独自一人去小屋探险,因为这太可怕了,也实在没有必要。怪就怪在有一天夜晚我走在月光下,不知为什么一抬头看见了黑魆魆的小屋,心里立刻痒了起来。我端量了一会儿,竟然不太畏惧地迎着它走了过去。小屋没有围墙,只有半截豆角架子简单做了标界,走过它,就算进了小院。小窗上灯光阴暗,肯定点了一盏煤油灯。我在门口站了一瞬,然后敲了一下,还没等里面的人应声就推开了门。一股浓浓的煮红薯味儿。

老男人坐在炕上抽烟,好像刚刚醒过神来。他看着我,烟斗含在嘴里。他不说话,偶尔发出一声"哼哼"。我在离他三四步远的地方站住,没有勇气靠前。我并不知道为什么来这儿,只是想进来。他从炕角端过一个小筐,里面是黑乎乎的东西。灯光下我努力看着,看清是小半筐炒煳了的红薯条,就是当地人所说的"地瓜糖"。它的做法是将红薯煮熟,然后切条晒干,最后放在锅里,埋入大量细沙炒熟。地瓜糖是过年时家家必备的,平时倒也少见。他的眼神送来鼓励,我就取了一个。地瓜糖在我嘴里咬得咔咔响。他抽出烟锅,也捏了几个地瓜糖。

余下的时间我一边吃地瓜糖,一边端量这小屋里的一切。只有一小间,被一个大炕占去了一半。炕上是油滋滋的蓝被子、枕头。屋角有紫穗槐编成的小囤子,里面装了半囤红薯。有两只小木凳。还有一些不起眼的杂物:一个生锈的老鼠夹子、一把小镰刀、一个玻璃瓶,好像再也没有别的东西了。

他咀嚼地瓜糖的声音真响。我这会儿觉得他的食物主要是地瓜糖。这就使我明白了,他为什么不到别处去,很少出门,也不需要邻居和其他亲人,因为他的生活是最简单的,只要有水、有地瓜糖就可以了。在屋里待了一会儿,我终于坐在了那只小木凳上。老人一直看我,吸烟,不时抓一块地瓜糖放进嘴里。

我要走了。当我一脚踏进小院时,觉得外面的月亮真大啊。他站在背后,说:"哼哼。"我离开了。刚跨出小院我就飞跑起来。跑了足有四五里路我才站下。我发现自己的衣服全都湿透了。回身望那座黑的小屋,它在月光下竟然微微活动,就好像一只大动物在呼吸似的。我搓搓眼,小屋不动了。

2017年5月

半岛渔村手记

序

  我对半岛东部是熟悉的。然而随着时间的演进,一切都在变化,也许仅仅离开了几年,再次踏上这片土地就会有一种陌生感,有的地方竟变得面目全非……从过去到现在,这里一直是北方最富裕的地区之一,因为这些渔村拥有长长的海岸线,自古以来就得益于鱼盐之利。而今除了传统产业,还有海产养殖和加工,物质积累日益丰厚。近四十年来海边出现了不少有名的富村,有的还顺应时势迅速扩大经营范围,成立起所谓的"集团"。

  那些财富积累比较快的村子,其发展过程并非一帆风顺,大多坎坎坷坷,起起伏伏。有的小村拼争了几十年,最终成为实力惊人的"集团",拥有大型工业和副业生产基地,甚至还办起了自己的医院和艺术馆。但凡成功都不会偶然,这可以从村庄内部,也可以从周围的环境得到更深入的了解。

  如果在集中的一段时间里考察某一个"集团",而后再把考察范围扩大到许多自然村,就会在对比中鉴别,从它们不尽相同的演变轨迹,看到诸多差异和共同点。沿海岸线前行,从东到西一路走下去,将经历一些迥然不同的风景。这一路会让人感慨万千,同时也会收获无限。

每个富裕的村庄都有努力奋斗的过去,那当然是特别辛苦的,这其实正是他们的事业由小到大的一部发展史。剖析一些"个案",将发现他们选择的路径不同,方向有别,最后的结局也就大相径庭。有的村庄经济实力虽然比过去强大了许多倍,但自然环境却遭到了严重破坏,对周边的伤害也很大,以致常常引起众怒。就生活而言,健康和安全已经成为当代人的基本要求,所以半岛人对环境状况普遍看重,并且习惯于将当地经济发展与自然环境和人文环境联系起来评估。这是一个巨大的进步。

这更是一种时代的觉悟,是最值得珍视的社会成长元素。

另外给人印象深刻的,就是人们的忧虑和愤慨。有的村庄和个人是以极大地损害他人利益作为自身发展的条件和前提的,于是我们可以看到比较普遍的现象,即在一个富裕的村庄周围往往有更多贫困的人、不愉快的人。特别是自然环境,由于一个高速发展的村子搞起了许多工业项目,其中许多项目不宜在一二线城市做,这才得以落户乡村。结果是如此悲惨:方圆几十里都被搞得空气污浊,重金属污染,噪声污染,植被破坏,地下水基本上不能饮用,连灌溉使用都很难了。

显而易见,如果仅仅是看一个"集团"的"优越",或许会心生乐观,但是将眼光稍稍放远一点,就会产生出极大的不安。

我们在半岛地区可以看到大大小小的"创业者",他们是当年的特殊群落。一般来说这些人都颇有胆量,往往生猛而机智,有的在几十年的奔波中累垮了身体,早早过世。这些人一般并不缺少聪明,一旦受到某种发展前景和目标的激励,会不顾个人安危地往前突进。可也正是因为每个奋斗者的境界不同,胸襟不同,做出的事业也就不同,后果差异巨大。

推崇时代的富豪是容易的,让一双眼睛始终追求真实和正义却是困难的。显然,许多人追逐的是不义之财,实际上属于不道德的强者。

一个人在半岛地区的记录与写作,可以成为不断自叮和提醒的过程。一个民族的利益与民众的良好心情总是高度一致的,如果在求得自身利益的过程中破坏了许多人的心情,尽管取得了巨额财富,也一定是不值得吹嘘和赞许的。

从半岛地区的现状可以看出，这里的乡村正在走入一个新的发展阶段，这个阶段是非常关键的。民众对精神生活，包括自然环境的要求与十年前相比变化巨大。这是互联网时代信息交流的成果：知道得越多，要求也就越高。他们不再听信那些唯经济论者的蛊惑，而是开始追求个人的生活品质，着眼于长久，关注事物的本质。就这一方面来看，对那些一直被某些人当成榜样的乡间"集团"，实在需要换一个打量的眼光。

汲取"成功者"的经验是困难的，把"成功者"身上不成功的方面区别出来，可能是更困难的。让我们试用全面与综合的眼光去打量这片飞速变化的海岸，获得一个理性的判断。

一路看来，随手记下。

开海节

四月，开海节到了。半岛东部渔村自古以来就有这样的节令。

随着天气转暖，海的颜色变了，风向变了，一艘艘船准备出航，所有渔村都跃跃欲试。最活泼的季节来到了。这个时段是从一个传统节日开始的，这一天的到来，预示着兴高采烈、巨大收获、忙碌快乐，更有新的希望。

节日之期相对固定，一切都以可爱的四月为开端。但时代变化太大，与过去不同的是，现在的这个节令仅仅是一个节令而已，它甚至让人有点儿尴尬：过完开海节只短短的十几天便到了禁渔期，所有的船与网都得收起来，一直苦挨到九月。

不过尽管如此，这个节仍然要好好过。每到临近的日子，人们还是盼望着，兴奋地传递消息，准备选择一个最好的村子去过节：并不是每个渔村都有这样的节日，只那些有海神庙的村子才会有。

海神庙通常建在海边，大多有千百年的历史。这些庙宇虽然不大，香火却很盛。到了开海节的这一天，周围村子的人一大早就朝那个方向移动。届时海岸张灯结彩，人山人海：除了附近村子赶来的，还有远处的人，有的甚至来自遥远的南方和北疆。

当地的旅游业者不会错过这个时机，他们从很早起就着手宣传开海节的盛况，所以近几年来声名远播。

我和朋友第一次参加这样的节日，心里充满期待。说来有点蹊跷，作为一个海边出生的人，我竟然从未参加过祭海和开海之类的活动，没有见过类似的场面。我知道，一般来说从这一天开始，海猎的大幕就算正式拉开了，渔港里的船只集结待命，旗帜招展，渔人在甲板上忙个不停，只待轰轰烈烈地出发。这样的图景是想象出来的，也是预料之中的，历史上的这一天肯定如此。

然而今天我们所看到的却有些异样：几乎所有的渔船都静静地泊在海湾里，船上基本上没有忙碌的身影，死气沉沉。从这里可见，出海打鱼似乎还是一件很遥远的事情。

但海湾旁的小广场上已热闹非常，正在做庆典开始前的最后准备。祈祷海神的内容虽然一如过去，但从形式上却变得华丽了许多：台子盛装打扮，四周有气球悬挂彩幅，台前安置了一溜大音箱。虽然如此，不过看上去还是觉得缺少了一些仪式的肃穆，笼罩的全是娱乐的气氛。这里即将举行的仪式与真正的开海，实际只有名义上的联系，已经蜕变为一场海边人的娱乐活动。

狭小的海神庙挤不下多少人，人们更多地拥挤在庙前的广场和近处的沙滩上。庙里的一尊神像是老旧的，岁月为其蒙上了深重的颜色，显得愈加神秘遥远，令人想起更为恒久的海边岁月：笨重的渔具，辛苦的渔民，不测的风雨……那些故事和传说堆积在四周，成为一部诠释不尽的历史。

海神庙前的巨大香炉由生铁铸成，里面的香粗过碗口，冒起的黑烟呛人眼睛，再加上噼里啪啦响个不停的鞭炮，想在这里多站一会儿是困难的。几乎所有人都掩鼻眯眼，涕泪滂沱，时刻小心地躲闪炸飞的鞭炮屑。

台上的高音喇叭响了，主持人上来，是一对手拿麦克风的靓男丽女。为了这个节令,主办者花重金从大城市请来了歌手。在四月凉凉的海风中,演唱者浓妆艳抹,抖着单薄的衣衫。他们演唱的内容与海猎无关,都是耳熟能详的一些时曲:爱和恨,思念和痛苦。

歌舞之后是拉网号子表演,这让我们多少振作了起来。粗犷的号子很快将人的思绪牵到往昔,让人想起那些风浪之搏,人与橹、船与网,腥风阵阵。领唱号子的是一位老人,他和一帮人都化了妆,穿了夸张的服饰,样子有些触目:描了浓眉,脸色酱红。这会儿一齐举起双手啊啊大叫。嗨哟嗨哟的声音节奏强烈,从调性到动作都有极强的表演性。这声声喊唱由大功率音响播放出来,震得人心打战。我们努力想听清号子的具体内容,很难,偶尔听到的几个词是"盛世"和"大潮"。

当年的拉网号子是至关重要的,对于渔民来说,无论是拉大网或升大篷,都必须在齐整划一的节奏中完成。这种放声呼号能激励生命,催发力量,强大的感染力无可比拟。只有铿锵有力的号子才会让人动作一致,汇集起巨大的爆发力。现在的海上劳作一般不需要这样的号子了,因为机械化作业使劳动形式改变了,海上号子只能作为一项文化遗产搁在那儿,供我们在一些场合里观赏。

这场拉网号子表演吸引了满场的人,风头超过了前边的歌手。台下观众随着呼号,不停地跺脚,使台上领号子的老人更加兴奋。老人显然难以控制自己的情绪,更加夸张地做着动作,一班人也紧紧跟上。

喊号子的人退场,犹如退潮。稍停,又上来一拨头扎红巾的舞者。大鼓擂响,似乎为新一轮高潮做着铺垫。鼓声停歇,之后一阵冷场,但只沉寂片刻,就听到了一阵沉闷而遥远的声音响起。声音不大,并不让人注意,好像是从大海深处一点点钻出来的,一时无法辨清它们究竟来自何方。

声音渐渐大了,显然在逼近。人们四处张望,看到几个穿制服的人推拥着挤来挤去的人群,开辟出一条弯弯曲曲的小路。这会儿大家都看清了:十几个穿了华丽服饰的男子从广场台阶那儿登上来,浅蓝色的衣服上绣了金线，烁烁发亮。他们抬着两支深棕色的大铜号，每支铜号足有一丈多长，那沉沉的声音就是它发出来的。

两支大号缓缓地往前移动，海神庙四周一下安静了，只响着它们的呜咽。

大号一直抬到台下，这才放下来。号声一落又是一阵喧哗：穿制服的人再次把拥挤的人群推到一边。原来从台阶下又一次登上一群穿戏服扎红巾的人，他们这次抬来了最重要的祭品：每个门板上都安伏着一头剃得光光、染成朱红色的肥猪，一溜二十多头。它们被整齐有序地放在海神庙前，头朝海神像。这是犒赏海神的，是开海节的重头戏。围观的人发出赞叹，纷纷凑近拍照。

最终到了一个关键环节，即当地官员讲话。一个衣着考究的中年人，头发疏淡而齐整，两手按在小腹上，大声言说。由于场内外实在太吵了，根本无法听清所说内容。演讲毕，人们报以热烈掌声。

在整个开海节中，我们所渴望看到的那些历史悠久的传统内容也许全都包括了，也许已经远远离开了真正的传统。现在的人无法真正回到一种严肃的仪式之中，这里不是指某些程序的缺失，而是内在的品质。传统的气质与内涵正在消失，取而代之的是逗趣，是阵仗，是欢欢乐乐、热热闹闹。

我问一位蹲在旁边抽烟的老人："过去也是这样吗？"他点头又摇头："现在的阵势大啊。供品多了，上的香比过去粗，再不是那种黑细的榆皮香，如今的香比牛腿还粗！早年能有几头猪就算不错了，现在一家伙挑出全乡最大的肥猪，个头一样，头脸模样也差不多，嘿嘿！"

"那两支大号是老物件吧？"

"那也没有多少年，算不得古物。早先的大号没这么长，这是十几年前打制的，专门为了开海节。"

"以前也有歌舞表演吗？"

"没。那得使上银子从大地方请来。"说到表演的男女，老人大不以为然，"海神不喜。"

"为什么?"

"太浪气了。"

"浪气"两个字多有趣啊,但这也无可避免,因为这个时期最不缺少的就是"浪气",想躲开它可不容易,海神也只好多些担待了。

节目还在进行,好像一时完不了。烧成灰烬的鞭炮纸屑还在冒着黑烟,混合着浓浓的香火。在这里待下去不知要付出多少眼泪,我们实在无法忍受,就费力地挤到广场边缘,想到开阔的沙滩上呼吸一会儿。

路过台阶时要穿过各种各样的货摊,小贩们晃动着手里的商品大声兜售。花色繁多的贝壳,小蛤蜊和螺壳制成的饰物,还有琳琅满目的仿古玩器。几个道士站在旁边,手拈稀疏的胡须瞅着我们。我和一位看上去很年轻的道士攀谈起来,问他多大年纪,他说:"我们道家不讲年纪。"

我们离开时得知,就在东面三十多里的地方,两天之后还有一个开海节:海神庙和庙前广场虽然很小,气派无法与这里相比,可是它的历史更悠久,所以也更正宗,更有吸引力。

到了那一天,我们仍旧一大早赶了过去。果然是一座更小的海神庙,看上去真的十分古老。我们都知道,所有规模小、颜色旧、其貌不扬的古迹,往往才是更久远更珍贵的。令我们稍稍遗憾的是,这里的开海节也像上次一样,烟火实在是太盛了,以至于稍稍凑近了就呛得鼻涕眼泪一大把。我们不得不掩上耳朵躲远一点。

这里扎起的台子要小很多,但表演内容大同小异。唯有一点让人满意,就是没有从远处大城市请来浓艳的歌女,所有节目都由当地人自编自演。当然,呜咽的铜号和血色肥猪仍是必备之物。周边围满了各种车辆,停车场水泄不通。不知哪来这么多新闻媒体,大小摄像机不止一台,人们头顶旋转着拍摄吊杆,天空盘旋着无人机。这让我们明白,盛大的开海节当晚就会出现在电视屏幕上。

到处都在娱乐,因为我们实在寂寞。找一切机会制造庆典,以各种借口和理由:悲伤、喜庆、仪式、宗教,或庄重肃穆,或荒诞不经,只要解除寂寞就好。娱乐的熔炉可以熔化一切,把一切变成热乎乎软乎乎的一团。

两个开海节留给我们的印象都差不多：闹。我不知道海神会怎么看。不过海神即便不高兴，也依然会保佑那些出海的人。海神气量大，慈爱、宽容，有无边无际的怜悯。

水边蘑菇

走在海边，我们早已习惯了高楼林立。到处都是新建的现代小区，它们伴着碧蓝的海水和沙岸，让来自拥挤大都市的人看了满意，赏心悦目。这个世界变得太快了一点，海风吹拂之下，一切都在迅速改变，让人于诧异中又有些兴奋。

作为一个出生于半岛的人，对此地有诸多记忆，这时会不由自主地回忆过去：海滨的荒凉、质朴、贫穷，一些矮小的海草屋。不会忘记呼啸的海风，犹记不寒而栗的感觉。关于贫寒的岁月，回忆最多的不是炎热的夏天和收获的秋天，而是凛冽的冬季。

严寒给人留下惊悸，场景戳心。那样的日子是无法忍受的，每个人只想远远逃离，去寻找一个暖暖的小窝。忘不掉让人瑟瑟发抖的数九寒冬：漫天大雪，海风呼号。就是这样的风把人吹到远处，让人恐惧。半岛的冬天是最难过的，人们在这些日子里把取暖的东西看得比什么都重要，每一点烧柴都要堆积起来，准备过冬。关于严寒的记忆一生都难忘怀，那是故乡的疼痛。人离开了，走远了，好像就因为无情的冬天，是大风把人吹到了遥远的他乡。过去许久了，离家的人想起亲爱的海角，还是要想到它的冷，想到呜呜响的海风。

如果想到海边的夏天，则是完全不同的心情。在白沙上嬉耍，在水中畅泳的情景，同样是最难忘的，而且常常用来对外炫耀。我们宁可让夏天代表自己的家乡。

时光荏苒，一晃几十年过去，而今就像变戏法一样，海边上矗起一个全新的世界。此处看到的一切，与异地城郭简直如出一辙：高楼，柏油路，喧闹……这里只有水和空气、透明的天空和白色的沙子，是那样不同。一切都太美了，我们会在啧啧称赞的同时，责怪自己回得太晚了：也许我们早该成为这里的常客，不，成为这里的永久居民，因为这里从一开始就是我们的。

沿着海岸走过一程又一程，走得久了，又会滋生出一点遗憾。这里模仿来的建筑太多，一片片，一幢幢，几乎与其他城市完全相似。渐渐，我们也感到了拥挤和压迫感，心里生出了某些不甘。我们想让美丽的故乡有点不尽相同，希望她多少倔强一点。是的，这不是我们的海滨，这里被移植来的东西完全覆盖和遮蔽了。我们又一次搜寻记忆，发现这其中既有贫寒也有亲切，还包括了自尊。原来自尊中溶解了我们的个性，这些全都悄然地藏在战栗的昨天。就带着这种复杂的心绪，我们继续沿海岸往前。

走过一程又一程，有人突然驻足叫起来。大家眼前一亮：这儿格外安静，前边出现了一片肥硕苍老的海边"蘑菇"。当然这只是比喻，实际上那是一片海草小屋。啊，久违了，它一下就将我们拉回了几十年前，心上生出一种烫烫的感觉。

此刻挺立在眼前的小屋就是昨天，它唤起的感受却不再是可怜巴巴的寒碜，不是穷苦和贫困，而是热烫烫的亲近感……我们又找到了过去，找到了自己，找到了深埋心底的乡情。我们突然明白：这才是远远不同于远方的一个世界，是一个我们真正拥有的最值得炫耀的地方。

以前好像从未注意过海草小屋之美。瞧它多么丰厚啊，几乎把海岛石砌成的墙壁压得摇摇欲坠。海边人都知道，海草做成的屋顶寿命能够长达百年，远比现在各种先进材料制成的灰瓦和彩钢瓦耐久得多。脚下是深色海石砌成的巷子，踏着巷子向前，走进了一个深不可测的古老渔村。街上行人稀少，打听一下才知道，这个渔村已经申请了遗产保护，整个村子都变成了文物，上边有关部门会拨出专款维护它们。

走进小屋内部才知道，它从外观上看去质朴依旧，内里却经过了大力改造：抽水马桶、现代电器，总之，时髦物品一应俱全。

据说这些小渔村里每年都要拥入大量游客。有的区段还开辟出专门的"艺术村落",接待各种各样的画家、音乐家、作家和演艺人士。这些人免不了奇装异服,形貌迥异,有的男子脑后拖着长长的小辫,女子却留着板寸头。也有一些其貌不扬的家伙,沉默安静、木讷,看上去像呆子一样,据说那是更大的艺术家。那些大声喧哗的艺术家使小渔村有了生气,他们往往让当地人讶异,渐渐却又觉得再自然不过。

管理这些海边"蘑菇"的人告诉,那些外地来的艺人真是有趣,他们的古怪行为三天三夜也讲不完。"没有他们,这里也就完了。""为什么就完了?"对方答:"那就和原来差不多了。"可见当地人还是喜欢奇人轶事,希望在老旧的外壳内装下全新的东西,包括居住者。唯一让他们遗憾的是,这些海草房的空间太小,而且又不能拆毁重建。当年为了抵御逼人的寒气,房子不宜盖得过于高大,那就没法取暖。现在解决取暖问题已不在话下,可惜小屋窄窄的,也就只好在这逼仄的空间内尽量摆布一些现代化设施了。

设计者经过精心盘算,让室内变得紧致和有趣,并且在形态上多种多样。就卧榻来说,既有席梦思,也有过去的火炕。记忆中火炕才是小屋的主角,到了冬天,只有它才能让人安顿下来。一个很大的锅灶连着火炕,兴炊的时候,火炕就会烧得暖暖的。如果是天寒地冻的夜晚,火炕下边还要塞满大量的秸秆柴草,让人一夜安逸。

有个艺术村的负责人是一位小姑娘,一笑露出满口洁白的牙齿。她笑嘻嘻地看着我们说:"老师,捐一些书给我们吧,咱有一个渔村图书馆。"她边说边引我们进入几幢小屋,里面果然摆了一些书,但数量还不够多。翻了翻,有相当一部分是应该扔掉的印刷品。我明白,这是那些想要处理垃圾书的人送来的。可是我们实在没有更好的办法收集更多的书,因为一般来说,很少有人会把自己珍爱的书送出去,那会真正心痛的:不到极特别的时刻,一个爱书人不会把自己珍藏的书送到外边,比如说送到海边的这些海草屋里。

我们心里有点矛盾。这里当然需要书,需要一个别致、美好的乡村图书馆。可是如果仅仅是等待捐赠,一座像模像样的渔村图书馆就永远也建不成。好像记得在别的地方也见过类似的书屋、图书馆,里面堆放的同样也有不少印刷垃圾。

书是美好的,人们歌颂书,把书当成文明的标志。实际上究竟有多少书籍配作文明的组件和载体,有多少书可以当之无愧地放在文明的殿堂里,还真的难说。这个存书之地十分朴素,海草小屋也非常可爱,如果让一些印刷垃圾玷污了,那真是太不幸了。我这样想,没有说什么。

我们无法使自己朴素,无法使自己内外一致地简朴下来,就像眼前的海草小屋一样:外部看上去似乎还是原来的眉目,内在的心情和思绪已经改变了,我们的心已被改造,它在追赶这个时代的潮流。这是无可奈何的事情,是一个人生悲剧。

前面巷子里响起了一阵喧哗,走近了才知道,那里正在举行一个揭牌仪式。"某某之家"又在成立,当地官员正陪同一些西装革履的人。摄像、讲话、致辞、剪彩,大家都彬彬有礼和煞有介事。我们只好绕开一点往前。

海边渔村渴望现代化,渴望这个世界所拥有的一切,学习、积累、寻求,追赶最时髦的东西。我们在向一个遥远的榜样学习,这个榜样的方向大致在西边,经过层层传递,最后来到了东部沿海。我们做过的一切似乎都没有错误,可是仍然觉得这一切还是不能与这水边"蘑菇"相谐配。就像它的内容和形式已经剥离一样,究竟该怎样,我们一时也没有更好的主意,没有高明的方法。我们只是知道,这片"蘑菇"太美了,它生长在水边已经有百千年,我们既想保留它,又想改变它。有时候,我们甚至想彻底摧毁它,然后由着自己的心性从头来过。就是这种极端矛盾的心情,让我们最终保留了它的外形,改换了它的内容,掏空了它的五脏,让它变成了一个昨天的标本,就像我们在博物馆里看到的那些动植物标本一样。我们需要这些标本,因为只有这些标本,才能让我们回到过去。

关于生活,我们有许多概念,这些概念新新旧旧堆积在心里,等待我们去演绎和落实。这是一个循环往复、没有终了的过程。我们常常没有任何办法冲破和打碎这些概念，无论什么职业，什么性格，所有熙来攘往的人，都不过是为了寻找一个概念而来。

就我个人而言，这些水边"蘑菇"给予自己某种满足，它让我由好奇转向怀旧。为什么会这样？我想自己和所有人一样，总想让另一个时空里的东西来激发和引领，走向不同的世界，比如走向记忆。这记忆越遥远越好，这激发越强烈越好，它指向未来，通往过去。这大致是两条路，在两个方向上给人提供一个现实的导引。

那么，站在这条街巷上，我们不禁思忖：除了这两个方向还有没有其他的方向？难道我只能走向过去或奔向未来吗？

铁槎山的道姑

铁槎山是半岛东部一处有名的道教圣地，海拔五六百米，有九个山顶，所以又称"九鼎铁槎山"。这儿终年海雾缭绕，极为俊美。所有研究道教文化史的人都知道铁槎山，自古以来就把它当作一个养生、思悟、修持的奇异之地，并大书特书。许多人在此修行，留下一些传奇故事。我也写过铁槎山，却从未深入它的内部一探究竟，未能就近瞻仰它的风采。

现在的铁槎山是一个重点文物保护单位，整座山都成为景区。这里的道观名声巨隆，香火很盛，来到近前才知道，原来它并非什么堂皇的大建筑，而只是不太大的一个小院，由几幢青砖黑瓦平房组成。这就像许多古迹一样，越是名高位重，外部形态就越是收敛和简朴。而那些历史短暂的新修的庙宇之类，却往往是高堂大殿，金光闪烁，只透出一种无法遮掩的粗糙气和轻浮气。

铁槎山道观中住着几位修行的道姑，整个小院安安静静。这是上午十时左右，来观中的人不多，且多是外地游客。道观主建筑旁有一处极为有名的山洞，它是古代一位道人的苦修之所。山洞内阴暗湿寒，偶尔进去一次倒无大碍，如果长期在此居守则是无从想象的。那将要度过怎样可怕的冬景。如果在严冬时节于洞中生火取暖,浓烟会把人窒息;如果包裹棉被御寒,那要盖多少层才能解决问题。总之苦修之地就是常人难以尝试和理解之地,那需要的是一个心志顽韧的异人,一个真正的岩穴之士。这样的人物由于特殊的心理结构,更有非凡的崇敬和向往,或许已渐渐改变了某些生理结构,从内到外成为钢铁一般的生命。这样的生命即与凡人大异其趣,他们的生存指标也不是我们平常人所能预想的。

以前在其他地方曾见过不少所谓的修炼之地,那往往都是又小又黑的洞子,或者是简陋的草寮,看上去基本上只是一个象征,并不具有太大的现实说服力。也就是说,不可能让人相信是一处真实的修地。而铁槎山的这个洞子我们却不可妄议,因为关于它的记载比较凿实,从现场看也有足够的空间,似可安放一个坚毅的肉身和卓异的灵魂。据说他是这个道观的创始者,是极有名望和劳绩的一位道家。

质朴的青砖小屋散发着看似平易,实则有些遥渺的气息。它的历史是悠久的,气质是玄秘的。道姑们身穿青色道袍,头戴黑冠,打白色裹腿。一位看上去三十岁左右的道姑见了我们点头微笑,只不言语。她和另外两位道姑在几间屋子里进进出出忙碌,半个多小时之后才稍有空闲。我们想和她攀谈,以了解道观的生活。这时离得近了才注意到,眼前的道姑面色红晕,双眉舒放,两眼清澈,神色甚是安详。交谈中得知,她来自遥远的南方,因为一直向往这里,便不远千里来访,最后终得留下。能够在此地做一名道姑,可能要经过一套繁杂的人事程序,我们没有问得太多。

道观坐落在临海的山涧,春天四月仍然寒意浓浓。这使我们想到一个切近的问题:在曲折的山隙里万一生病,比如风寒感冒怎么办?因为这里出山只靠一道山阶,单程就要耗去很长时间。这样问过,道姑仍旧微笑,回答:"没什么,不怕的。""这里大概备有一些医疗用品吧?"有人问。因为道观中还有年龄较大的道姑,这不免让人担心:她们在山里突然得了急病是很危险的,这里只有陡峭的山路,更没有便捷的交通工具,要快些抵达某个医院是不可能的。她再次摇头:"这里没有药品,也没有医务室。""你们肯定会采药,大概平时使用草药吧?"一边的朋友这样说，以为猜中了。

道姑一直微笑着："没有。我们没有得过病。"

"总有个头痛脑热的……"朋友不相信道姑的话。

她还是摇头："我们当中从来没人感冒。"

我们都惊讶起来：海风凌厉，山地阴湿，她们竟然从来没有感冒！这可能吗？我们担心自己听错了，再次确认一遍，对方也就再次回答了一遍。果真如此。大家不再询问，沉默了。我们默默地转到旁边的柏树下，抚摸着这棵历经千年的大树，仍然想着刚才的问题：不生病，甚至没有患过风寒。这真是一个奇迹。这就遇到了一个不小的命题，让我们去破解它。同行的朋友从城里来到海边，仅仅半个多月的时间，就有两个得了严重的风寒，不停地咳嗽，一路大把地吃药。人和人的差异真是太大了，大到不可思议。

我面对不曾生病的道姑，充满困惑。我不知道原理，似乎又能明白一些：她们是道姑，虽然不是仙人，但常年待在海风和山阴里连感冒都没有过的人，离仙人起码比我们近多了。如果说这是一种境界，还不如说是一种特殊的生命状态。怎样进入了这种状态，需要我们好好思索。宗教的力量？安静的力量？二者兼而有之？这需要从头去想。

我们不愿过多地打扰道姑们。她们也再次忙碌起来，提着水桶，步履轻盈地走来走去，有的往地上浇水，有的擦拭道观里的物品，看上去不急不促，面带笑意，连背影都给人一种和煦温暖的感觉。那素朴的青色道袍似乎未染一丝尘埃。一个同行者忍不住好奇，在看到那个年轻道姑停下手中的活计时，竟然问起了她们的一日三餐。简单，吃素。"吃鸡蛋喝牛奶吗？"对方摇头："不。"我记得在其他道观或寺院，修行之人好像可以喝奶吃蛋，但这里的道姑连这些荤物也不动，真正素食。是食物让她们健康？不，更多的可能是心灵，心灵才是最终的谜底。

我们注意了一下，道观四周并没有多少可以种植的空地，她们亲手培育的吃物不多，可见食品也要从山外运来。她们同我们一样，难免吃到各种污染的现代种植物，这个时代的难题在这里无法得到有效的规避。既然如此，那么她们的健康之源主要还是来自其他，那是一个幽深难测的方向，玄妙一点说，它通向了渺渺心海，连接了闪烁的星空。

后来终于有机会谈得稍稍多一些，谈到读书，甚至还谈到写作。年轻的道姑读了大量的书，都是道家学问，竟然还写下一些文字，记下心得和感悟。令人惊叹的是她还写诗。真想看一下那些诗篇，但是谁都没有说出来。这双温暖、宽容、安详的眼睛注视过多少旅者，从这个心灵之窗投射出去的光束，照出的是一个纷纷扰扰的世界。每个访问者都带有一个世界的信息，它们在这里交织穿行，可就是未能改变和混淆这里的气息。她看着一个个似曾相识的身影，因为她也曾是来自他们当中的一个，不同的是她留下了，守住了。她在最孤独最寂寞之地，在千年古柏之下，深夜翻开典籍，黎明即起，洒扫庭除，周而复始……

道姑和道士一样，不问年龄不计时光。时间在她们这里缓缓流动，像潺潺河水，又似乎停滞了。她相信永恒：永恒就是日常。

海驴岛的鸟

我们一直盼望有个好天气，去盛名远扬的海驴岛。据说那里海鸥翱飞，美丽如画，是鸟儿的天堂，所以有人把它誉为"鸟岛"。但当地人一概不认这个美好的新名，而坚持沿用一个古老而又野性的名字：海驴岛。可是为什么会有如此粗蛮的名字？站在海边遥望大海，原来那个岛就像一头伏卧在波浪之中的"驴子"。当地人欣赏这种动物，并不觉得粗野。就我个人来说，认为驴是最可爱的动物之一，美丽温顺，任劳任怨，是动物界少有的品质高尚者。

在一个阳光明媚、风和日丽的清晨，我们乘游船出海了。进海后才知道，目测只有十几里路的海驴岛，其实还要远。行驶了五六分钟，好像风浪突然变大了，船舷上不断扑进海水，我们不得不回到舱内，隔着玻璃瞭望大海。远处迷蒙中还有一些远远近近的小岛，它们的名字都不知道。

原来东海里散着这么多的岛屿，怪不得自古以来就有"仙山"的传说，海雾中时隐时现的山头实在让人浮想联翩。

一群海鸥一直追逐着我们，盘旋鸣叫，好像发出询问："是到我们村去的吗？"是的，海驴岛就是海鸥的群居地，是它们的村庄或城市。它们为我们引路，就像平时客人接近村庄时，常常从村里跑出一帮孩子一样。有过出海经历的人都知道，海鸥对人非常友好，是最可靠的伴儿。它们陪伴渔人有时真的是出于好奇，而不仅仅是为了讨要一点食物。它们喜欢岸上的人，愿意一路搭讪。

四月的海边与陆地完全不同，嗅不到多少春天的气息。但仔细观察，还是可以感到海中万物的变化，捕捉一些春消息。每到了四月，海的深蓝色就会变得浅嫩一点，包括这些海鸥，似乎都变得格外活泼。

我们终于接近了海驴岛。鸥鸟迅速变多，像飘动的云彩和周围流动的雾气，上下翻飞，四处盘旋，叫声震耳。它们虽然早已习惯了这条航路上来往的客人，但还是如此热情。动物一般来说比人更容易冲动。这些海鸥多么美丽，像鸽子一样光洁明媚，但比鸽子多了一份勇武和野性。我们站到甲板上向它们挥手，它们用独特的外语即"鸥语"与我们对话，可惜我们在长达几千年的时间里没有培养出一名翻译。

登岛了。沿峭壁搭起的栈道几年前才换成钢制的，据人讲以前这里是木头搭成的，常常朽掉，有时游人根本不能从这儿通过。下面是汹涌的大海，旁边是陡立的岩壁。我们小心翼翼往前，穿过了一个很大的海蚀洞，就像通过一道厚厚的城门似的，由此才算深入了海驴岛的内部。原来这是一个不小的岛屿，远远大于原来的预估。岛的东部是平缓的慢坡，这儿栖息着大量海鸥。几乎没有别的鸟，全是海鸥的洁白身影。春天正是产卵的季节，卧伏的鸥鸟一动不动地看着游人，即使他们走近，离它只有一米远了，它们还是那样看着。我们很少有机会这样靠近了观赏它们，这会儿心中全是欣喜。世上大概没有什么动物比海鸥更干净，看额头多么光洁滑溜，周身一尘不染，双羽一丝不乱。在我们的经验里，美丽的海鸥有点儿像四蹄动物中的猫，妩媚、可爱、漂亮，却同样是一种勇猛的猎手，本性凶悍，英武，属于猛禽。对鱼类来说，它们甚至有点凶残和嗜血。

人们无比喜欢这些可爱的鸟儿，比如现在的海驴岛有了海鸥救护站，专门医治受伤的海鸟，这让作为游客的我们也感到了温暖和体贴。爱惜和挽救其他生物，这让人想到自己的处境，比如联想到自己在可怜无助的时刻有可能遇到的援助，有一种安全感。是的，人类怀着这种心情对待周边的动物，比如眼前这一只只飞鸟，正是善待自己安慰自己，好极了。人类就在这种美好情感的鼓舞下，有滋有味地生活：人与人之间，人与其他生命之间，就这样互助、安定、鼓励。我们要做的还有很多，我们的路还有很远，在这方面，我们做得永远是欠缺和不够的，还要更多地努力才行。

现在的海驴岛已成为当地收益可观的一个旅游景点，很多游客从遥远的地方慕名而来。在现代传媒的帮助下，海驴岛已变得闻名遐迩。据说西部高原地区还有个鸟岛，不知岛上的鸟类是否像这里一样单一。还有渤海里的蛇岛，它们都同样神奇，让人忍不住想去一探究竟。

岛上海风巨大，有的特殊地段风力足有九级以上，有一次我通过一个崖口时险些被吹倒，不得不紧紧地扳住身边的石块。"这里的风一直这样大吗？"我问旁边的人。他说："今天并不是风最大的时候，如果再大一点我们就不能来岛上了。海上的浪很高，岛上的风更大，有些地方就无法站立了。"

我们在岛上经常看到竖起的牌子，上面写了一些善意提醒和规定：不要自拍，不准捡拾鸟蛋，不准威吓鸥鸟等。山坡上花开草绿，一种海驴岛独有的油菜花开得好不烂漫，让整个海岛一片金黄。有人说，就为了使这片花海更为壮观，管理者曾专门移来许多，却发现根本无法存活。原来只有在此地生长的"土著"，才能适应这方水土。

这片黄花和这些鸥鸟，才是海驴岛的真正主人。

正午开炮

我怀疑自己走到了一座现代大都市：二三十层的高楼一幢幢迎面而来；沙滩板铺成的栈道沿海边蜿蜒；漂亮的石板路；生铁铸起的锚链环绕着白帆雕塑；不锈钢海豚……小广场上音乐奏响，旁边是咖啡厅、西餐厅。这里是一个个居民小区，沿海岸东西铺开了几十里。走在其间，感觉自己完全陷入了一座陌生的城市，以至于不止一次迷失了方位。一次次询问，旁边人说出的准确地理位置让我深深地吃了一惊：大概没有比我更熟悉这个地方的人了！

我的出生地离这里不远，几十年前曾在这片土地上四处游走，随处都留有自己的脚印。难以想象的是，仿佛只一转眼，它就变得如此陌生，好似迎接一个猎奇者、一个远道而来的访客。这一瞬间我眯上双眼，好像要挨过一阵眩晕那样停顿了一会儿。我大概需要镇定一下，压抑心中的惊讶。与此同时脑海里却清晰而准确地再现往昔：就像一个盲人一样，除了无花果的花什么都看不见。此刻，那敛起的花蕾正绚丽地绽放，每一道丝瓣都那么清晰，楚楚动人……

这里曾是一片无边无际的林野，是神秘莫测的绿色茫海。除了年代久远的自然林之外，二十世纪五十年代末六十年代初又掀起了人工造林运动，结果海岸往南几华里遍植黑松，茂密广阔，沿曲折岸线东西绵延百里，甚至更远。几十年之后，黑松树干已粗如水桶，树隙间又生出其他：洋槐、构树、合欢。主要是黑松，苍劲，硕旺。人们习惯称这里为"防风林"，好不雄阔蓊郁。防风林的南面即连接了那片自然林，原来曾是一个很大的国有林场，林场内占绝对数量的是白杨和橡树，还有柳树、大叶枫、苦楝等。粗壮的大树啊，占据了我的童年，占据了当地人最美好的记忆。

防风林和自然林连成一片，浩瀚而神奇。这里面发生过各种各样的传说，真真假假交织一起，难辨真伪，构成了一片林海的独有魅力。那是一片神奇的莽野，其中蕴藏着各种不测：动物趣闻，妖怪传说，怪人故事。这一切与现实纠缠，形成一段特异的历史，化为一道永恒的风景。这里什么都曾发生过，什么都曾存在过，可以任人想象。没有一个准确标界限制那些传说，没有一个既成边缘禁锢它，其魅力就在于此。是的，它是昨天，是我们这一代人心中保存的奇幻，是一段特殊的历史和骄傲。

各种各样的猎人和采药人穿行在林海中，他们来自当地或更远的地方，所以林子里常常交织着多种口音。猛禽偶尔惊扰了鸟儿们的欢唱，四蹄动物肆意出没，甚至还有花鹿。花鹿是哪里来的？是从遥远之地横穿半岛进入林子，还是哪个养鹿场的出走者？全都不得而知。林子里的四蹄动物最多的是豹猫和狐狸，还有少量的狼。狼的名声很坏，让人憎恨，但这里的狼没听说伤害过人。七十年代中期狼便绝迹了，狐狸却因为狡猾和美丽，一直在林子里高高兴兴地游玩。关于狐狸变人，到村子里偷酒喝的故事，在海边上流传很广。

出于对往昔、家乡和林子的热爱，人们厌恶伤害动物的猎人。关于林子的许多故事都是糟蹋猎人的，故事的结局往往只有一个，即猎人的可悲下场。传说猎人去林子里打猎，他们见了动物马上端枪，这时却发现自己面对的竟是自己的亲人；放下枪，那亲人又变成了动物。巨大的物质诱惑最终还是让他勾响了扳机，结果却真的打死了亲人。这是所有故事中最使人恐怖的一个。

在物质欲望面前，人变得何等勇猛和无畏，结果也就导致了许多可怕的结局。眼前这一片高楼就是那些游荡的"猎手"们造成的，他们是财富角逐场上的猎手：端起枪又放下，然后又端起枪，结果打死了自己的亲人。亲人就是这片原野，这片林海，是我们共同拥有的昨天。我们把母亲般的园林给毁掉了，换来的是一片干枯阴郁、没有生命、仿制而成的水泥丛林。这片矗起的水泥就像一道阴森的墙，挡住了我们从今天回到昨天的那条郁郁葱葱的大路。

沿着大楼的空隙走啊走啊，景物一再重复。路旁是生铁铸杆、散见于繁华都市的莲花灯，它们如今又冒着海风站到这里，装点和述说一个完全雷同的轻浮故事，指引我们从一个小区到另一个小区。穿行在这群似曾相识的楼房之间，感觉渐渐麻木，心头泛起一丝凄凉。同行的人见我不说话，也就不再吭声，只是往前走着……

我们这会儿走到了哪里？当年许多人在林子里迷过路，现在同样是迷路，心情却完全不同。

正在彷徨，突然一阵剧烈的炮声从高楼深处传来，很是惊心。我蓦然回首，望向那个炸响的方向。陪伴的人赶忙解释说："正午到了，每到正午就要放十二响礼炮。"我有点惊奇，不知这礼炮缘何而来？朋友告诉，这是为了追念过去，传说这里在清代是一处险要海防，经常用大炮轰击海盗。我问："就在这个地方吗？"他说仅是传说而已，但打炮的事肯定在古代发生过。我说这样打炮多危险，这会儿海里有船怎么办？他笑笑："这是一种氢气做的炮弹，没事的。"具体怎么制成他也说不明白，总而言之没有污染，也没有弹片射出去，只是发出一种模仿的巨响。

我这才松了一口气。

我们在不停地毁掉昨天的同时，却用这十二声巨响追念遥远的过去。看来人人存有怀旧的心情，愿意放大眼前的时空，使自己的精神生活变得更加开阔。可是仅有十二声礼炮还远远不够，它不过是一种猎奇和装点；与其说追溯过去，还不如说是为了一个奢华而浅薄的现在。

而今不要说返回清代了，即便回到几十年前也是难而又难了。用今天的眼光看，这里曾是多么难得的一片土地：密林北临大海，南傍村庄，质朴的村庄也许有点贫寒，但是它们守住了生气勃勃的自然，守住了一片茂长的土地。记忆中的海岸经常收获丰厚，拉网的号子一旦响起来，就意味着大网靠岸。一溜溜脱光衣服的拉网汉子喊着号子往岸上拖拽大网，一座鱼山很快就给搬到了沙滩上。如果是夜晚，渔人挑着火把在海岸上奔忙，随着吆喝声加大，大网就要上岸。月光下人声鼎沸，大鱼跳跃嘶叫……那样的记忆，那样的场景，如在眼前。现在全都消失不见了。

我们能于瞬间毁掉一片浩瀚的林子，可是再花费巨资并加上几十年的光阴，也无法恢复它的原貌：生命的惨烈性和悲剧性也就体现在这种无法回返之中。

十二声礼炮很快过去，接下来是长久的沉闷。

毁岛记

这是海里突起的一座小小山头，由一条古老的沙坝连接一小片陆地，从空中看像半岛上长出的一个犄角。由于它置身海的深处，成为一个奇特的地理坐标。它太美了，多少人不吝言辞地赞美这个大自然的奇迹。我曾领许多外地朋友去这个犄角，只为了炫耀它的美。那时，所有人都被眼前的美景惊呆了：凸起的海蚀崖，墨绿和碧蓝交织的大海，远处点点船影；清冽的海风滤掉了俗腻，梳洗着每一天；一只只海鸥从海蚀崖上扑棱棱飞起，掠过耳畔……海蚀崖下有一条水浪冲刷的卵石小路，可以踏着它绕过半个山头再折回，一路上收获各种各样的惊喜，比如捡到各种海蛤、海参，甚至是小海蜇。透明的海蜇是当地人的珍宝，捧在手中，透过厚厚的蜇肉能看清手掌的纹路。

海岛上开满了黄色的山菊、黑紫色的野鸢尾花；马兰草、莎草、沙参随处可见。各种山果在海蚀崖的阳坡长得浓盛，夏天和秋天站在崖顶看去，犹如一大块绿色的宝石镶嵌岛上。海蚀崖的南坡连接了一个美丽的海湾，湾畔就是一个历史悠久的渔村。这个村庄的人祖祖辈辈与小岛相依，与大海相伴，富足而安静，过着毫不夸张的诗意的生活。这个小岛和渔村都与一个古代传奇连在一起：传说这里是明代一位著名将军的旅居地，将军因为十分喜爱这个小小的半岛，就在前方告急之时，把母亲托付给善良的渔民朋友照料，然后奔赴边关。

岛上的人淳朴，热情而真挚，远方来人如果喝过他们的酒，吃过他们的鱼，就再也难忘这里的豪气和友善，并对大海馈赠的新鲜美物长久回味。

海岛南坡丛林中生活着丰富的鸟类，这里一年四季都回响着声声啼鸣：或宛转，或急促；或柔细，或粗犷。这儿能看到美丽的蓝点颏、杜鹃、黑枕黄鹂，特别是那种与小孩身高相仿的大猫头鹰：面如朗月，行人拍拍手，即缓缓地转过来行注目礼。我第一次见到这种鸟惊讶地打了个趔趄，好不容易才镇定下来。不少人初见此鸟，都像面对了人间最大的奇迹，惊叹、后退，像行礼那样举手招呼……一切多么难忘。这就是记忆的岛、昨天的岛。

万万想不到的是某一天，随着一阵巨大的轰隆爆炸，小岛凸起的小山、它的制高点，突然笼罩在腾起的冲天烟尘中……烟尘消失后，一切都不见了。一座小山瞬间蒸发。

海蚀崖被炸毁了。

它存在了不知千年万年，却在旷世未见的野蛮开发中被轻易地抹掉了。难道这是只有今天才能发生的一个奇迹吗？我们在人类气壮山河的创造纪录中，就加上了这样可怕的一笔。可惜的是，这一次不是战胜和驯服威凌逼人的苍莽自然，而是摧毁了一处秀气可人、带有某种阴柔之美的袖珍美景。如果寻一个性别来比喻，它像一个少女；要找一个动物来形容，它像一只小羊。

人类在这个时期，在文明进入二十一世纪的时候，又当了一次屠杀场上的角色：残忍的操刀手。

事情的原委是这样的：一家农民企业以某种方式从当地政府得到了这座小岛。而今的事情总是诡异，人们难以厘清彼此的权力与界限，只知道一座小岛易手了。从此她的命运落在了农民企业家手里。这样的企业家往往是直截了当，是生猛，比如这次炸毁高高的海蚀崖，竟是为了以高补低：填平海蚀崖旁边的浅滩和小路，以拓出一片更开阔的地场兴办工厂。

这竟然是真的，这竟然成了真的。

古老的小村迁走了，海蚀崖毁掉了，小岛接近消亡。一片工业区可能是化工厂之类，正在建设中。古老的渔村，世世代代的打鱼人，被迁移到另一个靠海的工业区旁，塞进一片拥挤的楼房中。一家老少由海边小院移走，挤到鸽子笼一样的一个个隔间里。由于祖祖辈辈习惯的生活方式与环境不复存在，许多人都要改换行当，另谋营生。他们现在做得最多的，就是发出阵阵叹息，从楼顶眺望自己的老家，那个海岛的方向。

小村的后人去外地上学，生活在南方北方，只无法忘记自己的小岛。他们如今只好想方设法搜寻过去的一些老照片，抚摸着它们过城里的日子。当他们开始懂得疼惜、为故乡流泪的时候，大半都有了自己的孩子。他们孩子的孩子，还会有这样的记忆和情感吗？一个人诞生了下一代，却愈发加剧了那种刻骨铭心的怀念，是多么不幸和悲凉。

小岛毁掉的过程要得到记忆，因为它的被摧毁预示着各种悲惨。它的发生绝非偶然，这仅仅是一场大毁坏的缩影，一个绝情的范例。我们对历史，对天设与地造的美，竟然如此绝情。既然如此，又何必生存？这样想下去，不禁生出彻骨之寒。

愿所有拥有那些小岛照片的人，都要好好保存。那是家乡的面容，它像爱人一样，每次展读都有"战栗之美"；随着年纪的增长，它还会滋生出超越爱人的情感。小岛正是我们的爱恋，她属于所有人，是上苍留下的梦幻之美。

西洋小镇

"多么巧妙和逼真啊！"那些远道而来的购房者连连发出惊叹。在海边，他们竟然找到了一个洋人小镇，名字也是相同的。"看啊！花这么一点钱就住到了'外国'。"他们欢天喜地。小镇建筑风格是造型特异的西方楼阁，那样的街道、窗户、楼体、楼旁小路，到处点缀着西洋物件，比如雕塑。这是开发商在海边拓出的一道西洋风景，与周边相比虽然多了几分新奇，更多的还是不伦不类。原来的荒野生出了今天的楼群，楼群里又多出一个假模假样的西洋小镇，毕竟有些怪异。这里没有金发碧眼的行人，只有舞台布景般的搭建，很不谐调。

这儿似乎给人快感,给人幸福,但不会长久。

小镇往东十里是一个游艇码头,那儿停了十几艘白色游艇。据说在不太遥远的将来,这码头还要扩建,成为北方"最大"的"国际游艇码头"。"最大"与"国际"是现在的通行语,是使用频率最高的两个词,至于事实究竟怎样,使用者是完全不顾的。再往东一点还会看到一个小型的"埃菲尔铁塔",铁塔旁边是西方雕塑:光膀子的女人、头缠桂叶的洋人、形貌怪异的西方古典哲学家和歌剧演员、怀抱半个酒桶的老酒鬼……眼前的一切让我想起城里的一位朋友,他是西洋通,半生都在做翻译工作,陪各种代表团走遍了西方大大小小的城市,晚年想定居海边。有一天他惊讶地告诉我,自己在海边发现了一处西洋小镇,它们简直一模一样,像极了,所以,他要去定居。

"我敢说它复制得很成功,比那些真正的西洋小镇也差不了多少,实在是漂亮。"

他指的就是这类小镇,或者就是眼前的这一座。他一定是夸张了自己的第一印象,因为作为一个经常来往于西方的人,不应该对半岛某处匆促的仿制品如此夸耀。可能这只是表明了他定居的决心,给出了一个理由。

徜徉小镇之中,可以看到那些心满意足的新来的居民。他们穿着时髦的衣服,领着自己的孩子和小狗,漫步于花草树木间,神情松弛,四处张望。他们一定觉得这里一切都好,甩着手臂快慰地说:"多么好的空气呀!哎呀,终于可以放心地吸一口气了!"我却觉得这里空气并不好,因为离这个小镇不远就有一处工业区,那是化工厂和电厂。我明白,他们一定是来自更糟糕的地方,比如交通拥挤不堪、空气污浊到超出想象的大城市,所以到了这个空气并不太好的环境,竟然当成了空气清新的天堂。记得一本书上谈到阿根廷的布宜诺斯艾利斯这座城市,说当年发现新大陆的西班牙人最初登陆,第一句感叹就是:"啊,好空气!""布宜诺斯艾利斯"就是"好空气"的意思。同样是对空气的印象,同样是赞美,二者空气质量却是天壤之别。这就是差别,感受的差别,二者之间掩去了多么可怕的现实和故事。

我问这些小镇居民：住在这里感觉怎样？他们慢慢搜寻着记忆，告诉："买东西不方便，找一个饭店要走很远；附近人口还不够多，太寂寞。我们好想看到一个书店。"我想书店在此地绝对属于奢侈品，建起西洋小镇的人尽可能准确地模仿了一切，尽可能将异地街巷原样不动地迁移到这个海角，可就是忘记了原来小镇上还有一家书店。是啊，那儿有一家漂亮的书店。

记忆中第一次访问那个西洋小镇，中午时分一脚踏入了一家书店。当时我简直惊呆了：温馨，一切笼罩在书香中，脚下是地毯，仰头即琳琅满目的书籍；安静的角落是书吧，镇上的人在静静翻阅，啜饮咖啡……几十年过去，我依然还能想起那个中午，我一口气扑进书的丛林，所有疲惫和困倦一扫而光，久久徘徊不忍离去，也像镇上居民一样，要了一杯冰咖啡。那次我才知道咖啡不用沸滚的热水冲泡，而且可以掺上冰块。我喝着冰咖啡读书，心头溢满幸福。

此时此刻，故地海角这片再造的西洋小镇，若是能够给人那么一丁点儿书林中的感觉，留给一丁点儿品味的记忆，我一定会丢掉全部的埋怨，代之以新的祝福。可惜一切远非如此。生活中存在着种种不便，只有文明的缺失是最大的不便。

我们继续往前。角落里坐着一个愤愤不平的人，好像早有预料似的一直等着我们走近，然后主动迎上来问："你们看这个地方怎么样？很好是吧？"还没等到回答，他就恨恨地说："我真后悔在这里买房子！"他手指一旁的楼房："看，刚买了半年多，一些地方就开裂漏水。外面抹画得红红绿绿像模像样，都是骗人的……住进这里算上了大当。让那些新来的人高兴去吧，用不了多久，都得像我一样。麻烦大了。"

我明白，当年让人惊艳的西洋小镇，起码有几百年上千年的历史和传统。正是这漫长的光阴积累、传统的接续，才会有后来的幸福安居。我们今天以最快的速度把它搬到东方，搬到这片荒原上，未免太急切了一些。更可惜的是，我们没有追求完美的耐心和善意，而是在仿造的同时把贪婪的野心和欲望一块儿砌进了砖石中。因此，我们根本不可能拥有那样的西洋小镇，也不配拥有。它不属于我们。

一些急于掠夺和攫取的地产商，怎么可能安排一个美好安谧的家园？这样的家园可以是东方的，也可以是西方的，但它一定是使用了必要的纯洁和安静，并且加上足够的耐心，才一点点修筑起来的。它应该拥有相应的质地，这样才能承载幸福的未来。

恐惧

几年前，我曾在海边碰到一位打鱼人。他那会儿已经不再打鱼，而是承包了一片海上养殖场。他的家在南边的村子里，因为要看护照料养殖场，就独自搭了一个鱼铺住在海边。

小小鱼铺里的生活用品应有尽有，但非常拥挤和紊乱，光线也不好。鱼铺照例陷进地下，这为了保温，有冬暖夏凉的特点。北风大作的冬日，只要往炉膛里塞进一点柴火，整个鱼铺里就很舒服了。铺子里最触目的是一个很大的地铺，这是他的睡床，又宽又软。他曾当过兵，这种荒野生活不仅没有使其产生寂寞难耐的荒凉感，反而让他获得了极大的满足。夜晚点上桅灯，听着海浪，读着一本自己喜欢的书，别提有多么幸福。他告诉我当年在部队养成了阅读的习惯，书籍帮他打发了很多驻防地的空寂时间。现在在海边养殖虽然辛苦，但空闲时间多，特别是长长的海边之夜，正好用来阅读。

这位海边的嗜读者，给我留下了极深的印象。

这次路过此地，已经与上次相遇隔开了两年多。再次来到这里，却怎么也找不到那座鱼铺了，举目望去，身前身后都变成了建筑工地：推土机停放在新修的道路上，远处正挖掘出一个个大坑，还有一些看不出名堂的沟渠相互连通，里面渗出了铁锈色的水。显而易见，又一场新的开发正沿着海岸线往西推进。我从记忆中搜寻那个方位，往前走着，不信那个养殖场会消失得不见一丝痕迹。从目测上看，我没有走错，最后认定它就在这一带。

找了许久，终于看到了一个半塌的鱼铺。我一下认出了它，匆匆赶过去……里面没有了那位朋友。

工地上的人说，所有海边的人，不论是打鱼的还是养殖的，全都离开了，这里已经属于一个大公司或大集团。不过此地现在究竟隶属于哪个新的主人，他们也说不清。毫不奇怪，因为这种开发来得异常迅猛，有时可以说是猝不及防，一些莫名其妙的人在瓜分这片海岸，他们来自天南地北的大都市，还有从京城赶来的。这些拥到海岸的开发者，让人想起宴席上那些吃相难看的人。

不仅是朋友不见了，就是南边的村庄，有的也没了踪影。我这一天有些倔强和好奇，偏要从海边一直往南找去，走进入了硕果仅存的一两个村庄。最后费了不少劲儿，我竟然找到了这位朋友：原来他正和自己的村子一块儿原地待命，也就是说，等待搬迁。这个时刻他和村子里的人一样，失去了任何劳动度日的心情，也说不出今后的打算。所有人都无法预料自己的将来。做什么？怎么做？只有等待。

朋友抖着手掌，示意说："我们不能大声说话，别声音太高。"他这样说着，引我到一个僻静的地方，嗓子压得很低："千万不要对生人埋怨什么，不要。"

就这样，他时断时续地讲出了一个骇人的故事。那是他离开自己鱼铺的前前后后。他曾经拼出军人的勇力，倔强地抗拒逼迫他搬迁的人，因为海岸承包合同上白纸黑字清楚地写着长长的承包期，他为这片养殖场不知投入了多少热情和精力，更有来之不易的一些积蓄。他实在舍不得。那些逼他走的家伙只有蛮横，没有半点怜惜，更不会讲理。那些人根本不愿承担最起码的补偿，而只是让他快些卷起铺盖走人。在一些新富豪这儿，从来没有什么法律可以约束，他们想怎样就怎样。可是要驱赶他也不容易，他偏要待在热乎乎的铺子里，要等一个稍稍公平的结果。这样拖延了半个月，一天午夜，铺门被猛地撞开，闯进来几个蒙面壮汉，一个个手持棍棒。他拼力抵挡，使出了部队里学得的看家本领。

相搏到最后，他给打得半死。

他在鱼铺里躺了许多天，几乎死去。他捡了一条命，那是因为在野外生活久了，生命力比常人顽强十倍。这会儿，他抚着身上大大小小的疤痕告诉：那个夜晚，那些人差点就把他装到麻袋里扔下大海。我觉得未免有些夸张，他说这是真的，因为麻袋和绳子都准备好了，一点都不是唬人："在风高浪急的夜晚把一个人扔到海里，根本不算什么。"就在他们要那么做的时候，突然不远处有人打着火把往这儿赶来，他们可能是旁边工地上巡夜的人。就这样，那些蒙面壮汉扔下他跑了。

我吸了一口凉气。他说下去：沿海一带许多人失踪了，有的遭到了不测，就因为这些人拒绝离开，拒绝出让自己的土地，拒绝放弃自己的劳动。每个村庄里都有人被打，每个村庄都笼罩在一片恐惧之中。但是他们不敢抱怨，不敢公开说出自己的憎恨，而是要赞美那些集团和公司。

他讲出了故事的后一半，算是结局：他曾逃到很远的地方，去了山区、海岛，与妻儿生生分离。那时他不知道自己还能否回来，有时真的不再做这样的打算。他告诉，他从铺子里回村之后，因为愤恨和不甘，就联合村里像他一样强壮勇敢的人，做好了抵抗的准备。大家采用许多办法阻拦这些开发者，究竟什么办法，他不愿多说，只说从那一刻起种下了更大的祸殃。

无比恐惧的生活开始了。先是一些身份不明的人频频袭扰，让他不得安宁，后来就是直接围堵。在十分危险的境地下，他不得不逃出家门。一群人紧追不舍。毫不夸张地说，那是死里逃生的故事。他讲了一些细节：追赶的人开着一辆装有远射灯的越野车，车上有武器，而且真的开枪。他当时赤手空拳，为了逃脱，就窜到车辆无法行驶的麦地，跳进壕沟，钻入涵洞。在远射灯交织成的恐怖网络下，尽可能找一些黑暗的空隙，最后挣出一条命。

他和同伴们颠沛流离了好几年，那会儿不知将流浪到何时何地。那段黑暗的日子里，他只在伸手不见五指的深夜才潜回自己的村庄一次，但要趁着天亮前快些逃开。他们在外乡四处打听老家的消息，直到得知原先的开发者离开了，这才敢回来。他们归来后才发现，村里好多人都失踪了，留在家里的女人早早白了头发，她们一把抱住归来的男人，泣不成声。

我注意到，几年不见，原先那个腰杆挺直的朋友身子弓了，喘气急促，只有生气时声音才高起来，没有说上几句又是低低地说话，还小心地睃着左右。他处于恐惧之中。我在这种情形下，声音也变得很小，像打探一个绝大的秘密那样悄声询问着。

他和朋友的回答都是声音低低的，当突然换了高声时，一定是在赞扬，赞扬开发者，赞扬那些"集团"："多好啊，多好啊，咱这里要变样了，以后就享福吧，做梦也想不到会像现在一样，真是……"喊过之后，再次低下头咕咕哝哝，说了什么谁也听不清了。

鱼拓画

一位多年不见的海边好友，从打磨文字的作家变成了画家。他展示一幅幅作品，令我无比惊讶：都画了鱼，大鱼小鱼，那么逼真而古朴，看上去有些异样，与以前看过的绘画完全不同。我见过各种各样鱼的水墨画，还从未看到这样的风格。我向他讨了一幅。

我选中一条一尺多长的黑色大鱼，说："这好像是一条比目鱼。"他说："是的，一条比目鱼。"他指点着墙上的画，依次告诉："赤鳞鱼、鲷鱼、鲳鱼……这是一条红鲷，多大的红鲷啊，四斤二两！"最后一句让我吃惊：他显然在说一条真实的鱼。看着我惊讶的样子，他主动解释道："我忘了告诉你，这不是一般的画，这是鱼拓画。"

"什么是鱼拓画？"

"就是给鱼做拓片，像拓碑一样，把宣纸放在上面……"

这令我更加惊奇。我马上想到的是要等活蹦乱跳的鱼死去，等它僵硬时，然后再涂墨，按上宣纸。鱼毕竟不是石头和木头，这事儿从头到尾做下来肯定麻烦。不过到底有多麻烦，我怎么也想不清楚。只觉得这种办法高明而巧妙，他能够想得出真不简单，也许只有生活在海边的艺术家才能有这种奇思妙想。

我知道他喜欢出海钓鱼，是海猎能手，也是烹鱼高手。大概就是这种海上生涯给了他灵感，让他成为一个特别的画家。我尽力发挥想象，说："如果没有猜错，你肯定要把逮到的大鱼搁置一会儿，等它不动了才开始动手。这大约需要多次实践，积累经验，比如墨色浓淡、宣纸按上去轻拍重拍，怎么把握力道等，会有许多技巧。宣纸揭下来还需要动动画笔，最后才能题字落款，成为一幅作品。"

我像一位内行，这样说时，其实内心里已经在琢磨怎样亲手做一幅鱼拓画了。因为这种画是在现成的鱼身上"印刷"出来的，算是一种工艺，只要掌握要领就能完成。我说着，极力隐藏自己要当一位艺术家的跃跃欲试的野心和冲动。

谁知朋友马上摇摇头："死鱼不能拓画。"

"用活鱼？这怎么行？"我的声音变大了。

"让鱼安静一会儿，但不能让它死去。安静的鱼和死去的鱼是不一样的，死鱼，拓出的画也是死的，那就没什么价值了。"

听上去既有道理，又过于玄妙。我甚至认为他有点太较真或太讲究了，换了自己一定不会这样做。因为显而易见的道理：只有死去的鱼才会有木石一样的标本作用，那时操作起来才得心应手。我微笑不语，看着他。

"我让鱼安静下来，让它睡一会儿，在这段时间里抓紧完成。"

"怎么让它睡着？"

"一点酒吧。"

我明白了，它醉眠后，他开始往它身上小心翼翼地涂墨。怎样涂？如预料之中，他语焉不详。大致是按照丰富的经验施墨，而且在宣纸和鱼结合一体的时候，拍按之间，需要高度的技巧。鱼鳞、鱼鳍，特别是鱼的眼睛，都要传神地表达出来。他一再强调"眼睛"。

这使我想到：鱼是有神气的，鱼是有神采的，鱼是有心情的。是的，我不得不确认这样的一种理念，即一切高妙的艺术都是精神的再现、个性的表现。而对于一条海中生灵而言，最能传递这一切的当然只能是眼睛。它要注视，它的悲哀或怜悯都要从目光中流露。它从自己的那个方位投向人间的神情，即便在这样的瞬间也不会泯灭。我想，作为一个艺术家，这种揣测和把握当是至关重要的。这是一切艺术即心灵劳作的关键所在。

他告诉我，一张好的鱼拓画可以把鱼和鱼之间的不同表现出来，也可以将同一种鱼的不同时刻表达出来。不同的鱼，不同的时刻，都在画纸上凝固了，却是凝固了栩栩如生的那个瞬间。

我长时间沉默。我在想鱼和艺术，想生命的奉献，想短暂和永恒。这样一些关系纠缠在艺术创造之中，从来没有例外。离开了这样的领悟，所谓的艺术就会变得木讷。而那些看起来木讷的用来作拓片的石碑之类，却含蕴了十足的生命力。我们一再地拓，拓，复制，只为了再现生命的神色。

一条大鱼留下自己生前的刻记。它带着水族的秘密来到面前，那一刻刚刚沉睡。它曾经活生生地、惊讶地看着这个新的世界，看着和自己完全不同的生命，大睁双眼……

关于鱼和海的故事，朋友可以讲上一整天。那是一些烂漫的故事，惊险的故事。故事的主角大多是鱼。他的这些经历铸就了与水族的深刻情感，也催生了手中的艺术。

后来这幅艺术品挂在了我的室内。它看上去和一般的水墨画大为不同：既是一种拓制，又是活的生命的印迹。我端详的时候，总觉得它的一双眼睛在注视我，充满了悲悯。

它真的就在那里了。它是一个悲剧。它演绎着生命和创造的故事。它讲述了大海：波涛万里，压低的铅云，还有其他……

天尽头的风

天尽头是半岛最东部的一个小小海岬，准确点说它处于一片大陆经度的最东端，所以才有了这样的"命名"。这个名字已经有了几千年的历史，至少在遥远的秦始皇时代，就已经这样称呼了。

历史记载中，这个"千古一帝"曾三次东巡，其中至少有一次抵达了这个"天之尽头"。作为大陆的边缘地带，这里对他而言是多么遥远、多么神秘。他是西部人，看惯了高原景色，而今却要吹拂海风，面对一片渺渺大洋，当时何等心绪，也只任我们去想象了。当天下一统，特别是美丽富饶的东部齐国并于秦国版图之后，整个国土就变得多彩多姿和幅员辽阔了。沿海地区是截然不同的风韵习俗，山水大绿，物质极大地丰富。秦王的有生之年，其脚步不可能踏上他统治的每一寸土地，但对最东端的这片陆地，对王土的边缘，这次却要亲手抚摸一下。

当年他站在这里，脚踏海岬放眼远望，只见大浪滔滔，海天混淆，茫茫无际，一定会思绪万千。后人只凭他东巡的足迹去揣测和推定，认为他当时最关心的事业，就是寻找长生不老药、寻找海中仙人。这就有了徐福率庞大船队入海求仙的千古之谜。

今天的天尽头已成为著名的旅游胜地，它以独有的地理位置、神奇的传说和罕有的帝王行迹，吸引着无数海内外的游人。一个人不到天尽头，就不知道天之广阔、地之遥远、海之浩渺。有一句诗谓"不到长城非好汉"，那么不到天尽头又将如何？

初春时节的一个上午，我们几个人兴冲冲地赶往这个神奇之地，遥望缅怀，踏上古代帝王印过足迹的海岬。到了这里已是上午十点左右，天下起了蒙蒙细雨。风从黄海深处吹来，寒意渐浓。为了抵御春寒，我们启程时特意穿了很厚的衣服，可来到这儿才发觉天这样冷，最后简直凉气彻骨。风一阵比一阵猛烈，细雨更加剧了寒冷。

长时间定定地望着这个声名远扬的海岬：探入海里，一小块凸出的岩石，靠海一端矗着一座石碑，上面刻的"天尽头"三个大字赫然醒目。任何人到此都要止步，因为它的前方及左右都是滔滔海浪，真的再无进路。回头看，不到百米之处耸着另一块碑石，上面写了"好运角"三个字。

身后这块石碑当然是新立的，那三个字其实只为了对冲一个不祥的暗示：一个人既然来到了天尽头，也就意味着走到了绝路，所以很不吉利。这种预示会让人刻意躲避，对于旅游业的发展来说显然是一个忌惮。于是后来就有了这块新碑，有了再次命名。不过无论如何，一个沿用了几千年的名字最终是改不掉的，也没人敢彻底抹去。

就在那句吉祥话的旁边，有一处群雕，自然是为了纪念秦王东巡的壮举：肃穆的始皇帝，冠盖、随从、武士，一色青铜。这位古老的帝王，青铜的帝王，此刻在寒雨劲风中显得格外威严。我注视群雕，想象很久很久以前的奔波与艰辛。后人猜测他遥遥东巡之路绝不仅仅为了探寻长生不老的仙药，也不仅是对富裕齐地的好奇，而是另有大谋，即强固难以驯化的东夷族，夯实边地统治之基。是的，比起寻仙之事，这算是最为现实的政治需要。

传说中的"三仙山"位于东部深海的一片混沌迷茫之中，缥缈之处居住仙人。那里一直是秦始皇的梦牵魂绕之地，有着持久的吸引力。或者就在这次东行之后，或者从更早的时候起，那个叫徐福的奇异人物就进入了他的视野，最终率一个庞大的船队出海了。他是受秦始皇派遣的。

从此即有了古代航海家徐福的故事了。记载中秦始皇不止一次会见了徐福，在东巡之路的某一时段，约对方于黄县莱山月主祠，有过一场密谈。这次约见的结果就是让徐福率"五谷百工"和"三千童男童女"，组建起一支浩大的船队。当年秦始皇站在"天尽头"，心中一定升腾起无尽的希望。也正是那次派遣，使中华民族的历史上发生了一个惊天动地的大事件，一个神话般的传奇，出现了一位比哥伦布还要早一千八百多年的探险者，一个寻找新大陆的冒险家。徐福的船队穿越对马海峡，途经济岛，入韩国，最终抵达了日本列岛，在历史学家那里已是不争的事实。

古老帝王第三次东巡匆匆来去，是一个很快消逝的孤独身影。那一次他由这片海岬西行，行至山东西部一处叫"沙丘"的地方即染病不起，结束了短促而宏大的一生。也许是巧合，他从天尽头径直走到了生命的尽头，从此，这条路、这个地方，也就变得多少有些骇人了。

关于这里的不祥传说很多，当代人的某些经历和际遇，被演绎得有声有色，以至于影响到此地的游客数量。我们作为游人，心中真的不能不生出一些多少有点滑稽的想象，对踏上这个海岬生出一点悸惧。人们一边惊喜地观望古迹，一边在心里祝祷，希望留给自己的是回头看到的那三个字的内容，交上"好运"。

风势还在加大，雨丝密织。离开这组青铜群雕只有几十步远，看去已经模糊不清了。昨天离我们太过遥远，隔开了几千年，可是一切又恍若眼前：漫长的历史仿佛只有一瞬，我们现在和古人，而且是一个统一中国的帝王的脚印重叠了。

一瞬映照永恒，以至于成为历史与生命的巨大参照。一些关于形而上的终极思绪在这里徘徊缠绕，袅袅升起。对此我们常常视而不见，可它现在实实在在地化为具体，化为当下。

2017年10月补记

我的原野盛宴

野宴

我们家在海边野林子里。它是一座由几行密密的榆树围起的小院,院门是木栅栏做成的。屋子不大,石基泥墙,屋顶铺了厚厚的苫草和海草。

茅屋四周是无边的林子。往南走十几里才会看到一些房屋,那是离我们最近的村子。

到我们这儿来的人很少。生人常常觉得一座茅屋孤零零地藏在林子里,有些怪;屋里只有我和外祖母两个人,也有些怪。

其实这里一直就是这样,在我出生前就是这样了。妈妈在一个大果园里做临时工,爸爸在很远的山里,所以平时只有我和外祖母了。妈妈隔一个星期回来一次,爸爸半年回来一次。我常常爬到高高的树上望着山影,想看到父亲。

来小院的人很少知道我们家的事,甚至不知道小院北边不远的林子里还藏有一座小泥屋,那是我们原来的家。它更小,泥顶泥墙,只有两间,已经半塌了。

外祖母说那座小泥屋是很早以前的了,而现在的茅屋是我出生前才盖的，就为了迎接一个新人的到来。

"'新人'是谁？"我问。

外祖母笑了："当然是你！"

我没事就去那个半塌的小泥屋里玩，因为它是以前的家，里面装了许多秘密，看也看不够。其实屋里空空的，东间是光光的土炕，西间是一小堆烂木头。小小的窗子早就破了，屋里积起了半尺厚的沙土，大概再过几年，它就会将整个屋子填满。西间屋顶已经露天了，那儿常常有一只探头探脑的鸟儿。

外祖母不让我去那座破泥屋，担心有一天会突然塌下来。可我一点都不害怕，我知道，它其实很牢固。

偶尔来我们家的有三种人：采药人、猎人和打鱼人。他们进出林子时就到我们家歇歇脚，喝一碗水，抽一会儿烟。这些人有时会送我们一点东西：一条鱼或一只野兔。

采药人有一条大口袋，打猎人有一支长枪，打鱼人有一杆鱼叉。他们都会抽烟，会讲有趣的故事，我最乐于和他们待在一起。

有个采药人叫老广，五十多岁，来的次数是最多的。他坐在桌前，除了喝外祖母端来的一碗水，还不时从口袋里摸出几颗炒豆子吃。他给我几粒，又硬又香。不过我最爱听他讲故事。他有一次看看我，又扬脸对外祖母说：

"大婶子啊，我今天遇见一桩好事……"

外祖母并没有停下手里的活儿，因为她听到的各种故事太多了，对什么都不再惊奇。可是我听得眼都不眨一下。

老广以前讲林子里的奇遇，无非是碰到一只什么怪鸟、一只从未见过的四蹄动物，还有打扮奇特的人，再不就是吃到了什么野果、喝到了什么甘泉。这次他开口就是一声长叹，摸了一下肚子说："我被撑坏了！直到这会儿……还有些醉呢！"

我这才注意到老广的脸有点红，而且真的散发出一股酒气。不过他没有醉，说出的话清清楚楚。以前我见过一个打鱼的人醉了，走路摇摇晃晃,一开口前言不搭后语。

老广这会儿讲出的事情可真有点让人不敢相信!原来是这样的:他在林子里采了一天药材,正走得困乏,转过一片茂密的紫穗槐棵子,看到了几棵大白杨树。他想在树下好好歇一会儿,因为这儿的白沙干干净净,四周都是花儿草儿,真让人喜欢。可是他还没有走到大树跟前,就闻到了一股浓浓的酒菜味儿。

"大婶子,不瞒你说,我这鼻子忒尖,一仰脸就知道,要有一件怪事发生……"老广抽着鼻子。

外祖母头也没抬,继续忙着手里的活儿。

"瞧瞧!几棵大白杨树下有一个老大的树墩,上面铺了白杨叶儿,叶儿上搁了一个个大螺壳儿、木片、柳条小篮、树皮,全盛上了最好的吃物,什么花红果儿、煮花生、栗子核桃、炸鱼和烧肉、冒白气的大馒头,还有一壶老酒……"

屋里静下来。我一直盯着他,见他停下来,就不住声地问:"啊,快说说是怎么回事?树下发生了什么?"老广鼓着嘴唇,故意待了一会儿才回答:

"原来是林子里的精灵要请客啊!什么精灵我不知道,不过我敢肯定是它们!这么深的林子,一二十里没有一户人家,谁会摆下这么大的酒宴?这分明是野物干的,它们或许是欠下了什么人情,这会儿要还,就这么着,摆上了一场大宴……"

外祖母抬头看他一眼:"你就入席了?"

老广搓搓鼻子:"这可莽撞不得,大婶子!你知道我是个沉得住气的人,这要耐住性子等一等再说。我知道主人肯定是出去邀客了,它回来如果见我偷吃了,还不知气成什么哩,不会饶过我!我等啊等啊,离开一点儿,躲在栗树下看着,肚子咕咕响,馋得流口水。就这么过去大半天,一点动静都没有!本来盼着看一场大热闹,比如狐狸、野猪、猞猁,它们老老小小搀扶着过来赴宴,谁知咱白等了半天,一点影儿都没有……"

我长长地吐了一口气,咽下了口水。

老广掏出烟锅抽起来,实在让人着急。他抽了几口烟,笑眯眯地说:"后来我才明白过来,这场大宴就是为我准备的!"

外祖母抬起头,严肃地看着他。

老广磕打烟锅:"我记起来了,有一年一只老兔子折了一条后腿,我可怜它,就嚼了一些接骨草为它敷了,又用马兰替它包扎得严严实实……这是真的!我琢磨这只老兔子如今成了精,这是要报答我啊。那就别客气了,饭菜也快凉了。我坐在大树墩跟前,先向四周抱抱拳,然后就享用起来。哎呀,这酒太好了,第一回喝到这么好的酒。我喝了整整一壶……"

故事到这儿算是讲完了,老广要走了。他出门时将脚背在门槛上蹭了蹭,又重复一遍:"我喝了整整一壶。"

我怔着,还没等醒过神来,采药人已经走远了。外祖母说:"老广这个人啊,哪里都好,就是太能吹了!"

我没有反驳。我一直在想刚才的故事,觉得老广说的全是真的。他身上的酒气,还有他讲出的一个个场景,那都是编不出来的。再说他为什么要瞎说一些没影的事?就为了馋我和外祖母?这不太可能。

就从那一天开始,我到林子里玩耍的时候会不知不觉地留意:大树下的大木头墩子,上面有没有吃的东西。前前后后看到了好几个大木头墩子,可惜上面光光的,什么都没有。

林子里的野物太多了,它们每天忙忙碌碌,究竟在干什么,我们怎么也想不明白。它们大概除了找吃的东西,再就是打打闹闹,做一些游戏。它们在林子里做了哪些怪事,人是不知道的。不过它们肯定要一家人待在一起吧,一旦长时间离开爸爸,也会想念的。不同的是,一只鸟儿不需要爬到高高的树上遥望,因为它有翅膀,很快就会飞到爸爸身边。

外祖母不让我去林子深处,说一个孩子不能走得太远,那里太危险了。她讲了几个吓人的故事,它们都发生在林子里。什么迷路、野物伤人、毒蜂、摘野果从高树上跌落……按她说的,我只能在茅屋旁不大的范围里活动,往北不得越过那幢废弃的泥屋十步。她指了指泥屋北面那几棵黑苍苍的大橡树，那就是我活动的边界。

不过，我如果做出一点让外祖母高兴的事情，就可以跑得稍远一些。比如在林子里采到蘑菇、拔到野葱野蒜，回家就会得到她的表扬，她也不问这些东西是从哪里搞到的。这样我就能越走越远，一直往北，把那几棵大橡树远远地抛在身后。

大橡树北面是一些柳树，我看到一只大鸟沉沉地压在枝丫上，好像一直在看着我，并不害怕，直到离它十几步远时，它才懒洋洋地飞走。不远处有什么在走动，蹄子踏动落叶的声音非常清晰：一会儿停下，一会儿又走，最后唰唰奔跑起来，跑远了。一群鸟儿在半空打旋，从我的头顶掠过。一只花喜鹊站在高高的响叶杨上对我喊："咔咔咳呀，咔咔沙沙！"喊过之后，七八只喜鹊一齐飞到了这棵树上，盯住我。

我想那只站在高处的花喜鹊一定在说："快看快看，看他是谁！"我迎着它们好奇的目光说："不认识吗？我就是南边茅屋里的！"

它们一声不吭，这样安静了一小会儿，就放声大笑起来。它们的粗嗓门可真难听："咔咔哈哈，咔咔哈哈！"它们笑我的愚笨：逗你呢，谁会不认识你呢？

我不太高兴，不再搭理它们，折向另一个方向。一只黄鼬从泡花树棵里跳出来，直直站着看我，提着前爪，一双大眼睛水汪汪的。我和它对视，看呆了，惊得说不出话。这是我第一次这么近地看着黄鼬。这会儿正好有一团阳光落在它的身上，一张小脸金灿灿的，啊，它那么俊。

一只野兔被惊扰了，跑起来仿佛一支利箭，翘起的尾巴像一朵大花，摇动几下就不见了。老野鸡在远处发出"克克啦、克克啦"的呼叫，可能正在炫耀什么宝物。

随着往北，林子越来越密，高大的树木中间是矮小的荆丛，还间杂着一些酸枣棵。彤红的枣子闪着瓷亮，在绿叶中特别显眼，好像对我说："还不快摘一颗？"我摘了许多，又酸又甜。

直走得身上汗津津的，我才坐在一排枫树下。这里是洁净的白沙，除了一蓬荻草什么都没有。七星瓢虫在草秆上爬着，一直爬到梢头，然后犹豫着再干点什么。面前的白沙上有几个小酒杯似的沙窝,我知道这是一种叫"蚁狮"的沙虫,沙窝就是它的家。我用小拇指甲一下下挑着沙子,嘴里咕哝:"天亮了,起床了,撅屁股,晒阳阳。"

蚁狮被我惹烦了,最后很不情愿地出来了。它真胖。轻轻按一下它圆鼓鼓的肚子,肉囊囊的,感觉好极了。它举起两只大螯,那是用来捕蚂蚁的。

旁边响起"沙啦啦"的声音。我放下蚁狮。几只小鸟在枝头蹿跳,小头颅光溜溜的,机灵地摆来摆去,是柳莺。它们嘴里发出细碎的响声,就像有人不停地弹动指甲。不远处有一只四蹄动物走过,踩响了树叶,它可能看到了我,立刻停下不动。

我循着响声去看。啊,一只刺猬,有碗口那么大。它亮晶晶的眼睛瞟着我,一动不动。我走近它看着:好大的刺猬,周身洁净,每一根毛刺都闪闪发亮,紫黑色的鼻头湿漉漉的。我试着用一根树条将它驱赶到白沙上,可它绝不移动,很快变成了一个大刺球。我推拥刺球让它滚动,滚到白沙上。太阳晒着它,几分钟后它终于一点点展放身体,昂头看着。我想和它说点什么,离它更近了,甚至看清它长了一溜金色的眼睫毛。

如果不是后来发生了一件事,我会和这只刺猬再玩一会儿。我想找来一点东西喂它,琢磨它会喜欢什么,正想着,一群灰喜鹊呼啦啦从远处飞来,紧接着又有几只野鸽子扑到了身边的枫树上。

我转过身,立刻看到一只大鹰出现在半空,像一个小风筝。

我迎着它呼喊:"坏东西,离远点!不准过来!"我伸出拳头威吓。它一点都不在乎,竟然迎着我缓缓地下降。我继续呼喊。大鹰在离地十几米远时,狠狠地盯了我一眼,升到了空中。它终于向另一个方向飞走了。

我那会儿记住了鹰的眼神:又尖又冷,像锥子一样。

我身上的汗水流下来。转身看枫树上的鸟儿,它们在枝丫上跳跃,轻松了许多。我很高兴,不过觉得有点饿了,于是又想到了采药人老广的故事:林子里突然出现了一桌酒宴……

真可惜，这种神奇的好事今天大概遇不到了。

往回走的时候，一路饱尝了野枣和野葡萄，还在合欢树旁发现了野草莓……回到茅屋时天已经黑了，外祖母不想理我。她端着一笸箩干菜。这些干菜会放在泥碗里，掺上小干鱼蒸熟，同时锅里一定会有喷香的玉米饼。我追着外祖母说：

"我在林子里转，你猜遇到了什么？"

"遇到了什么？"

我伸手比画："一桌酒席，真的，就摆在几棵大枫树下。好吃的东西可真多，还有一壶老酒……"

她看着我鼓鼓的肚子，脸上有了笑容。不过她才不会相信，说："这种事不会让你碰到。"

"为什么？"

"因为，"外祖母放下手里的东西，抚摸着我的头发说，"孩子，你为野物做了什么好事？它们为什么要给你摆宴？"

我答不上来，脸有些发烫……是的，我心里明白，这样的酒宴自己还不配享用。

好朋友

妈妈从园艺场回来，带了一包干蘑菇、一叠彩色的纸，还有一个好朋友。蘑菇交给了外祖母，她接到手里时对在鼻子上嗅嗅，说："是上好的松蘑。"彩色的纸和好朋友都交给了我。妈妈拉住这个瘦瘦的男孩说：

"你们常在一起玩吧！成为好朋友！"

他从来到茅屋就一副木生生的样子，看着屋里的一切，并不说话。妈妈话音刚落他就笑了，一只小手搭在我的手上。我离近时，发现他的脸很白，长了一层密密的绒毛，就像桃绒一样。我也笑了。

他叫壮壮,其实一点都不壮。妈妈说他是东边不远处一位看园老人的孙子,爸爸妈妈不在身边,所以你们俩一起玩是最好不过的。

妈妈把彩色的纸铺开,每张只有两个巴掌那么大。

原来这是包苹果用的:那个大果园的苹果不同于别处,成熟后要每只包上一张彩色的纸,然后再放到盒子里。妈妈取来几支蜡笔,教我们涂抹。她先示范,画了一朵花,又画了一只猫。

妈妈离开后,我和壮壮一直在画这两样东西。画不像。我画了一只刺猬,外祖母过来看了看,说:"差不多。"我还想画黄鼬、鹰和兔子,结果一点都不像。我又画了一棵草,有几片叶子,外祖母说这个还不错。

壮壮就在我们家过夜,我太高兴了。晚饭后我们躺在西间的炕上,只说话不睡觉。外祖母过来加了被子,拍拍打打,催我们早睡,说有话留到白天讲也不迟。"睡足了觉才能到林子里玩。"她把被角按了按,离开了。

壮壮很快打鼾,不一会儿又笑了。我说:"你肯定吃了很多桃子,脸上才长出这么多桃绒。"壮壮没有反驳,摸摸脸,眨着眼睛,大概在想其中的道理。

"你爷爷是护园人,他有枪吗?"我想起了一个重要的事情。

"有,很大的一杆枪。"

我呼地一下坐起:"他打枪的时候你害怕吧?"

壮壮摇头:"爷爷从来没有打过枪。他只是背着它。我堂叔也有枪,他有时来看爷爷,去林子里打猎……有一回他打伤了一只狐狸,牵回来。"

我转脸看着壮壮,觉得他讲出了一件大事。

"真的,堂叔把受伤的狐狸拴在爷爷的小院里。我等它的伤养好,就把它放到了林子里。堂叔过了几天回来找狐狸,骂人。我说是它自己夜里咬断绳子跑掉了。他拿我一点办法都没有……"壮壮嘻嘻笑。

我暗暗钦佩起壮壮。他真了不起。我告诉他采药人老广的故事,以此为例,说他帮过狐狸,一定会得到它的报答。"说不定……你以后去林子里会遇到好事的,你救了它。"我肯定地说。

"爷爷知道叔叔会把狐狸卖到城里,也知道是我放了它,高兴哩……狐狸会怎么报答?我可没想过!"

就说到这儿,我们睡着了。

天亮了我们没有去林子里,而是有更重要的事。我和壮壮要一起去小果园,去看那支很大的枪。与外祖母打过招呼后,我们沿着一条小路往东再往北,是妈妈去大果园要走的路。

这条小路弯弯曲曲,很长很长,要走半天,路过许多有意思的地方。我对这条小路熟极了,以前走了两次,路旁的一切都被我牢牢地记住了。那是妈妈领我一起走的,我要跟她去那个大果园,是我再三央求的结果。

上路不久就看到了两旁的野菊花,粉红的、金色的,在阳光下闪闪发亮。再远一点是地丁草和臭荠,苘麻和木天蓼。不太高的柽柳和小黄杨中间长着粗大的麻栎和银白杨。啄木鸟敲着树干,发出"笃笃"的响声,人一走近它就躲到了大树背后偷偷地瞅。一只长尾巴雄野鸡胖胖的,听到脚步声猛一抬头,然后一阵急跑,一连钻过几个低矮的荆棵,十分费力地飞到了空中。

来到一条哗哗流淌的水渠前,刚踏上两块柳木搭起的小桥,一只青蛙从下面"唰"一声蹿起。一条很长的黑鱼瞪着眼睛从草须里探头,吐出一个大大的水泡。几只大绿蚂蚱从渠岸猛地弹到空中,发出一串"呷呷呷"的声音。

过了小桥就是一片柞木、一片榔榆,它们中间的空地上长满了密密的白毛花,风一吹就像浪涛一样涌来荡去。我以前采了一大把白毛花问妈妈,她说:"问你姥姥去,她叫得出所有花草的名字!"妈妈说外祖母算得上半个植物学家,总让我问她。外祖母说这种白毛花叫"荼花",还说:"有个成语叫'如火如荼',说的就是它了。"

这个成语就是那一次被我记住的。

白毛花前边是黑色的松林,它们遮天蔽日。人走在松林中的小路最好是大声说话、咳嗽，或者唱歌。因为林子里的一些动物总是在暗中跟着人，它们会猛地蹿出来吓人一跳。人的大声会让它们明白：我们一点都不怕你们。

穿过松林再走一会儿，就到妈妈的那个大果园了。可这一次我和壮壮刚过了小木桥就折向南：不远处就是那个小果园，那就是他和老爷爷住的地方。

离那儿还有一段路，就听到了"汪汪"的叫声。一条黄白相间的花斑狗跑出来，身子拧成了花儿过来迎接，先朝我轻轻吠一声，然后在壮壮面前跳起来，伸出两爪一下搂住了他。我一下子就喜欢上了这只狗。

小果园里有一间小屋，院子围了竹篱笆。这个院子比我们家的小多了，院门是发黑的松木做成的。一个矮矮的老爷爷站在门口看着我们，欢天喜地的样子。壮壮和狗一块儿贴紧了老人，然后开始介绍我。

小果园里有各种果子，正是熟透的时候，实在馋人。我见了发红发紫的果子就有点忍不住，心里急抓急挠的。我一直是这样，这大概是一种病。好在老人很快摘下了一些梨和苹果，还有一大捧紫葡萄。老天，这葡萄可真肥。

吃过果子，我开始寻找那杆大枪，心里一直牵挂着它。原来它就挂在屋内的北墙上，黑乎乎的，枪筒比我的胳膊还长。老爷爷见我一直在看枪，就说："这不过是个摆设，里面没装火药。"

由枪说到了那个打猎的侄子，老人立刻不再吱声，脸也拉长了。壮壮的嘴巴噘得很高。老人的大手拍拍孙子的肩膀："我会管住那个臭小子。"

壮壮和花斑狗出门的一会儿，老人对我说："我那侄子进林子打猎，有时还要领来一大帮人。他们胡吃海喝的时候，壮壮偷偷把他的霰弹泡在水里，还往枪筒里撒过尿……"说着，他大笑起来。

我被调皮的壮壮惊呆了。我太喜欢这位新朋友了。

"你俩在一起玩也好，省了我的心。到了明后年你们就能做伴上学了。"老人说。

我讨厌上学。我最挂念的还是那支被撒过尿的枪,问后来怎样了?老人呵呵一笑:"后来那家伙扛着枪进了林子,见到一只大白狍子,可就是打不响!那小子脾气暴啊,急得大骂。后来他从枪口上闻到了尿臊味,也就知道了是怎么回事,从林子里出来狠狠打了壮壮。他们俩就这样结下了仇。"

"我也与他结下了仇。"我在心里说。

午饭和晚饭都棒极了!篱笆上垂挂的豆角、园子里的野菜和蘑菇、墙上挂的干鱼和坛子里的蟹酱、金黄的玉米饼、刚出锅的豆腐……这里的好东西真是太多了。我和壮壮的肚子撑得圆圆的,没法睡觉,就在炕上一边滚动一边没头没尾地讲故事。壮壮的故事里总有各种野物,它们什么事都敢干,比如偷酒喝,半夜用毛爪胳肢看园子的人,还在窗外像人一样地咳嗽。原来这些真真假假的事全是老爷爷讲的,他大概比采药人老广知道的事情还多。

清晨我们起得很早。我和壮壮出了小果园就去林子里玩了。

我领着他,不知怎么就走到了那几棵大白杨树旁。我指着大树下洁净的白沙说:"野物会在这儿摆上一桌大席,这场酒宴可丰盛了,有肉有鱼,更有各种果子。它们像人一样,也要过节,也要请一些好朋友来喝上一杯。"

壮壮看着大树和白沙,咂着嘴。阳光把他脸上的细绒照得亮灿灿的。

我们整个上午都在林子里走,很想迷一会儿路:听说人迷路了会格外着急,团团转。可是走了很长时间,总也没有迷路。野果真多,它们不是酸得让人使劲皱眉,就是涩得拉不动舌头。有一种花叶树上结出的像毛球似的红果,我们尝了尝,发觉又酸又甜,就一口气吃了许多。

后来,我和壮壮一起返回茅屋。我把衣兜里的几颗红果交给外祖母,她看了看说:"这是构树果,也叫楮树,它的果儿可不能吃多。"

壮壮在茅屋里玩了好久,回家了。他刚走我心里就有些空荡荡的。我认为壮壮是自己的朋友,也适合做所有野物的朋友。那只被他救下的狍子,还有那只受伤的狐狸,说不定真的会为他摆上一场酒宴!谁知道呢,这事到底能不能发生,就让我们等等看。

又过了一些天,我见不到朋友,一个人去林子里玩,多少有点烦。林子里的鸟儿尽情享用树籽和果子,野物们毛色油亮,一看就知道它们在秋天里吃饱喝足,十分高兴。不过采药人老广说的白杨树下的大木墩、那种好事,好像不太可能发生。

几天后,我又一次来到了那几棵高大的白杨树下。啊,一点都不错,白沙,一个大树墩!我惊得合不拢嘴:一切都像老广说的一样,只是树墩上空空的。我端量了好一会儿,挪不动步子。

后来我好好忙活了一阵子:采来巴掌大的栗树叶子、枫叶和光滑的树皮,整齐地铺在树墩上,然后又四处采摘果子。野枣、红球果、嫩沙参、野李子、刚开苞的小香蒲、甜茅根……把它们一束束一捧捧摆好,远远地看一眼心里就高兴。

我轻手轻脚退开,然后飞一般跑起来。我一口气跑出林子,跑到了那个小果园,在篱笆旁平静了一会儿,开始大声喊起了好朋友。

壮壮出来了。我说:"今天一起床就想起了你,这么好的天气,咱们该到林子里采蘑菇吧,啊啊……"

花斑狗从果园里跑出来,一下抱住了我。

我躲闪着左右亲吻的狗,推推拍拍时,壮壮已经跑开了。一转眼的工夫,他回屋取来一个柳条篮。花斑狗也要跟上,老爷爷阻止了它。

我领着壮壮绕了一段路,仿佛毫不经意地接近了那几棵白杨树。

可惜我们来晚了。在离大树十几步远的地方,我们被眼前的情景惊呆了。我们相互做个手势,伏下身子,掩在一丛荆棵后面呆呆地看……

一大群喜鹊围在那个摆满了各种果子的大树墩上,咔咔叫着,大吃大嚼。一只最肥的家伙显然是领头的,它蹲在最中间,伸着翅膀,嘴里发出"咔咔,咔沙咔沙"!我一下就听明白了,那是一副慷慨大方的样子,它让大家使劲吃:"咔咔,尽吃尽吃!"

一顿大餐正在进行中,其他鸟儿也飞来了。好像周边的树丛中也渐渐有了响动,那是另一些动物……我手搭壮壮的肩膀,小声说:"我们来晚了……"

壮壮亮晶晶的眼睛看着我,满是疑惑。

我盯着那群喜鹊说:"肯定是你救下的什么野物为了答谢你,早就在这儿摆好了一大桌酒宴……真可惜,它等你不来,结果让一群鸟儿给发现了。这可是你亲眼见的!我们真的来晚了……"

壮壮惊得合不上嘴,一直看着那群大吃大喝的喜鹊,好像遇到了让自己最高兴的一件事。

我也有些感动。

泥屋的秘密

我常去那间半塌的小泥屋。外祖母知道了就板着脸:"别再去了,突然塌了怎么办?离远点。"我说:"不会塌,它多结实啊!"我说得没错,它很久以后都会好好地待在那儿。

不过它看上去真的有些不妙:至少三分之一的屋顶没了,两扇破门板总是虚掩着,小窗也朽掉一半。我不明白的是,这幢小屋要么好好的,要么拆掉算了。好像我们家故意不再管它,就让它自己在那儿接受风吹雨打。不过我觉得小泥屋自己过得很快乐,它并不难过。

夜里刮大风,下大雨,雷声隆隆,我会惊醒起来。这时我就想到北面的小泥屋:它会冻得浑身发抖,会孤单,会抱怨主人把它扔在一边。天气好时,或者风清月明的晚上,它一定是高兴的。

我不知道它是否喜欢被人打扰。我每次去小泥屋都悄没声的,生怕惹它不高兴。我心里明白,这个地方看上去安静极了,实际上大多数时候都是热热闹闹的,藏下了许多别人不知道的秘密。外祖母一天到晚太忙了,她对小泥屋一点都不关心。

在我看来，小屋塌下三分之一屋顶也是好事，因为那儿露着天，晚上能看到星星，下雨的时候能落进雨水，白天还能射进阳光。所以小屋里靠近这一边的地上长了茂盛的植物，有紫色的蓼花，有小蓟和打破碗花，有蒲公英、瀿菜、茜草、大马齿苋、碱蓬、地肤子、虎耳草、酸模和紫苏，简直数也数不完。我采了它们让外祖母一一辨认，她全都叫得上名字。这儿还生出了好多蘑菇，大多是不能吃的草菇。屋角的一堆烂木头那儿是探险的好地方，里面的各种小虫一天到晚忙忙碌碌，它们当中有长了一对长须的大个头黑水牛、生了一串长腿的蜈蚣，还有发出"咔吧咔吧"响声的磕头虫、通体闪光的金龟子，更多的是谁也叫不出名字的种种怪虫。烂木头旁的角落里有一个大蜘蛛网，上面总是悬了一些小飞虫，沿着网丝往一边找，一定有个阴沉沉的大块头蜘蛛蹲在一旁，一会儿就会爬过来享用它的大餐。

如果挖开屋角和木头旁的松散土屑，小虫子们马上四处逃窜，有的钻进小洞里，有的沿墙角跑得无踪无影。又大又肥的土元跑不快，要逮住它们很容易。土元卵像小红豆豆似的，有的已经孵出了一些小土元。个别土元长了长长的翅膀，但从未见它们飞起来。拣一些最肥最大的土元放到一起，看它们缓缓地往前爬，就像小画书上看到的坦克车差不多。这片潮湿的土中似乎应有尽有，只要细心地翻找，什么奇迹都会出现。

我最想找到比拇指还要大的紫红色的大蛹。那真是可爱的东西，在我看来属于真正的宝贝级，简直完美无缺。它安静的时候就像一颗野生的大枣，尖尖的头颅动起来时，才会让人想到这是一种活生生的动物。如果在光线明亮的地方观察，它硬壳上的每一道环纹，都闪着深紫色的荧光。最有趣的是和它玩，这时才能知道，它竟然还懂一点点事。

如果用三根手指轻轻撮住它的屁股，然后大声说"东、西、南、北"，随着喊出的号令，它的尖头就会向着四个方向逐一转动。

红蛹真是可爱的肥家伙。我不会把它叫成虫子，因为它没有腿，也不能爬动。小屋的土中可以找到大中小三种红蛹：越大越宝贵；稍小一点的颜色很重，也很可爱；奇妙到让人不敢相信的，是一种身上长了"钢笔卡子"那样的大红蛹，只不过这卡子无法别到衣兜上。我把大红蛹放到光亮处仔细看，又贴到脸上感受特别的滑润。它洁净得没有一丝灰气。

外祖母看了我带回的几只红蛹，说它们到时候都会变成"凤蝶"：最肥的那只变成蝴蝶后，有碗口那么大，淡绿色，漂亮极了。这种蝴蝶飞的时候不紧不慢，飘飘悠悠，最爱去的地方是春天的果园，所以人们都叫它"苹果蝶"。稍小一点的会变成黑色的蝴蝶，像小孩的拳头那么大，常在刚刚开花的花椒树那儿慢慢地飞，所以人们都叫它"花椒蝶"。

我最好奇的是那只长了"钢笔卡子"的大红蛹，问外祖母，她也没有见过，只说："这得找专门的昆虫学家了，他们会知道。"我从那时起才知道有一种了不起的人，他们是专门研究虫子的。可惜当时他们还不可能到我们的小泥屋里来。

在外祖母的催促下，我把几只红蛹放回了原来的地方。一开始我想用软软的棉花将它们包起，装在枕头边的小盒子里，夜里可以随时伸手摸一下。外祖母说你如果对动物好，真好，就要依着它们的本性。"什么是'本性'？"我问。"就是和我们不一样的活法。"她说。

我想了想，好像是对的。不过有些野物坏极了，那就是坏的"本性"了。

小泥屋的大炕还没有塌，这真不错。我抱了一些干草铺在上面，又用蒲草扎成了一个松软的大枕头，大白天躺在上面想心事。在这儿睡觉也不错，不过总也睡不着，因为只要安静一会儿，就一定会有什么东西出现在小窗上，它们往屋内瞥着。有的竟然长时间不走，这让我慌慌地心跳。

白头翁、长尾灰喜鹊、红嘴山鸦、老斑鸠，都在窗外晃着脑袋往里瞅过，如果我没有在意，它们就会"笃笃"地啄响窗棂。有一天我正在躺着出神，一只比野猫还大的什么动物伸出前爪使劲推拥窗子，像是生气了，要一口气把窗框扳下来。这家伙的眼睛像獾一样尖亮，牢牢地盯了我几眼，最后很不情愿地走开了。

不过无论如何，大白天的小泥屋还算安全的，我想，这里到了夜晚就会发生各种事情，如果聪明最好还是躲开。我在屋内细细勘察，看着松土屑上的一些痕迹：有兔子和狗的蹄印，还有许多我不能辨认的大大小小的蹄爪印；最可怕的是这其中还夹杂了几只小孩脚掌那么大的蹄印，踏得很深，一看就知道是一个大块头留下的。

天哪，有一些古怪或凶险的野物来到了小泥屋，是趁着伸手不见五指的黑夜来的。不过它们要来这个空空的屋子里干什么？这实在让我好奇。

有一天晚上，天完全黑下来，我忍不住往北走去，想轻手轻脚地靠近小泥屋。离它还有十多米远时，就听到里面传来"叽叽喳喳""扑扑啦啦"的声音。我站下，屏住呼吸。正这会儿，屋里突然发出了一声尖叫，接着是"哈哈"一声大笑。我吓得转身就跑，跑开几步又蹲下了。这样静静地待着，直到再也听不到一丝声音了，我才站起来。进还是退？犹豫了一会儿，我还是壮壮胆子向前。屋里仍然无声无息，不过更让人害怕了。

我终于走到了屋前，伏在了小窗上。里面黑黑的什么都看不见。似乎有活物在屋内走动，发出细小的"嚓嚓"声。它们大概察觉了窗外有人，但显然并不太害怕。可能它们已经在这儿度过了无数个夜晚，早将这座小屋当成了自己的家，又仗着一群一伙，胆子变得很大。

我的嗓子痒得难受，后来实在忍不住，就咳了一声。屋里立刻大乱，有鸟儿扑啦啦展翅，唰唰奔跑，还有什么发出"咕咕"的叫声。一个嗓门粗哑的家伙连连发出了咳嗽，好像在故意学我。我有些生气，也就不再害怕，响亮地吹了一声口哨。

屋里再次安静了。

只是一会儿，拍动翅膀声和蹿跑声又响起来。一种尖细的、像初生小猫那样的叫声，一阵比一阵急促，听得人脑瓜上渗出了汗珠。就在这时，以前听过的那种"哈哈"大笑又出现了。这次因为离得近，我听出是一种大鸟，它好像在幸灾乐祸地笑，一边笑一边扑动翅膀，好像从露天的屋顶飞走了。

我在窗前伏了一会儿，最后还是撤离了。我那时仿佛听到了外祖母在焦急地喊人，担心自己一阵冲动就闯进小屋，那就糟透了，那会出事的。出什么事不知道,但肯定会出事。我不清楚小泥屋里到底有哪些动物,不过想象中可能很多:它们在乌黑的夜晚赶来聚会,一定高高兴兴的,虽然也要打闹,不过相互之间并不伤害。它们也许有个奇怪的约定,要在这里相会。想想看,如果这时候来了一个生人,再冒冒失失地闯进去,它们会多生气,一定要怒气冲冲地一起对付他,那就有了大麻烦。

我及时离开是聪明的,外祖母就常夸我是聪明的孩子。不过再聪明的孩子被好奇心缠住,也会做出不聪明的事。从那个夜晚之后,我动不动就想摸黑闯一次小泥屋。为了这个计划,我认真做着准备。其实也没有多少好准备的,只要带上外祖母割韭菜的小镰刀,就算有了一件厉害的武器。后来我又想到了野物的狂蹄乱飞,就找了一顶帽子,用来抵挡蹄爪,害怕被它们抓掉头发。

最重要的还是下一个决心。好不容易挨过了三天,第四天突然想到了好朋友壮壮。是啊,干这种事就该和朋友一起。

我找到了壮壮。几天不见,他好像更瘦了,脸也更白了。他听了我的冒险计划,眼睛一下亮了。"啊,"他抿着嘴唇,"真有意思,咱们快去吧!"

这天晚上没有月亮,没有风,只有满天的星星。我们家来了壮壮,外祖母很高兴,晚饭特意做了蘑菇汤。饭后我俩一起出门,外祖母也就不担心了。我腰上别了一把小镰刀,壮壮拿了一根木棍。

今夜的小泥屋比上次安静,离得很近了还没有听到吵闹声。我有点失望,小声对壮壮说:"它们很会装样子,故意不吱声。"壮壮没有吭气,夜色里看不清他的神色,但觉得他此刻十分严肃。

我们在小窗前趴下了,看着屋内浓浓的夜色。太黑了。里面好像有什么在极小心地活动,我们是凭感觉知道的。它们大概早就发现了来人,正在提防着、想着办法。野物的眼睛与人不同,它们能看穿最黑的黑夜:如果没有这个本事,也就不会赶在大黑天到小泥屋里来了。

四周没有一点声音,安静得让人受不了。我们正焦急,屋里突然发出了"扑棱"一声。壮壮忍不住朝窗内哈了一口气,回头看我。我看不清他的眼色,不过明白他这会儿已经下了决心。我们一齐猫腰移到门旁,侧身蹭着墙壁,大气儿不喘,一丝丝地往前挪动,就这样一点点进了屋子。

这是最安静的时刻,地上掉一根针都能听见。那些待在暗处的野物肯定盯住了我们,它们的目光刺得脸上一阵发疼。我故意大着胆子咳了一声。还是没有一点动静。我扯一下壮壮,继续往东间屋里走,一伸手摸到了炕沿,就爬到了炕上。这儿有蒲草做成的枕头,还铺了一层软软的茅草。可是这时候谁也没有心情躺下,那只枕头被我摸到了,我把它紧紧地抱在了怀里。

这样过了一会儿,眼睛终于适应了一点黑夜。我可以模模糊糊看到屋顶,看到露天处闪烁的星星。如果有月亮就好了,那时我就能看清屋内的一切。好像有大大小小的黑影贴在屋顶、墙壁和屋角,似乎到处都有。它们大概准备干点什么,这会儿正在等待一个时机。

我对着壮壮的耳边说:"它们一定在盘算。咱们要小心些。"他的脖子缩进衣领,眼睛却在机警地望向四周。像蜻蜓那么大的一只小鸟,小极了,无声地飞起来,从东往西,又从西往东,最后落在了屋梁上。这可能是个开端,因为紧接着,有一只啄木鸟咔咔敲响了梆子,震得灰尘像雪面一样落下。那会儿我正仰脸看着,双眼马上被迷住了。"哎呀,真难受……"我揉眼,一手攥紧镰刀,一手抓起炕角的一些土块,后背抵紧墙壁,做好了反击的准备。

壮壮不知什么时候已经挪到了炕的另一头,做好了打斗的架势。一场战斗马上就要到来,我的心跳得厉害。果然,随着"啪啪咔咔"一阵敲击声响起,有一个没有翅膀的家伙,大半是一只豹猫吧,从一个角落嗖的一声跃到半空,然后又从屋顶的一端飞到另一端。整个小屋都被腾空飞舞的豹猫搅乱了,"嘎嘎呱呱"的叫声响成一片,有什么上下左右飞蹿,闪着让人心惊肉跳的眼睛。我觉得不止一个凶险的家伙在逼近,就挥舞镰刀,同时抛出手里的土块。

混乱中我的帽子被什么揪掉了,接着被狠狠地拽下几绺头发。我护住头顶,却有几摊稀稀的粪便撒下来。壮壮在炕的那一端挥动棍子,发出令人心颤的吆喝。炕下不远处有什么在"呼呼"喘息，像外祖母做饭时拉响的风箱。喘息声越来越弱，后来突然就没了。

小泥屋又像刚来时一样安静了。

我和壮壮背靠背挨在一起，手里握紧武器，盯着浑浑的夜色。过了十几分钟，屋角那儿好像挺起一个大大的黑影，它还在长高，越来越高，像一个巨人似的。看不清这是什么，不过能够感到它的轮廓：像老熊一样大、一样笨重，正不紧不慢地挺直身子。它沉着地在屋里走了一个来回……我的额头和手心里全是汗水，马上想到了白天在小屋里看到的那些又深又大的蹄印。

最后，我和壮壮不知怎么从小窗那儿出来了，是连滚带爬逃出的。

我们不顾一切地跑，一直跑到茅屋跟前。为了不惊动外祖母，我们像小偷一样溜进了屋里，然后关门，喘息了许久才点上灯。

老天，我们的样子可怜极了。头发脏乱，衣服沾满灰土和野物的粪便，脸上的一道道抓痕渗出了血。显而易见，这个夜晚我们是失败者。

由于脸上的伤痕，夜里的事情无法向外祖母隐瞒。她从外面找来一些小蓟叶子，用它的绿汁给我和壮壮抹了伤处，生气地说：

"你们不该去招惹它们。"

我不服气，看看壮壮："那是我们的泥屋！"

外祖母摇头："泥屋早就归它们了，这座茅屋才是我们的。"

千鸟会

我曾经问外祖母：林子里一共有多少野物？它们是什么？我渴望一个准确可信的答案。因为外祖母熟知林子里的一切，如果连她都不知道，那么爸爸妈妈也不会知道，谁都不会知道。外祖母说："这就很难说了。"

我很失望。我一直挂记的是小泥屋里的那些野物,特别是那个在黑影里不慌不忙走动的大家伙。"我们这里有大熊吗?"我问。外祖母眼望着窗户:"有一只从东北老林子里来的大熊,不过早就没了。""就它自己?""它是寻孩子来的。有人把它的一只小熊崽儿带到这里,它就一路找啊找啊,找来了。"原来我们这儿发生过这样的大事儿!我问下去:"它找到了孩子?""没有,它在这里一直转了两年,找不到,就到别的地方去了。"我想着那个小泥屋的夜晚,说:"也许它又转了回来,也许……它的孩子已经长大了。"

外祖母说这片林子里有各种野物,不过它们当中只有极少数才会害人,她一边说一边扳着手指:"狼、獾、豹猫、猞猁、蛇、狐狸……"我目不转睛地看着外祖母。"不过狼越来越少了,都被猎人打光了,剩下的几只藏在林子深处不敢出来,要不说小孩子家不能走得太远。没有枪的人是不能进老林子的。"

我琢磨着外祖母的话。她说的这几种可怕的动物,除了蛇和豹猫,獾和狐狸我也见过,它们是不可能害人的。我提出了自己的看法,并以去年见过的小银狐做例子。外祖母摇摇头:"狐狸的心眼太多了,有的好,有的真会骗人。獾就另说了,它们其实并不坏,只不过有个毛病,太喜欢小孩儿了。"最后一条把我迷住了:"那多好啊!它和我玩,我才高兴哩!"

外祖母伸手胳肢了我一下,我笑了起来。她上前一步,还是胳肢,见我笑着躲开,这才板起脸说:"獾见了小孩儿就这样胳肢、胳肢,因为它太爱听小孩儿的笑声了,一直让他笑、笑。小孩儿笑得喘不上气来,就被憋坏了。"

我不再吱声,看着外祖母。

"小孩儿笑起来像小溪淌水一样,脆生生的,越是上年纪的老獾越是喜欢听这声音。所以在哗哗流水的小溪旁就经常坐了老獾,它们不是渴成这样,它们是跑来听水声的。"

我多么想看到这样的老獾啊，虽然心里有些害怕。想着伸过来的獾爪，我不由得抱住了胸部。外祖母又说："咱们林子里最多的还是鸟儿，各种鸟儿，数也数不清。它们只和小孩儿玩，从不伤害他们。不过有一种大鹰，比最大的斗笠还大，它们能捕到兔子，急了也会冲下来捕小孩儿，在它们眼里小孩儿和兔子差不多，抓起来就飞到天上了。"

我不信："它会把我抓到天上？"

外祖母抚着我的头发："大半不会了。你快上学了，已经是这么大的孩子了。"

"我再小，它也不敢！"

"不，十几年前，就是林子南边的村子里，有个两岁的胖孩儿离开妈妈到草垛边玩，飞来一只大鹰，一头冲下来就把他叼走了。全村人就看着那只鹰费劲地叼着孩儿往高处飞，晃晃悠悠飞远了。那孩儿太胖了。全村人喊啊跺脚啊，还是没用。"

外祖母不像在编故事。我想着那个被大鹰叼走的孩子，觉得他真可怜。我开始想那些鸟：蓝点颏、百灵、大山雀、沙锥、水鸡、海雀、田鹨，一群群的麻雀。我觉得林子里最多的就是麻雀，有一次我和壮壮去东边的水渠捉鱼，渠边的柳棵上蹲满了麻雀。它们吵吵嚷嚷，我和壮壮说话都要扯着嗓子。当时我们很生气，因为渠中的鱼都被它们吵得躲开了。

"鸟儿为什么要聚在一块儿？它们在半空打一个旋儿，还要落到柳棵上，像结了一树果子……"我说。

"它们也不愿孤单，要凑到一起谈谈天，讲讲故事。有时候它们还要到一块儿开会，你们那天遇到的，就是鸟儿开会。"

我听得聚精会神，相信一定是的。无数的鸟儿，不停地说啊说啊，有讲不完的话。不过谁也听不懂鸟语，如果谁有这样的本事就太了不起了。"它们为什么要开会？"我问。

"那就得猜猜看了。像人一样，它们也要过日子，平时遇到的难事也不少。像那群麻雀，一到了秋末就会凑到一起，商量一些作难的事。"

"什么事？"

外祖母擦擦鼻子："天快冷了，冬天眼看就来了，它们要商量过冬的办法。住的地方，吃的东西，都得打算好。冬天是鸟儿们的一关，又冻又饿，没有比它们再可怜的了。先说住的地方，麻雀做窝的本事不小，在屋檐下面找个地方，在里面铺些白茅花就成了。再不就寻些啄木鸟空下的树洞、渠边上的草窝。可惜它们人口太多了，一大家子总是住不下，大冬天里只好蹲在草棵和树杈上过夜。这是最凶险的时候，因为豹猫和野狸子冬天也闲不着，鸟儿一瞌睡就变成了它们的盘中餐……"

"鸟儿是最可怜的。它们冬天冻得发抖，到处找吃的。"我想起了那些在茅屋前蹦蹦跳跳的小鸟，想起我一次次往雪地上抛撒零食。我难过地叹气。

"它们晴天好过一些，那些草籽儿也算可口。大雪封地了，一连几十天没吃的，这样的日子，小鸟躺在雪地上再也起不来。有一天我一连捡了二十多只冻死、饿死的小鸟，把它们埋在一棵合欢树下……春天末尾这棵树开满了花，有二十多只小鸟落在上面。"外祖母的声音低低的。

我想那些小鸟没有死。也许外祖母有一种魔法，让它们在春天里复活了。我明白，鸟儿们尽管一次又一次开会，讨论怎样对付饥饿、仇敌和其他种种可怕的事情，但还是没法完全躲过。我又想起了那些时常落满树丫的花喜鹊：它们的嗓门又粗又高，总是叫个不停，那肯定也是在开会。

外祖母说花喜鹊算是幸运的鸟儿，它们不仅精明，而且力气也大，能够把屋子搭在高高的树顶，还能跟半夜偷袭的豹猫打斗，一般情形下总是能够脱身。"它们的屋子是用一根根粗细枝条穿插起来的，看上去乱糟糟的，其实哪根挨着哪根、怎么相互勾连，都是十分巧妙的。大风吹不垮它们的屋子，连偷拆房屋的灰喜鹊都犯愁……灰喜鹊品行不好，常常到花喜鹊家里偷拆木料。"说着，外祖母垂下了眼睛。

"它们是怎么躲过豹猫的？"

"花喜鹊的房子是有机关的，它故意在墙缝里伸出许多细小的枝条，只要这些枝条被轻轻碰到，睡在屋里的花喜鹊就知道有敌人来了，然后就能麻利地飞走。想逮住花喜鹊可不容易。"

"它们在一起开会时说些什么？"

"当然是商量事。怎么对付老鹰、哪里的果子熟了、林子里又来了什么客人……也少不了拉个家长里短，吵吵嘴。"

"你能听懂鸟儿说话？"

外祖母摇头："我可听不懂。我只是一边听一边想，瞎琢磨。"

"一句也听不懂？"

外祖母抱歉地点点头。我有些失望。不过我想，总有人能听懂一点吧？再三追问，外祖母果然说："听说很久以前有位孤老太太，就像我这么大年纪，在林子里住了一辈子，日子久了，也就听懂了一点点鸟语。这一下太好了，她有时不出门也能知道许多事情，过日子就方便了。不少人都听说过她的故事，大概这是真的。"

我高兴得跳起来："真有这样的人呀！啊，多么了不起的老太太啊……"我缠着外祖母多讲一些，她长得什么样子、怎样和鸟儿打交道、现在住哪儿……外祖母没有见过她，因为那是很早以前的人和事了。不过她们都是住在林子里的老人，她对那个老太太佩服极了，说："我可比不上那个老太太！"

外祖母说到最后，最让我失望的是那位老太太早就不在人世了。我想老人在林子里一定有一座小房子，现在她的小房子还在吧？外祖母说谁也找不到它，或者早就塌了，或者还在林子深处，因为都是几十年前的事了。我好伤心。我想自己再长大一点，一定会背上一杆猎枪，到老林子里寻找那幢小房子！想想看，那儿住过一位能够听懂鸟语的老人，那幢小房子多么了不起！

"老太太孤单，没事就听树上的鸟儿拉呱儿。鸟儿和人一样，会生气，会高兴得唱歌，会愁闷得不吃不喝，然后你一句我一句相互劝导。秋天鸟儿商量采摘的事，哪里苹果快熟了、李子变紫了，都要议论。老太太一到秋天就要采野果做一坛坛果酱，自从听懂了鸟儿的话，再也不用费心到处找了，按鸟儿的话去做就好，很快就能采回一篮好果子。不过她只采这一篮，从不贪心，知道更多的果子要留给鸟儿。她还从两只过路的长腿鹭那里听到了鱼的消息，在一条渠汊里捉来足够吃一冬的鱼蟹。一群小鹌鹑在老太太院里啄食，议论一件可怕的事，说的是从东北老林子来了一只脾气暴躁的老熊……老太太在冬天关严屋门，还让采药人小心。后来她听说这只老熊是千里迢迢来找儿子的，很不幸，就叮嘱那些猎人，谁也不要伤害它……"

"啊，不幸的老熊！"我叹气，心里想：如果那个能听懂鸟语的老太太在世，一定会知道老熊现在的消息。

正在我想这些的时候，外祖母问了一句："最能唱歌的是什么鸟儿？"

我当然知道，是云雀，常常飞在天上，不停地唱啊唱啊……以前外祖母就指着天上的云雀讲过：无论飞得多么高，它都能看见下边的小窝，那儿有一只小草篮似的窝，它的孩子就在里边，妈妈从高处看着地上的孩子，为孩子唱歌。

"那位老太太最高兴的就是好天气时在院门口坐上半天，听云雀唱歌。地上小窝里的鸟蛋还没有破壳，云雀妈妈就唱给孩子，说宝宝快出来吧，天多么蓝，花儿多么香；鸟儿破壳钻出来，粉嫩的小身子摇摇晃晃，云雀妈妈就讲故事，编一些林子里的童话给小宝贝听。有时候云雀妈妈会一口气唱上半天，不喝一口水。它太爱自己的孩子了，忘记了一切。世上只有妈妈的歌是最甜的，小云雀就在妈妈的歌声中长大……"

我羡慕云雀。我想念妈妈。我出生后大半都跟外祖母在一起，她给我讲了无数的故事，这也等于唱歌了。

就从这一天开始，我特别留意树上的鸟儿。我有时会专注地听上很久，琢磨它们在说什么。鸟儿吵架我听得懂，不过我不知道它们在吵什么。我学外祖母那样闭着眼睛，用心去想。

一只云雀在空中唱个不停，已经唱了半个小时。它在唱给地上的孩子听。我用心捕捉歌声，闭上眼睛。好像听懂了一点，真的，那是一首多么欢快的歌：

"乐乐乐乐，啊呀我真快乐！宝宝睡吧睡吧，从太阳出来，睡到太阳降落！乐乐乐乐，妈妈真快乐！宝宝别怕，软软的小窝，白茅花被子暖和和！乐乐乐乐，妈妈真快乐……"

我跑回屋里，把听到的歌唱了一遍。外祖母高兴极了，亲亲我的脑壳说："一点不错，就是这样唱的，你用心听，就听懂了！"

"可你以前说自己听不懂鸟儿的话……"

外祖母笑了："也许会的，像你这样用心，总有一天会听懂一点的。"

我到林子里，遇到了一群花喜鹊，它们正在吵闹，见了我就不吱声了。这样停了一会儿，它们当中的一只响起一句粗粗的吆喝，于是就再次说起来。我坐在一棵白蜡树下，旁边有一蓬马兰草。我闭上眼睛听啊听啊，想听个明白。我似乎猜出了第一句、第二句，还猜出了其中的一两句：

"看看看看，是这小子来了！"

"认得认得，茅屋里的孩子！"

"他蔫不拉唧的，不太精神哪！""那是那是，好果子吃不着，吃不着！""咱知道有好果子熟了，咱不告诉他！""不告诉，不告诉，咳咳，东渠的桑葚紫又紫，咱不告诉他！""不告诉，就不告诉！"

我睁大眼睛看着这群花喜鹊。它们一个个又肥又亮，羽毛滑滑的。这当然是因为一天到晚不干活儿，专吃好东西的缘故。一帮嘴馋的懒家伙。不过我今天可听到了它们的一点秘密。

我看了看太阳，正是半上午时分，一切还来得及。我想快些赶到东边水渠那儿，饱饱地吃一顿甜甜的大桑葚，然后再捎一些给外祖母。这样想着，我站起来就往东走。我发现树上的一群花喜鹊彼此看了看，好像一点都不着急。我继续往前，走了一会儿，才听到它们在身后再次嚷叫起来。它们大概开始议论别的事情，不再理我。

很快找到了那条暗绿色的水渠。在小木桥的旁边果然有几棵桑树，但树上没有果实。我沿着水渠往北走了一段路，终于发现了几株枝叶茂密的大桑树。啊，果实累累！只可惜走近了才知道，它们全是青涩的，离变紫的日子还远着哩……我被骗了！

往回走时，我仔细想着听到的那些花喜鹊的叫声："哜哜，咔咔，嚓嚓嚓嚓，咔啊咔啊……"就是这样。嗯，也许它们压根儿就没有说到果子的事，而是议论接下来的冬天怎样盖一座新房子？它们说啊说啊，有讲不完的话。老天，要真正听懂鸟儿说话，这可太难了，大概是天底下最难最难的了。外祖母多聪明，可她一辈子都没有听懂。

但我会有耐心的。我一定要给外祖母一个惊喜。

奔跑

我有个很难改掉的坏毛病，所以总是惹外祖母生气。不过这毛病到了后来，比如上学以后，又变成一个了不起的长处，甚至是我的骄傲。这是后话了。可惜在没有上学之前，这些毛病只能让外祖母头疼。

因为我每隔一段时间就要在林子里疯跑一阵，衣服常被撕破。没有办法，脚痒，主要是心痒。看看吧，到处绿蓬蓬的，小鸟儿在树叶间瞅我，小头一摆一摆的多么得意。这样看上一会儿我身上就要发热，好像有什么顶在胸口那儿，让人非要蹿跳、撒欢狂奔一会儿才行。那是一种很怪的念头，藏在体内很深的什么地方，顶得我难受，最后简直无法抵挡。

以前我走在林子里遇到奔跑的野物、飞起来的鸟儿，看着它们不停地来来去去，总以为是害怕或受惊了。现在我才明白，原来它们和我一样，身体里面藏了一种又古怪又强烈的念头，就是这念头让它们一会儿高飞，一会儿狂奔，总也停不下来。

我飞奔向前，一仰头，蓝蓝的天空像是要伸手将人抱起来似的。两旁的树叶也像闪动的眼睛，一齐盯住我说："瞧这孩子跑得多快！比小鹿和兔子还快！"白杨树低头咕哝："谁家的孩子？噢，茅屋里的孩子。好快的两条腿啊！"紫穗槐在热乎乎的风中懒洋洋地唱歌，它们大概刚刚睡了一会儿，这时揉揉眼睛说："又是他在跑！真能跑！"一只黄雀从野椿树上探了一下头,用小到无法听清的声音说:"他这两条腿啊,比四条腿都厉害!"

汗水从额头滴下,流到眼睛里。我一边擦眼一边跑,险些撞到梧桐树上。这棵树上有两只斑鸠,它们是一对儿,这时正挨在一起看我。看到我被汗水浸透的衣服,它们发出"咕咕"声,议论道:"咱们要有个孩子,像他这么强壮就好了!咱的孩子一准忒强壮吧!"

每次往前飞奔,两旁的树木、花和草、站在枝头的小鸟,都唰唰往后退去。我脑海里的一些事也往后退去。新的东西扑面而来,然后再往后退,退,甩到远远的身后了。我在飞跑时还会想着我们的茅屋、外祖母、爸爸妈妈,不过他们全都一闪而过。前边的一切在吸引我,我飞快地跑近,然后又匆匆地告别。

我听见沙地上的小麻蜥发出抱怨:"瞧他慌成了什么!难道就不能停下来和咱们聊聊?"我在心里回答:"当然不能,我要急着赶路,我正跑着哩!""有什么急事吗?咱们一起玩玩吧!""嗐,我是一日千里的人,我要快些追赶哩!"小麻蜥不依不饶地问:"你追赶什么?前边什么都没有啊!"我对它实在解释不清,只是跑,直到跑了很远很远,才想起应该怎么回答小麻蜥,不过它已经听不到了。我回答道:

"我在追赶自己的心事!"

是的,我胸口那儿装的心事太多了,它们一开始堆积在一块儿,后来再也盛不下,趁着夜晚睡觉的时候飞走了。它们就像鸟儿一样,飞到了林子里,散在四周,在数不清的花草和绿叶间。我真的是到处追赶自己的心事。

一只兔子从林隙蹿出,一直跑在我的前边。它的尾巴是一朵盛开的花,一摇一摇引诱我,让我追上去采摘。它是林子里的一支飞箭,嗖一下穿过十几棵小叶青杨。它真机灵,再快也撞不到树桩。我不吭一声,跟紧兔子,学它一边奔跑一边躲闪的本事:在急速冲向大树时身子一仄,几乎紧贴着树干擦过去,却没有沾一点边。地上有酸枣棵,它的尖刺会划破脚踝,可是兔子能像水流一样打个旋儿,轻轻漫过尖刺。兔子一点都不在乎挡路的东西，四蹄就像踏在了小舢板上，随着水波和浪头往前飞射，跃起来滑下去，什么都别想挡住它。

一只雀鹰从身后追来，可能要陪我一会儿，速度渐渐放缓下来。它飞得又慢又低，灰绿色的后背让我看得清清楚楚。我紧追上去，一直盯着它的后背和翅膀。这时我才发现，原来雀鹰的周身上下全部裹紧了细小的羽毛，整个身体就像小狗那么结实；双翅是长长的翎子，这些翎子一会儿翘起，一会儿伏下，整个身躯也就随着升高或降低。它的尾巴像外祖母夏天时用的扇子，有时收成一束，有时候展得宽宽的。它的尾巴大概是顶重要的，就靠了这尾巴，才会飞快地俯冲下去，或升到高处。我喊着："你让我揪住尾巴吧！我要和你一起飞到空中！"

雀鹰回头看我一眼，那是冷冷的骄傲的眼神。它双翅收紧，尾巴一抖，整个身体就冲到了高处。这家伙飞得真高，很快就不见了影子。

我有些沮丧，也觉得有些累，衣服全湿透了。我大口呼吸，坐在一片干净的白沙上。一只小甲虫从远处走来，仰脸看我。我伸出一根草梗想让它爬上来，却遭到了拒绝。天不久就要冷了，甲虫要抓紧时间爬到树干上，在那儿一动不动地待着。我告诉它：到了冬天我还要到林子里踏雪；不过我大多数时间会坐在火炉边，听外祖母讲故事。

一想到外祖母的故事，我就喜欢冬天了。北风呼呼，炉火噜噜，外祖母读书给我听，也说一些妖怪的事情。所有妖怪都是不太让人恨的坏蛋。不过有的妖怪专门吃三四岁的小孩，因为这些小孩不听大人的话，爱往林子深处跑，所以也就怨不得妖怪了。说真的，这个秋天我非常想念那些妖怪。

甲虫走开了。我断续想妖怪。壮壮的爷爷是个真正的妖怪迷，讲起妖怪就没完没了，比外祖母说的吓人多了。他说我一天到晚离开茅屋去林子里，是一定会遇到妖怪的。我如实地告诉他：自己从来没有遇到，真的，我好像不太怕它们。我想，可能是自己离真正的老林子还远吧，反正暂时还没有妖怪这档子事。"哎，这年头，要遇上个妖怪可真难啊！"我发出一声长叹，站起来。

我要回家了。身上被风一吹有些凉。我跳了几下。因为刚才跑得太久了，现在已经离茅屋有些远了。我想这一次大概要发生一件有趣的事：迷路。啊，让我迷一次路多好，可惜这种事从来没有遇到。这会儿我故意不再辨认家的方向，只没头没脑地往前闯。糟糕，闯了一会儿还是发现，自己正在一丝不差地向着家的方向走去。

到家了，一眼看到外祖母板着脸，我就说："没有跑远，只在柳丛那儿找小沙蘑菇了。"她摸摸我汗湿的衣服："还说呢！以后别这样了，会撞在树上的！"我总使外祖母担心和生气，显然不是好孩子。不过要做一个好孩子可真难。冬天快来吧，冬天的火炉边上有琅琅读书声，有听不完的故事。

吃过晚饭，我缠着外祖母讲故事。她总算讲了，可惜讲出的故事全与妖怪无关。她说，我们那时一家人住在泥屋里，下雨，雨水从屋顶渗下，半夜不得不用一个笸箩顶在头上。她说我们家要新添一口人了，所以就下决心盖一个不漏雨的大一些的屋子。"新添一口人"，这人当然是我。我问起了爸爸，想知道他去大山之前干什么？外祖母说："他到处走，从一座城到另一座城。他一辈子走的路太长了。"我不吭声。我在想爸爸旅途上的样子：他一定也会飞跑的。啊，原来我像爸爸一样，天生喜欢飞跑。

我正想着爸爸，外祖母又说到了妈妈："你妈妈年轻时戴着一个大花斗笠，在海边走，遇到了你爸爸。他被大花斗笠吸引了，就走过来。他从来没见过这么漂亮的大花斗笠。那是你爸爸妈妈第一次见面。"

我被这故事惊呆了，挺直身子喊着："我要大花斗笠！"

外祖母笑了，然后不再吭声。她搂住我的肩膀："傻孩子，这是多少年前的事了，大花斗笠早就没了。""为什么没了？""时间一久就没了。"一听这话，我顿时觉得心疼。是啊，我们曾经有过多少好东西啊，它们都没了。

这个夜晚我梦见自己来到了一个地方，准确点说是海边。这里的人可真多，他们在海浪边松松闲闲地往前走，晒着太阳。我走得很急，一头汗水。我好像要寻找什么，越来越急。我在人流中挤啊挤啊，插着人空儿往前跑。远远的，我看到了一个大花斗笠！我喊了一声，扒开身边的人就一阵飞跑。我想一把揪住那只大花斗笠。天哪，还没等挨近，大花斗笠升到了空中，它像风筝一样飘啊飘啊，渐渐不见了踪影。

我哭醒了。外祖母被我吓到了，一遍遍摇着，问我。我说："大花斗笠没了……"

这个星期天，妈妈要回家了。外祖母扳着手指算了，一大早就泡干蘑，还三番五次去屋后的窖子里。我从上午就院里院外蹿了几回，还爬上一棵大桃树，把最上边的一颗大桃子摘下来。到了半下午，我一直站在门口。后来我出门往东，径直走到了小木桥上。一群沙锥在一旁的沙地上走动，并不怕我。我坐在小木桥上。

太阳变红了，我往回走。

妈妈一直没有回来。月亮升起来，又大又圆。外祖母说："今天是阴历十六。"我们吃了煮咸蛋，还吃了蘑菇豆腐。红豇豆稀饭掺了地瓜，是妈妈最愿喝的。饭后外祖母好像无心讲故事，我就踏着月光走出去。

明亮的月光下，一只猫头鹰在树上蹲着。我走近了，它就藏到了树干背面。

夜晚凉凉的，风不大。飘来一种杏子的香味。四周没有成熟的杏子，这只能是月光的气味。

穿过一片白杨树，继续往前。树林之间有一片盛开白毛花的空地，这会儿我已经不知不觉站在了中间。啊，我清楚地看到了月光在白毛花上像水一样流动，花穗的阴影就像一条条小鱼。我踏着浅水奔跑，每一下都踢飞了浪花。

跑啊跑啊，我从空地南边一直跑到北边，又一口气穿过了杂树林。脚下，茂盛的葎草在牵拉我，我费力地摆脱，然后贴紧几棵挺拔的青桐树站了一会儿。这儿林子稀疏，出奇地安静。我感到树杈上有什么在偷窥。一只猫头鹰在那儿，它正等待田鼠出来。萤火虫飘过，飞出一棵树的阴影，立刻化在了月光里。我憋住呼吸，因为我听到了细小的声音。

在几棵大叶枫那儿，几只黄鼬正沿着树干跑下来，欢快极了。它们在树下蹿动，在草地上打滚儿。当两只黄鼬迎面凑近时，竟然一下直立起来，两双蹄爪飞快地一碰，就像击掌一样。我被它们这个动作迷住了。

我看得心上发热，也开始了奔跑。可惜没有一个伙伴和我击掌。我一边跑一边伸出双手，挨个儿拍着大树……

2019年